庆祝

中国共产党成立

100周年

1978 年 **4** 月，作者偕同夫人荣素珍在毛主席纪念堂前合影留念

1999 年，作者参加华东大学皖北分校建校 50 周年大会时，分组合影留念

2017 年,全家为作者 90 周岁祝寿时合影留念

2019 年是中华人民共和国成立 70 周年。国庆节期间,作者夫妇与女儿王荣琳一家、王荣俊一家合影留念

王兴华作品精选集

王兴华 著

全国百佳图书出版单位
时代出版传媒股份有限公司
黄山书社

图书在版编目(CIP)数据

王兴华作品精选集 / 王兴华著. -- 合肥：黄山书社, 2021.1
ISBN 978-7-5461-9625-1

Ⅰ. ①王… Ⅱ. ①王… Ⅲ. ①曲艺-作品综合集-中国-当代 Ⅳ. ①I239

中国版本图书馆 CIP 数据核字(2021)第 006300 号

王兴华作品精选集 王兴华 著

出 品 人 贾兴权
责任编辑 侯 雷
责任印制 李 磊
装帧设计 韩玉英
出版发行 时代出版传媒股份有限公司(http://www.press-mart.com)
黄山书社(http://www.hspress.cn)
地址邮编 安徽省合肥市蜀山区翡翠路 1118 号出版传媒广场 7 层 230071
印 刷 永清县晔盛亚胶印有限公司
版 次 2021 年 3 月第 1 版
印 次 2021 年 10 月第 2 次印刷
开 本 700mm × 1000mm 1/16
字 数 200 千字
印 张 13.5
书 号 ISBN 978-7-5461-9625-1/01
定 价 58.00 元

服务热线 0551-63533706
销售热线 0551-63533761
官方直营书店(http://hsssbook.taobao.com)

序

这是一位九十多岁高龄的老曲艺工作者的作品精选集。

他长期做基层的文化工作，但是没离开过曲艺。这本书是曲艺的艺术属性所培养出的，是我们基层曲艺工作者的缩影。

曲艺，在过去的年代，被称为“轻骑、短刃、尖刀兵”，就是讲究“小、快、灵”的特点。今天，它依然这样。曲艺离不开人民，离不开基层生活，离不开时代，离不开社会的发展。王兴华同志从事宣传工作数十年，他没有离开过第一线，没有离开过火热的安徽大地。从地区的《阜阳日报》到权威媒体——中央的《人民日报》，都发表过他的作品。他既写曲艺作品，也写戏剧、散文、评论文章。读这本书，你似乎看到了一个兢兢业业、矢志不渝、忠诚于党和人民文化事业老兵的耿耿情怀，经年不衰。

我们基层需要这样的斗士，我们的人民和曲艺事业需要这样“下得去”“呆得久”“扎下根”的曲艺工作者，不管是专业的还是业余的。我们民族的曲艺事业，需要这样有责任感、有使命感、有文化自觉的战士为曲艺的传承与振兴呼号、奋斗。这样，人民的曲艺就能够永远为人民高歌。

姜 昆

2020 年 5 月 18 日

目　录

看见银燕喜在心

（快板书）

河堤上人山人海把土担，
战胜洪水保庄田，
忽听嗡嗡一阵响，
飞机来到头上边。
民工们手掌拍得没个停，
眼睛随着飞机转。
银燕飞得低又快，
五角红星耀人眼，
只看见飞机翅膀一歪，
撒下了东西一大片。
越落越低看得见，
原来是慰问信儿飞满天，
少年儿童忙去抢，
小青年爬到杨树顶上端。
纸条刚拾到，
来了指导员，
一窝蜂似的把他围个严，
大家都说请你快念念。
指导员刚念罢，
大家笑开颜：

是政府写信慰问咱，
要咱们一定战胜天。
不说大家心高兴，
飞机上防汛的麻袋往下掀，
大家一看更有劲，
浑身力气往上添，
抬起土来跑得快，
任务一定提前完。

（载 1954 年 8 月 1 日《阜阳报》）

让　船

（快板书）

红红的太阳映蓝天，
三里湾渡口人挤满，
也有女,也有男，
小孩子乱往人缝里钻。
合作社干部下乡把货送，
车子拉来挑子担，
赶集买卖的把家回，
赶猪的客商拿着鞭，
大家都等把河过，
等渡船等得心里烦。
忽听"吭唷啊……"号子响，
挑红芋秧子队伍到跟前。
小孩子站在堤上数，
一、二、三、四……数不完。
摆渡的工人河岸站，
笑嘻嘻地把话谈：
"农民兄弟辛苦啦，
歇歇喘喘好上船。"
转脸又向大家说：
"船少人多过不完，

党和政府有号召，
补种任务最当先，
为了国家大建设，
为了咱们多增产，
挑红芋秧子的先上船。”
大家都说好好好，
让挑秧的先上船，
红芋秧子早插好，
就能保证多增产。
说着让出渡口岸，
对岸摇过来大渡船。
挑秧的农民把船上，
嘴里不说心里甜：
“大家为俺都让船，
俺为大家多增产，
回去一定加油干，
不分黑夜和白天。”

(载 1954 年 8 月 7 日《阜阳报》)

陈毅拜师

（快板书）

说的是苏北抗日根据地，
新四军高树战旗显神威。
这一天苏中前线风云急，
一场鏖战近燃眉。
陈毅军长开过战斗动员会，
亲自到苏中前线作指挥。
油灯下写完报告看诗稿，
这一首《淮河晚眺》是新写的。
诗歌是:“柳岸沙明对夕晖，
长天淮水鹭争飞。
云山入眼碧空尽，
我欲骑鲸踧浪归。”
这首诗气势磅礴抒豪情，
映衬他信心百倍歼顽敌。
陈军长正闭目低吟品诗味，
忽听得隔壁有人下象棋，
仔细听像是婆媳俩，
一声高来一声低。
“我炮二平五。”
“我马八进七。”

"马二进三。"

"卒七进一。"

(白)咦！稀奇！这是下的啥子象棋呀？

这里又不是象棋赛，

为什么移动棋子要说数字？

抬头看隔壁墙缝无灯光，

(白)噢！明白了！

原来是婆媳俩黑暗之中下盲棋。

(白)啥叫下盲棋呀？就是下象棋的人不看棋盘，

用话说出每一步棋的走法。

陈毅想下盲棋这可不简单啦，

棋艺精还得有高超的记忆力。

猛听得媳妇一声笑："嘻嘻！妈，你输啦。"

"我输啦？你说我输我还不服气哩！"

"我马卧槽，当头车，

你老将出不来了能不是死棋嘛！"

"噢！是妈输啦，再来下一盘吧！"

媳妇说："明天还要慰劳新四军，

妈妈你应该早休息。"

第二天陈毅访问房东老大娘，

知道她全家都会下象棋，

儿子在新四军里下棋无敌手，

老头子教私塾一辈子是个象棋迷。

陈毅军长有个怪脾气，

临战前就爱下象棋，

彭雪枫，罗炳辉，

战前战后曾对弈。

常言说拼搏诚能操胜券，

棋高一着论高低，
每一次陈军长变化多端攻防战，
他三盘两胜是稳当的。
下棋找高手，
学泳寻深水。
现如今他听说私塾老先生棋艺精，
登门拜访到学屋里，
进门去见墙上挂个大棋盘，
上面落满尘土灰。
他走上前去说明来意，
老先生上上下下看陈毅。
只见他肩宽背阔大方脸，
天庭饱满鼻正口方一副英武气，
虎叉突起剑眉高扬，
丹凤眼闪光笑嘻嘻。
深灰色军帽头上戴，
穿一套半新不旧的灰军衣，
左臂上挂一块蓝底白字军符号，
“新四军”三个字儿清晰晰。
门外边站着两个警卫员，
看起来这人是个当官的。
老先生让罢坐位摘棋盘，
陈毅坐定观仔细。
老先生把钉死了的黑将起下来，
陈军长心里犯猜疑：
开口问：“为什么你把黑将来钉死？”
老先生说：“我下棋不动老将是规矩，
今天你登门是客人，

我起活这老将是破例的。”
(白)“咦！不动老将能赢棋,这是啥子规矩哟？”
陈毅想这位老者真高傲,
殊不知我陈毅也不是好赢的。
二人对弈头一盘,
陈毅的中炮凶猛又凌厉,
当门炮翻过又架重炮,
很快就胜了第一局。
陈军长赢了一局心考虑:
老先生那么傲气,我看他的棋艺也不咋的(呀)!
第二盘老先生步步为营守得紧,
到最后胶着状态成和局。
(白)“噢！老先生也还真的有两下子,不能掉以轻心哟！”
第三盘陈军长攻防结合多变化,
拿下了第三局也没费大力气。
老先生一推棋盘:“不才不才,同志,见笑了,
你的棋艺精湛我望尘莫及。”
“哈哈哈哈！”陈毅大笑说声别客气,
“打完了仗我再来跟你下两棋。”
陈军长三盘两胜很得意,
回部队去指挥新四军打日伪,在苏中七战七捷得胜利。
大战后有个休整期,
陈军长正碰巧又住在这村里,
他又到私塾学屋去找老先生,
歇歇脑子再下盘棋。
这一回可不同那一回,
老先生钉死的黑将不动移啦。
陈毅想,上一次你动了黑将还输两盘哩,

这一次你钉死黑将怎么能赢棋?
陈毅他开始用个顺手炮，
老先生盘头马连环他出不了击。
陈军长头一局很快败了阵，
紧接着前走后空又输了第二局。
陈毅想下棋胜败虽是常事，
可嘴里不说心里还是有点不服气。
第三局他来个高吊马，炮沉底，
巡河大车当指挥，
稳扎稳打少突击，
改他急躁的老脾气。
老先生也一改常态用强攻，
他拼了炮、拼了车、拼了马、吃相士、小卒子过河显神威，
步步紧追步步逼，
很快又胜了第三局。
陈毅问:“上一次你动了黑将，我一盘和局两盘得胜利，
为什么这一次，你钉死黑将我反而输三局？”
老先生不慌不忙把话提:
“打大仗如同下象棋，
上一次首长你马上要指挥打大仗，
临上阵我不能挫伤你的锐气;
现如今你七战七捷得胜利，
败几局正好让你去休息！”
陈毅听罢剑眉一展哈哈笑:
“老先生说的有道理、有道理哟!
棋艺上你是我的先生，
对待胜负你也堪称是老师。”
陈军长说着行一礼，

不称先生称老师。
老先生躬身忙还礼：
“尊首长拜师我可担不起，
常听说你墨盒上刻着:‘满招损,谦受益。’
看起来这座右铭你时时刻刻记心里，
谦虚谨慎诚可贵，
你这种高尚精神我才真的要称你老师哩！”
学屋里二人相对哈哈笑，
这笑声伴随着胜利喜悦满天飞。

（载庆祝中国共产党成立七十周年《曲艺征文获奖作品集》,安徽省文化厅、省曲协主编,1991 年 10 月）

新“百家姓”

(相声)

甲　上场来我先向大家行礼。

乙　听我吟诗作对。

甲　这家伙真调皮,我的四句诗刚说了一句,你接上腔啦,存心跟我捣乱。

乙　凭你这个样儿,也会作诗呀!

甲　不但会作诗,这两天我又酝酿着编书哪!

乙　编书,编什么书?

甲　《百家姓》。

乙　《百家姓》?

甲　我编的是新百家姓!

乙　还能不是“赵钱孙李、周吴郑王”之类的?

甲　嗨!这新百家姓的赵钱孙李和周吴郑王中间还有几十句呐!

乙　没听说过这样的百家姓。

甲　新百家姓的内容含有政治性、教育性、思想性、宣传性和艺术性。

乙　这样说来,你介绍一下,大家听听好吧?

甲　可以倒可以,不过,你得帮我个忙。

乙　帮什么忙?

甲　替我接一个字。

乙　这个容易,开始吧!

甲　赵钱孙李,

乙　替我接一个字,

甲　赵钱孙李，

乙　替我接一个字，

甲　你怎么搞的？

乙　你不是叫我说“替你接一个字”吗？

甲　我叫你接最后的那一个字。

乙　那我会啦，你说吧！

甲　赵钱孙李，

乙　李，

甲　李花开放三月天，

乙　李，

甲　李花开放三月天，

乙　李，

甲　你这家伙存心跟我找别扭，我是叫你字头接字尾，句句不重样。

乙　你早交代清楚不就妥了吗，来，从头起！

甲　赵钱孙李，

乙　李，

甲　李花开放三月天，

乙　天，

甲　天下大事我懂得全，

乙　全，

甲　全国军民要提高警惕，坚决粉碎蒋介石向沿海地区窜犯。

乙　犯，

甲　犯下滔天罪行的蒋介石，是人民公敌，是杀人犯。

乙　犯，

甲　犯下滔天罪行的蒋介石，是人民公敌，是杀人犯。

乙　犯……喂！朝下去你不会啦！怎么说起连环套来啦？

甲　这叫反复强调，重点突出。

乙　噢，是这样，向下说吧！犯，

甲　犯下滔天罪行的蒋介石，被中国人民赶出大陆，但不甘心，从今年年初，就疯狂地进行军事部署和战争动员。

乙　员，

甲　援助蒋介石的美帝国主义，把大量军用物资运往台湾，并派了施塔尔、哈里曼等等坏蛋与蒋介石会谈，共同策划军事冒险。

乙　险，

甲　显然，蒋介石在美帝国主义指使下，正在大肆扩军，积极备战，并成立了所谓“最高五人小组”，作为窜犯大陆的决策机关；战争预算加大，军事演习频繁，真是想拿鸡蛋碰泰山，必定自取完蛋。

乙　蛋，

甲　但是，蒋介石不自量力，把中国人民轻看，要知道中国人民解放军千锤百炼，百战百胜，勇往直前，解放战争消灭蒋介石八百多万，中国人民下定决心，解放台湾；不料敌人妄想窜犯大陆，卷土重来，真是送上门槛。全国人民必须巩固后方，努力生产，肃清敌特，支援前线，如果蒋介石胆敢冒险窜犯，就坚决、彻底、干净、全部地把它消灭完。

乙　完。

甲　完。再见！（欲走）

乙　怎么？你要走？

甲　走，走到群众中，前去说相声，你给我帮忙，宣传立大功。

乙　怎么谈到“宣传立大功”上去啦，我看你越说越远，三天三夜也说不到周吴郑王。

甲　不用三天三夜，我三句话就能说到。

乙　你说大话没准儿。

甲　你不信咱俩打个赌，三句话说不到我请你下馆子吃饭。

乙　三句话能说到我饭钱包啦！咱们接着说，功，

甲　恭喜你，

乙　你，

甲　你家的老公鸡下个大鸭蛋。

乙　你胡扯，

甲　你胡诌，

乙　周，

甲　周吴郑王。

乙　好家伙，真有两下子！（欲走）

甲　你到哪儿去！

乙　我请你到“洞天春”吃饭去！

（载1962年7月8日《阜阳报》）

配角与主角

(相声)

甲　今天咱们俩说段相声。

乙　这对口相声是两个人说的。

甲　一个主角,

乙　一个配角。

甲　哎!我问你,这配角应该怎么当?

乙　这配角呀,比如你当配角,那就是我说你接,我逗你捧,也就是我说得多,你说得少。

甲　噢!你说得多,我说得少,你说得多就是主角,我说得少就是配角。

乙　对啦!道理都是一样,数来宝,说相声,演戏剧,拍电影,凡是台词多的都是主角。

甲　噢!凡是台词多的都是主角,那电影上的新闻简报里解说员配音解说,他的词最多,为什么他是配角不是主角哪?

乙　凡是配音的都是配角,比如舞台上演戏,那些敲锣的,打鼓的,拉二胡的都是配角。

甲　噢!拉二胡的是配角,有一次我看节目为什么拉二胡的是主角?

乙　演出什么节目?

甲　二胡独奏!

乙　他一个人独奏能不是主角嘛。不论是戏曲、歌舞、乐器独奏,都是以演出为主,只要是为演出服务的都是配角。比如剧团夜戏结束,炊事员做好了夜餐饭,为演出人员服务,炊事员就是配角。

甲　噢！炊事员是配角，那大众饭店的炊事员为什么不是配角哪？

乙　饭店里离了炊事员还行吗？像那饭店里有的人，打扫个卫生，这打扫卫生的都是配角。

甲　噢！扫地打扫卫生的是配角，那卫生大队的清洁工人为什么是主角不是配角？

乙　卫生大队的主要任务就是打扫卫生，当然是主角啦。你像那卫生大队里的会计，他记账什么的，这记账的会计都是配角。

甲　噢！记账的会计都是配角，那银行里面坐着那么多会计，他们都是配角吗？

乙　这位净找茬子。告诉你，银行里会计能不是主角吗？银行里也有配角，就比方银行里那个看大门的，在大门口一天坐到晚，他就是配角。

甲　噢！看大门的就是配角，那粮食局有个粮食仓库，库房上有看库房大门的，我看他是这个仓库的主角。

乙　可那粮食仓库里也有配角，仓库坏了也得建筑工人修理呀，建筑工人都是配角。

甲　噢！建筑工人都是配角，那建筑公司里谁是主角？

乙　在建筑公司里建筑工人是主角。可建筑公司也有配角，比方说那个医疗室吧。建筑工人如果感冒发烧打摆子，碰伤发炎长疥疮，都可以去治疗，这里医生专为建筑工人服务，可以说这医生都是配角。

甲　噢！医生都是配角，那医院里那么多医生都是配角喽？

乙　在医院里医生是主角，可是医院里也有配角，比如说那个司药员是抓药的，医生开个处方，司药员抓药，他是为医生和病人服务的，所以说抓药的就是配角。

甲　噢！抓药的是配角，那医药商店除了抓药的就没几个人了，这抓药的也是配角？

乙　医药商店里抓药的都是主角，可这个配角呀……

甲　配角是谁？

乙　是你！

甲　是我？我是医药商店的配角呀？这连得上吗？

乙　连得上，你到医药商店去买药吃，不是配角吗？

甲　我干吗要吃药呀？

乙　你不吃药也可以，可是这个配角你得当！

甲　好！我一定当好配角。

乙　这配角是对主角而讲的，没有配角就没有主角，没有主角也就没有配角。

甲　对！

乙　演一出戏，有主角，有配角，革命工作，也都有主次、轻重之分。

甲　对！

乙　配角与主角的关系，也就是局部与全局的关系！

甲　对！

乙　当前咱们工作的重心要转移到社会主义现代化建设上来，比如那些修配厂、机修厂、配件厂，他们修修配配，配配修修，都是专当“配角”的，是不可缺少的。

甲　对！

乙　当配角是社会分工，是革命需要，我们要为革命当好配角！

甲　对！

乙　当好配角，就不能喧宾夺主。

甲　对！

乙　当好配角，就要为主角服务！

甲　对！

乙　当好配角，就要以主人翁的态度对待工作，努力为实现“四个现代化”贡献力量。

甲　对！

乙　当好配角，就要乐于做无名英雄！

甲　对！

乙　当好配角，就要甘愿把困难留给自己！

甲　对！

乙　喂！你怎么老说对不接话呀？

甲　你不是说主角说得要多,配角说得要少吗?因为我是配角呀!

乙　噢!他在这儿等着我哪!

(载庆祝中华人民共和国成立三十周年曲艺集《三号的喜剧》,1979 年 10 月安徽人民出版社出版)

添砖加瓦

(相声)

甲　好久没见,你好!

乙　你好!

甲　你现在在哪里工作?

乙　我在哪里都工作。

甲　我问你在哪个部门工作?

乙　我在哪个部门都工作。

甲　我问你在哪个单位工作?

乙　我在哪个单位都工作。

甲　你说具体一点。

乙　我在钢铁厂工作。

甲　在钢铁厂?好哇!那是重工业。铸铁轨,建轮船,钢铁工业走在前,造坦克,制大炮,钢铁工业作原料。要实现四个现代化,钢铁工业很重要。在那儿工作好!

乙　好是好,可时间不久,我却调换工作了。

甲　到哪儿去啦?

乙　到拖拉机制造厂去了。

甲　那好哇,那里制造的大农具,拖拉机,深耕田地一尺七,为农业现代化多出力。在那里工作也好。

乙　好是好,可不久,我又调换了地方。

甲　又到哪儿去啦?

乙　我到纺织厂去了！

甲　那好哇！那里是轻工业。一人能管千支纱，电钮一按哗啦啦，万匹锦卷吐不尽，纱厂实现自动化。在那里工作好！

乙　好是好，可我又调换单位了。

甲　又到哪儿去啦？

乙　到新河闸管理处去了！

甲　那好哇，水利是农业的命脉，掌握着新河节制闸，又能蓄水又能灌，不怕老天淹和旱，为粮棉增产多流汗。在那里工作好，这回可别走啦！

乙　我又走啦！

甲　又到哪儿去啦？

乙　到供销社去了！

甲　供销社也好哇！三尺柜台干革命，百拿不厌为群众。在那里工作好，安下心吧！

乙　我能安下心吗？

甲　又到哪儿去了？

乙　到学校去了。

甲　到学校好哇！提高中华民族的科学文化水平，为四个现代化培养建设人才。这下别再调动了。

甲、乙　（同时）我又调换单位了！

乙　你怎么也换单位啦？

甲　我是向你学习。

乙　好嘛！我不但过去经常调换单位，今后还要经常调换单位，比如说：化肥厂、水电站、矿山工地、电影院、粮食仓库、百货店，我们领导都已经联系好了！

甲　打算调你去工作？

乙　我们党积极发展生产，关心群众生活，很多单位都在盖厂房，建宿舍，哪能离开我们？

甲　说了半天，你到那么多的单位是去盖房子！

乙　对,为社会主义添砖加瓦!

甲　原来你是一位年轻的瓦工呀!

乙　可不是嘛!

(载1980年6月13日《安徽青年报》)

居安思危

（相声）

甲　弟弟，你到哪里去？

乙　我……

甲　怎么，你不认识哥哥我了？

乙　你是？……

甲　我是你哥哥，你是我弟弟呀！

乙　你是我哥？我……我哪有你这位哥哥呀？

甲　你为何这么健忘？咱们是兄弟！

乙　噢！我知道了，你这人真会说话，四海之内皆兄弟，南京到北京，兄弟是官称。

甲　不！咱们俩是亲兄弟！

乙　亲兄弟？……

甲　是呀，咱们是同一个母亲呀！

乙　同一个母亲？

甲　是呀！咱们共同吮吸着同一个母亲的乳汁，咱们共同领略着同一个母亲的温暖，咱们共同系念着同一个母亲的荣辱。咱们为着同一个母亲，日夜辛劳，不畏艰险，共同奋斗。

乙　你越说我越糊涂了！

甲　你怎么还糊涂？（唱）“为了母亲的微笑，为了大地的丰收，峥嵘岁月何惧风流。”

乙　噢！你说的母亲，原来是咱们社会主义祖国呀！

甲　(唱)《我把祖国当母亲》。

乙　照你这么说,咱们十一亿中国人都是同一个母亲!

甲　可以这么说,咱们中华民族是世界上最伟大的民族之一,没有一个国家像中国这样有五千年悠久的历史,没有一个国家像中国这样在中世纪就有光辉灿烂的文化,没有一个国家像中国这样从古至今有着一脉相传的血统。

乙　说得对!

甲　千百年来,民族英豪,层出不穷,爱国志士,前仆后继,“位卑未敢忘忧国”。“我以我血荐轩辕”,终于在中国共产党领导下,创建了伟大的中华人民共和国,“中国人民从此站起来了”,你能不感到兴奋吗?

乙　兴奋!

甲　你能不感到自豪吗?

乙　自豪!

甲　你能不欢呼吗?

乙　欢呼!

甲　你能不歌唱吗?

乙　歌唱!

甲　你能不流泪吗?

乙　流,……干吗要流泪呀?

甲　激动的呀!

乙　是这样,乐极生悲!

甲　40个春秋,40年岁月,我们祖国的国力,祖国的影响,祖国的国际地位,今非昔比,大大增强。英雄的中华儿女,不论是在东海之滨,还是在帕米尔高原,不论是在西沙、南沙,还是在珠穆朗玛峰下,不论你身在港澳台,还是寄居海外,普天下的炎黄子孙,都时刻沐浴着祖国灿烂的阳光,承受着母亲施予的恩惠。

乙　是这样!

甲　热爱祖国,你怎么热爱呀?

乙　我爱祖国的丰饶物产，我爱祖国的名山大川，我爱祖国的名胜古迹，我爱祖国的文化遗产。像那黄河、长江、钱塘江，黄山、泰山、九华山，桂林、孔林、狮子林，故宫、天坛、颐和园。……

甲　这些地方你都热爱？

乙　我都曾游览观光，流连忘返。

甲　你是游山玩水！

乙　想当年我还曾经（唱）“雄赳赳，气昂昂……”

甲　（接唱）“跨过鸭绿江！”

乙　（唱）“穿过黄浦江！”

甲　我以为你去参加抗美援朝呢！黄浦江在上海，你怎么穿过呀？

乙　我游览上海黄浦江地下隧道，不是要穿过去吗？

甲　这么个穿过呀？你老记着玩！

乙　比如说这上甘岭，……

甲　你去过上甘岭？

乙　我去过八达岭！

甲　八达岭？长城啊，你还是玩！

乙　比如说这崂山猫耳洞，……

甲　你去过崂山猫耳洞？

乙　我去过庐山仙人洞。

甲　噢！游庐山仙人洞。

乙　比如说这西沙保卫战，……

甲　你参加过西沙保卫战？

乙　我参加过西湖旅游恋！

甲　什么叫西湖旅游恋？

乙　我和爱人到杭州西湖，畅游了玉泉、岳庙、紫云洞、白堤、孤山、湖心亭；饱览了平湖秋月、三潭印月，我们欢度蜜月。

甲　是旅游结婚哪！还是玩！

乙　玩有什么不好？（唱）《我们的生活比甜蜜》。

甲 我们的生活是比蜜甜,可你不能老讲玩,还要尽点义务。

乙 尽什么义务?

甲 宪法规定,保卫祖国,抵抗侵略是中华人民共和国公民的神圣职责。

乙 时代不同了,观念要更新,当前是太平年月,和平环境,什么地道战、游击战、世界大战、保卫战,统统都要靠边站。

甲 你这种思想是刀枪入库,马放南山,和平麻痹,十分危险。

乙 我是说当前世界局势趋向缓和,世界大战打不起来了。

甲 虽然世界大战在短时期内不会发生,但是,我们要居安思危,有备无患,提高革命警惕,增强国防观念。你不该国防意识下降,国防观念匮乏。难道你忘记了旧社会在祖国的国土上,曾经竖立过"华人与狗不能入园"的牌子吗?

乙 曾经听老师讲过。

甲 你忘记了鸦片战争给我们的灾难?

乙 曾经听爷爷讲过。

甲 你忘记了八国联军入侵后的割地赔款?

乙 曾经听爸爸讲过。

甲 你忘记了你妈妈从日本沦陷区跑出来把你大姐生在破庙里?

乙 这个你是怎么知道的?

甲 我听你妈妈忆苦思甜讲过的呀!

乙 现在是新中国,那些旧时代的悲惨事件已经一去不复返了。

甲 我们不能忘记过去,忘记过去就意味着背叛。如今"天下虽安,忘战必危"。

乙 这个我知道。

甲 你知道祖国巍峨的雪峰,是谁在放哨瞭望?

乙 解放军!

甲 祖国浩瀚的海洋,是谁在巡逻游弋?

乙 是解放军!

甲 边境弯曲的河流,是谁在日夜戍守?

乙 也是解放军!

甲 在党的领导下,解放军筑起了强大的钢铁长城,人民才得以安居乐业,祖国建设才得以顺利进行,你才能游山玩水,旅游结婚。

乙 是这么个理。

甲 在从事社会主义建设中,解放军也是(唱)“哪里需要到哪里去,哪里艰苦哪安家”。

乙 你怎么又唱上啦?

甲 解放军动人事迹千千万,能不引起我歌颂吗?

乙 应该歌颂!

甲 就说这最艰苦的工作吧,地震救灾。

乙 解放军勇挑重担!

甲 抗洪抢险!

乙 解放军勇往直前!

甲 扑灭森林大火!

乙 解放军不畏艰险!

甲 扒房子、抢东西!

乙 解放军!不,解放军怎么扒房子、抢东西呢?

甲 那是武警消防部队救火消灾,帮助群众搬迁东西。

乙 你倒是说清楚呀?

甲 我问你,谁是最可爱的人?

乙 是中国人民志愿军!

甲 谁是新时代最可爱的人?

乙 是中国人民解放军!

甲 我们要支持解放军!

乙 对!要支持解放军!

甲 我们要慰问解放军!

乙 对!要慰问解放军!

甲 我们要热爱解放军!

乙　对！要热爱解放军！

甲　我们要热爱你嫂子！

乙　对！不对！热爱我嫂子？还要热爱你弟媳？

甲　你嫂子是军属，不应该热爱吗？

乙　拥军优属，应该热爱！

甲　你嫂子是军属模范。

乙　不错！

甲　你嫂子爱你哥哥。

乙　废话！

甲　为了支持你哥哥安心服役，

乙　我嫂子日夜操劳。

甲　为了给你哥哥排忧解难，

乙　我嫂子费尽心机。

甲　你父亲偏瘫卧床，

乙　是我嫂子常年伺候。

甲　你母亲病重住院，

乙　是我嫂子精心护理。

甲　要向你嫂子学习，学习她热爱国防的高尚品德。

乙　是！

甲　学习她拥军爱民的光荣传统。

乙　是！

甲　“仕”叫“炮”打啦，你是光说不干，油嘴滑蛋。

乙　你批评要有实据。

甲　民兵训练你老迟到，民兵执勤你要补助，可是真的？

乙　这是老早之前的事了，我早已做过检查了哇！

甲　改了就好！你要向你哥哥学习。

乙　对！我哥哥是功臣，是模范，是战斗英雄，是共和国卫士。

甲　还有十八勇士抢渡大渡河，五壮士牺牲在狼牙山，雷锋、王杰、董存瑞，硬骨头六连、好八连，边防战线的巡逻队，送火箭上天的指战员，天涯海角的红哨兵，智擒歹徒的铁公安，保卫珍宝岛的钢铁战士，对越反击战的英雄儿男，有的是为新中国诞生献出了一腔热血，有的为保卫祖国奉献出青春华年。这些都是你哥哥，他们的事迹都应该学习、宣传！别忘了咱和他们都是同一个母亲呀！

乙　噢！母亲！是我们伟大的祖国！

甲乙　（同唱歌曲《歌唱祖国》）"五星红旗迎风飘扬，胜利歌声多么嘹亮，歌唱我们亲爱的祖国，从今走向繁荣富强！……"

（1990年10月，《居安思危》由王训、张建华演出，参加安徽省军区政治部、省文化厅、省广播电视厅联合举办的"我爱国防"民兵文艺调演，获创作三等奖。）

小红袍

（长篇评书）

第一回　迎科举英杰聚京都　求功名奴才寻靠山

万历宣诏开科选，举子应试夺魁元。赃官徇私点庸才，忠臣秉公举良贤。四句闲言道罢，引出一段赃官卖功名，忠臣举英才的传奇故事。却说明朝万历十年，春光明媚，鸟语花香，各路举子，纷纷赴京应试，官办驿馆，招商客店，熙熙攘攘，俱都满员。

单说长生客店住满洛阳赶考举子。正房窗下，站着一人，头戴俊巾，身着青衫，足蹬皂靴，鸭蛋脸微透殷红，高鼻梁眉清目秀。长得不高不矮，不胖不瘦，观年纪二十上下，看神情意气昂扬。这人是谁？他就是洛阳才子周传玉。周传玉自进京都以来，与洛阳众举子，切磋诗文，取长补短，准备应试。这一天他身感疲倦，站在窗前，伸了一个懒腰，揉揉双眼，打算卧床歇息一会。只见堂倌领着一位举子进了正房，说道："这位客人，专来拜见周老爷。"周传玉抬头观看，来人一身书生打扮，料是应试举子，但从不相识，何以前来会见？正欲问话，那举子递上一封请柬，只见上面写着："洛阳才子，天下闻名，今科会试，未得晤面，实感遗憾，弟等拜柬相邀，以文会友，乞请光临。"下边落款是："同乐驿馆众举子顿首拜"。周传玉看了请柬，向来人拱手说道："尊兄哪里人氏？初次见面，小弟多有慢待。"来人说道："我乃江宁举子姜华明，住在同乐驿馆，众位举子久闻尊兄大名，都想请兄当面赐教，故而推我持柬前来，望尊兄切勿推诿。"周传玉当即说道:"既蒙诸兄相邀,盛情难却,小弟敢不从命,前往领教就是。"于是关上房门,跟随姜华明,直奔同乐驿馆而来。

同乐驿馆是京都特大的驿馆之一,有南楼、北楼、客厅、饭厅;有东跨院,西跨院,有花园,有鱼池。这里住的举子,大多是官宦子弟,其中有吏部尚书陈文的表侄、荆州举子冯天保,有宦门之后归德府举子赵金贵,有杭州知府刘云山之子刘占标。那位去请周传玉的姜华明,是江宁知府姜振坤的儿子。这些官宦子弟,想在会试之前,先摸一下周传玉的底。也有的对他不够服气,想借以文会友之机,出几个难题,奚落一下这位洛阳才子,使他威名扫地,煞一煞他的锐气,不能得中头名状元。因此,举子们有的伏案准备,有的出门张望,只盼周传玉速速到来。

再说周传玉跟着姜华明,穿街走巷,拐弯抹角,不多一时,来到同乐驿馆。举子们鱼贯走出,迎进客厅,纷纷落座,为首的一位坐在主座席上。周传玉举目细看,只见他一对母狗小眼,骨碌碌直转,两道吊丧眉,上下乱拧,几根青筋,挑着个脑袋。此人就是湖广荆州举子,张居正的同乡、吏部尚书陈文的表侄冯天保。举子们看看周传玉,挤眉弄眼,交头接耳,乱哄哄的。冯天保敲敲桌子,朗声说道:"诸位肃静,今日洛阳才子周兄来馆相晤,以文会友,必能有问即答。诸位发问,须分先后。"苏州举子杜广法站起说道:"周兄自长生客店,步行来馆,一路辛苦,作文赋诗,费时劳神,依我之见,咱们今日只做玉堂巧对,讲究测字,诸位意下如何?"举子们一致同意。敢说怎么这样心齐?因为在姜华明去邀请周传玉时,大家立即商量对策,认为周传玉诗文誉满天下,难不住他。只有出些乖僻的对联,才能把他难倒。所以杜广法一呼百应,无人提出异议。

周传玉面对众位举子,早知他们心怀叵测,但仍镇定自若,缓缓说道:"承蒙诸兄相邀,得以聆听教诲,三生有幸。"话刚落音,有一位举子立即站起,张开大嘴,高声喊道:"都别再啰里吧嗦,哪位出个题目,让才子对上一对!"周传玉仔细观看:此人生得肥头大耳,尖着脑袋,肿着腮帮,两道细眉,一对小眼,蒜瓣鼻子,翘着鼻梁,鼻孔朝天,大大的嘴巴,短短的下颏,猫耳朵又小又撮,上半截身子长,下半截身子短,说话粗声粗气。周传玉想道:这样的草包,乡试时怎么会中上举人?

杭州举子刘占标心中想道:你周传玉是洛阳才子,北方人,没见过水车,我以水车作上联,出一联巧对,难你一难,想到这里他随口说道:“我出一个上联,请周兄对出下联。”周传玉点头说道:“刘兄请讲。”刘占标摇头晃脑,说道:“水车车水水随车车停水止。”说罢,目不转睛地看着周传玉,等他对出下联。周传玉抬头看到东山墙上挂着一幅诸葛孔明的画像,见他头戴纶巾,身穿道袍,手执羽扇,端坐小车。忽然联想起夏天摇扇取凉的情景,随即对道:“风扇扇风风出扇扇动风生。”济南举子苏文晋立即喝彩:“好!对得好!水车车水水随车车停水止,风扇扇风风出扇扇动风生。对仗工整,平仄适宜,不愧称洛阳才子!”

苏州举子杜广法在三年前的一个严冬腊月,用积雪堆了一个雪狮子,次日雪止天晴,红日高照,雪狮子经太阳照晒,雪化狮小,渐渐地瘦了。他即兴想起一个上联:“日出雪狮瘦。”从那以后,一年两年三年,他苦思冥想,后来想成了病,都没有想出下联,觉得这次把这个上联出给周传玉,保准能难倒他。这个稀奇古怪的上联,真使得周传玉一时难以作答。他凝视窗外,这时天已傍晚,夕阳西下,玉兔东升,时值三月十五,月圆如镜,他灵机一动,一句下联脱口而出“月圆玉兔肥”。杜广法又重复了一次说:“我这个上联日出雪狮瘦,说的是太阳出来,雪堆的狮子瘦了。”周传玉也解释一遍说:“我对的下联月圆玉兔肥,意思是十五的月亮圆了,月中的玉兔也显得肥了。”大厅内一阵哄笑,有人夸赞,有人忌妒,有人泄气。

荆州举子冯天保,只气得两眼乱翻乱转,他也不当主持人了,自己赤膊上阵,开口说道:“我以七级浮屠为题,出一个上联:宝塔尖尖七层八角六棱,请对下联!”周传玉还没来得及接腔,江宁举子姜华明自负有才,随即说道:“今日周兄来馆,以文会友,大家应以友情为重,不应只让周兄一人接对,冯兄的这个上联,我来试对。”他伸出自己右掌,想了一想,说道:“有了!下联应对,玉掌平平五指二短三长。”说罢他得意的抿嘴一笑。周传玉看了冯天保一眼,又看了看姜华明,哈哈一笑,说道:“冯兄、姜兄,你们这副巧对,都有不妥之处。这上联宝塔尖尖七层八角六棱,有的塔不是八角也不是六棱,这个不确切,应改为现角现棱。姜兄的下联玉掌平平五指二短三长,也不恰当,五指长短是相对而言的,应改为有短有长。”有人重复念了一遍:“宝塔尖尖七层现角现棱,玉掌平平五指有短有长。”厅堂内又是一阵哄笑,笑得冯天保和姜华明都面红耳赤,低头不语。

客厅内恼了一人。这人是谁?就是那个归德府举子赵金贵。赵金贵心想,我要出个难题,叫他无从答对。他走上前去,高声喊道:“洛阳才子,你可知道这次会试,你可能中上状元?”这个草包这么一问,使得全厅哄动,还有几个浪荡公子随声附和:“是呀!周传玉,你说你能不能中上状元?”他们想着这下可难倒了周传玉,如果他说中不上,那么你还算个什么天下才子?如果说自己能中,这也太不谦虚太不自量了。全厅举子都大眼瞪小眼地瞅着周传玉,看他如何回答。

周传玉却是不慌不忙,胸有成竹地说道:“诸兄,我先来让大家测一个字谜!”“测字谜?”大家又哄笑了一阵。周传玉继续说道:“上一个字是,一竖一边一点,下一个字是,一横一下一人。”举子们都开动脑筋,争测字谜。刘占标抢先说道:“一竖一边一点,是个小字,一横一下一人,是个大字。一小一大,是与不是?”刘占标得意忘形,认为十拿九稳测对了。可周传玉却说测错了。错在哪里?周传玉说:“一竖一边一点,是个卜字,不是个小字。因为我只说一边一点,那边没有一点,所以是个卜卦的卜字。一横一下一人,是个天字,不是大字,因为一横一下还有一,还有人,所以是个天字。”举子们说:“这字测得不错,是一个卜字和一个天字。”赵金贵急忙上前,指着周传玉说:“我问你能不能中上状元,管你什么卜字、天字!”周传玉故意反问:“你问什么?”赵金贵说道:“我问你能不能中上状元?”周传玉随口接上:“前程未卜天知道!”还是姜华明较为聪明,他重复念了一遍:“前程未卜天知道!这个卜字和天字在这儿用上啦!”周传玉拱手作别,大步流星地奔回长生客店去了,客厅里众举子一时间都傻了眼。

举子们正要散去,只见一人,素巾青衫,足穿皂靴,飞步进厅。众人一看,都噫了一声,惊讶万状,同声说道:“洛阳才子周传玉又回来了!”这个说:“洛阳才子,你去而复回,却是为何?”那个讲:“周传玉还想继续玉堂巧对,我们要奉陪到底!”这位“周传玉”愣了半晌,眼看众位举子,不知从何说起。

列位,周传玉回长生客店,为何又转回驿馆?原来此人不是周传玉,而是周传杰。她和周传玉是孪生兄妹,长得一模一样。自幼在伏牛山三清观学艺,师父灵仙道长命她到五台山寻找师兄李金锁。不料李金锁下山,她就女扮男装来到京都,听说开科会试,心想:哥哥周传玉必来应试,就遍访驿馆客店,寻觅于他。恰巧周传玉刚刚出馆,周传杰倏忽来到,她听到众举子说“洛阳才子周传玉”“玉堂巧对”之类的话,心中欣喜非常。正欲答话,刘占标上前说道:“周兄复回,想必另有赐教,小弟念一段《孟子》章句,敬请才子释义。”随即翻了一下眼珠子念道:“孟子见梁惠王,王曰:叟,不远千里而来,亦将有以利吾国乎?”刘占标出这个题目,无非是不把周传玉放在眼里,给你出个小学生都能讲解的章句,看你怎样解释。周传杰听了这些,知道举子们是出题目奚落哥哥的,就向他们开个玩笑,顺口释义道:“孟子见梁惠王,王曰叟,不远千里而来,亦将有以利吾国乎?就是说,孟老夫子见了梁惠王,梁惠王说,给我搜,一搜,从孟子腰里搜出来一把小刀。梁惠王大怒,说你这个老头,不远千里而来,你想用这把刀子利我的国吗?!”这一通曲解歪批,逗得大伙儿前仰后合,捧腹大笑。

冯天保早就坐不住了,觉得周传玉这哪是讲解孟子章句:他二次回来,就是专门来愚弄大伙儿的!他挖空心思想报复一下。忽然看见一只屎壳郎飞进了屋,碰到墙壁,摔在地上,黑乎乎的一块不动了。他即兴想出了一个上联,说道:“周兄,我再出一个上联,你对下联。”接着吟道:“郎嗡叭叉炭!”周传杰一时没词,冯天保趾高气扬,他指着地上不动的屎壳郎说道:“郎嗡叭叉炭,就是这只屎壳郎嗡的一声飞进屋来,叭叉一声碰着了墙壁,掉在地上像一块黑炭。”举子们催促着说:“对呀!”周传杰可真有点着急,东看西瞧,见院中一只母鸡,咕叫一声,屙下一泡屎,她随机应变,信口吟道:“鸡咕噗唧糖。”姜华明忙问:“你这是……”周传杰说:“鸡咕噗唧糖,就是说这只母鸡咕叫一声,噗唧屙下一泡溏鸡屎来。”冯天保怒不可遏,指着屎壳郎大声说:“老兄,上考场我给你送上这块栗炭火。”周传杰指着溏鸡屎也放高了嗓门:“老弟,下考场我请你吃这块祭灶糖。”举子们又是一阵大笑。冯天保被羞得满面通红，气得说不出话来。赵金贵忍不住吼叫道："周传玉，你不要在这里磨嘴皮子，快回你的长生客店去吧！"周传杰一听哥哥周传玉住在长生客店，再也顾不得与他们纠缠耍嘴，就飞身出门，飘然而去。

周传杰走后，举子们睡觉也想，吃饭也议，洛阳才子如此了得，看来会试夺魁，机遇不佳，于是八仙过海，各显神通。次日早膳已毕，刘占标收拾收拾，直奔相府。他从腰中取出四只元宝，递给相府总管张能："一点小意思，留着喝茶。"张能接过元宝，满脸带笑："文举有何贵干？"刘占标说："杭州举子刘占标前来拜见相爷。"张能说道："请你稍候。"说罢转身进去，不多一时，张能返回，说道："相爷在客厅等候。"刘占标进了客厅，只见桌案上放的拜帖，堆了一尺多厚，桌边端坐一人，观年纪五十开外，贵冠玉顶，锦袍裹身，面如螃蟹盖，两道八字眉，小眼睛，高颧骨，瘦腮帮，尖下颏，手捧香茶，闭目养神，此人正是当朝宰相张居正。刘占标双膝跪倒："晚生刘占标，给相爷请安。"张居正说道："平身。"刘占标双手呈上拜帖，张居正接过一看，帖内夹着一张万两黄金的银票。张居正呵呵一笑："贤契，此次老夫主考，挑选治国栋梁，你才华盖世，定能夺魁，可放宽心。"刘占标心领神会，知道张居正已把新科状元暗暗许给了他，兴高采烈，拜辞出府。

张居正手捧两张银票，一张是冯天保先送来的万两白银，一张是刘占标后送来的万两黄金，权衡轻重，哈哈一笑，自言自语道："看来这个状元是刘占标的喽。"他收藏起银票，正想回后楼歇息，总管张能又来禀报："归德府举子赵金贵前来拜府。"张居正袍袖一甩："不见！"张能来到府门回复赵金贵，别看赵金贵文墨不通，若论行贿送礼，拍马逢迎，倒有一点勇气。他想：自古来，官不打送礼的，狗不咬屙屎的；我送礼上门，不怕你不见。想到这里，从怀里掏出五锭黄金，交给张能，并向他小声耳语道："为夺状元，我给相爷带来传家之宝五彩喝墨珠，请代为传禀。"张能把赵金贵带进府门，走入密室，问道："喝墨珠现在哪里？"赵金贵从怀里取出彩盒，张能伸手去接，赵金贵又装进怀内，说道："这喝墨珠是稀世珍宝，世间少有，我要当面献给相爷。"张能听了，二次来到客厅："启禀相爷，赵金贵带来家传至宝五彩喝墨珠前来拜见！"张居正闻听带来喝墨宝珠，这正是他梦寐以求之物，怎能不见？忙说：

“让他进来!”

张能匆匆赶到密室,对赵金贵说:“赵文举请进,相爷正在客厅等候。”赵金贵听了这话,呵呵一笑,想道:只要让我进府,收了我的宝珠,这状元也就是我的了。迈步走进客厅,来到张居正面前,扑通一跪,说道:“赵金贵给相爷磕头!”“平身。”张居正话一落音,赵金贵抽身站起。张能递过香茶,赵金贵忙从怀里取出彩盒,说道:“晚生带来宝珠一颗,相爷中意就留下,相不中我还拿走。”张居正看看赵金贵,觉得他文墨太差,难以点中状元,若将宝珠收下,又恐惹出事端,如不收下,心爱之物,怎能忍心放过。赵金贵见张居正犹豫不决,就手捧彩盒,送至面前。张居正欲得此珠已久,伸手接过,打开一看,宝珠外边,用红绫包裹,一直扯去十层绫子,才现出鸡蛋大的一颗宝珠。这五彩喝墨珠,红处似玛瑙,绿处如翡翠,蓝处似蓝靛,黄处如黄金,黑处如松墨,闪闪放光,光彩照人,确是世间罕见之宝。张居正手捧宝珠,忽然想起:这喝墨宝珠久有传闻,是外国进贡的一件贡品,它是深山里一块宝石,得日月之光华,受地灵之滋润,再用多种药物炮制而成。一颗宝珠,分为五色,遇红喝红,遇黑喝黑,各种颜色都能被它喝得干干净净。嘉靖皇帝,奉为至宝,珍藏深宫。后来有一位尚书,姓贺名成章,治国安邦,荣立大功,特将此珠御赐给他,以示奖赏。赵金贵怎么能获得此宝,难道他用假珠献我,骗取功名不成?想到这里,取过纸笔,顺手写了五彩喝墨珠几个大字,将喝墨珠往字上一放,果然喝去墨迹。又叫张能拿来红黄蓝绿四种颜色,涂在白绢之上,用宝珠发红之处,喝去绢上红色,用宝珠发黄之处,喝去绢上黄色。霎时四种颜色全被喝去,百试百灵。张居正满心欢喜,将宝珠用绫子包好,放入彩盒。随即说道:“万岁开科,选拔英才,意在治国兴邦,明日会试,万岁亲临科场,贤契多在这方面下些功夫。”明、清两代科举考试,都是作八股文,张居正知道赵金贵文墨较差,这是向他透露考试题目。赵金贵不解其意,说道:“相爷是托孤老臣,又是皇上的老师,纵然皇上亲临科场,还能当了相爷您的家吗?”张居正暗想,这人真不通窍,但收了他的宝珠,这个状元也只有点给他了。便说:“贤契放心,老夫尽力而为。”赵金贵连忙称谢,告辞回馆。

张居正坐在客厅,有点左右为难。总管张能又走进客厅:“启禀相爷,门外有位肩挑千两白银之人,前来拜府。"张居正眉头一皱:"让他进来!"张能领那人进厅,放下挑子,跪倒施礼:"晚生给相爷请安!"张居正问道:"姓啥名谁,家住哪里?父兄何处为官?"那人说:"晚生姓冷,双字透青,亳州人氏,祖辈务农。我受尽寒窗之苦,得中举人。这次会试,略备薄礼,前来拜见相爷,望求恩典!"张居正一声怒喝:"会试点元,全凭真才实学,你未入科场,竟先行贿,有负圣恩。来人,革去功名,送交刑部治罪!"冷透青只吓得魂飞天外,瘫在客厅,一声惨叫:"冤枉!"

欲知后事如何?且听下回分解。

第二回　伸正义举子告奸相　助邪恶凶手刺辽王

话说张居正命人把冷透青押送刑部治罪,恰巧这时吏部尚书陈文过府拜见。他是受了表侄冯天保的五千两白银,前来相府说情。陈文走进客厅,施礼落座,问道:"相国,为何将那位举子绑送刑部治罪?"张居正说:"未入考场,先来行贿,罪在不赦。"陈文先是一惊,想他已经卖了好多功名,今天为何秉公起来?又问:"相爷,这位举子,送了何种礼品?"张居正说:"自己挑来千两白银!"陈文方知是嫌贿银太少,这才放心说道:"相国,荆州举子冯天保,既是大人的同乡,又是下官的表侄,这次应试,还要劳相国关照。"张居正说:"明天应试,是万岁主持,我一人难能做主。"陈文说:"虽然万岁亲临考场,这考卷还要相国亲自审阅。只要相国关照,天保定能夺得魁元。"张居正摇了摇头,说道:"老夫实在不敢相许。不过,既是尚书大人提及,老夫决不惜力。能办的一定要办。""多谢相国。"陈文说罢,回府去了。

陈文一走,张居正又取出喝墨珠,看了又看,瞧了又瞧,喃喃自语:"状元、状元,你冯天保休说送来万两白银,就是万两黄金,也难抵这宝珠一颗。哈哈哈,老夫有了这个,今后可是大有用场了。"说罢,放进珠盒,即命家人张有,传李豪侠速来客厅。张有去不多时,只见一人身高八尺开外,四方脸膛,面如敷粉,宝剑浓眉,斜插入鬓,一双虎目,皂白分明,四方海口,鼻似悬胆,耳若垂轮,一身短打,爽手利脚,腰挎利剑,飞步进厅。此人是谁?他就是专给张居正看护聚宝楼的李豪侠。他自幼进五台山学艺,艺成下山。因张居正对他有救命之恩,凭着江湖义气,才来到张府,愿为张居正两肋插刀。他日夜不离聚宝楼,使宝贝万无一失,张居正也对他倍加信任。

且说李豪侠来到客厅,张居正手捧着喝墨珠说道:"这颗喝墨珠,只能你知我知,万万严密保存。"李豪侠双手接过,说道:"相爷放心。除你以外,我要让它神鬼莫测,世人难寻。"说罢,拿起喝墨珠,离开客厅,走回聚宝楼。

李豪侠走后,接着又有不少举子拜府,张居正也自然收了不少金银财宝,但他全不看在眼里。一直忙到深夜,张居正方才回房歇息。

第二天清晨,各地举子,已纷纷到了考场,端坐案头,等待主考官张居正命人散发考卷。早朝过后,张居正跟随銮驾,陪万历皇帝,来到考场。万岁正中落座,张居正侧坐一旁。钟鼓一响,发下考卷。大家挥动七寸羊毫,饱蘸松墨,做起八股文章来了。只有几个草包举子,眼看考卷,急得抓耳挠腮,无从下笔。三场已毕,万历皇帝起驾回宫,举子们纷纷走出考场,张居正已命人收起考卷,返回相府。

次日,张居正开始阅卷。他的桌案,一边放着考卷,一边放着举子送的拜帖和礼单。他仔细审阅,彼此对照,结果出现两种截然不同的情况:八股文做得好的,但送礼较少,或者没有送礼;八股文做得差的,而送礼较多,或者父兄是朝阁大臣。若按才录取,那些送礼的举子,多半落榜。特别是赵金贵的考卷,文不成章,语不成句。但周传玉字字珠玑,文风豪放。一个才疏礼品重,一个才高没送礼。怎么办?想来想去,张居正想出个移花接木之计。他仗着书技超人,能写各种字体,便用五彩喝墨珠,将周传玉的名字喝去,然后仿照文章的笔迹,写上"赵金贵"三个字。凭冯天保、刘占标的文章,可以高中进士。收了他们的重礼之后,也曾当面允许点元。如今状元点了赵金贵,至少也点他们个榜眼、探花。花了几天工夫,张居正又将翰林、进士定了下来,写成本章,呈给万历皇帝。万历皇帝看过之后,传旨颁发金榜。午朝门外,人山人海,那些应考的举人,也齐来观看。金榜题名者,喜气洋洋,名落孙山者,垂头丧气。有些举子看见洛阳才子周传玉落榜,十分惊奇。有的指名道姓,责骂主考官张居正科场舞弊,摧残人才,接受贿赂,出卖功名,为周传玉打抱不平。

却说洛阳才子周传玉,一见名落孙山,对张居正出卖功名,愤慨无比,立即离开午朝门,直奔相府而去。他来到相府,只见府门大开,四个校卫,手执兵器,分立两旁。未等周传玉走近,齐声喝道:“何人拜府?先报姓名官职!”周传玉冷冷一笑,说道:“本人无官无职,乃是一名来京应试的举子,为感大人主考科场,昼夜操劳,特来相府门前,题诗相赠。”校卫军一听说要在相府门前留诗,心想必然要对相爷奉承一番,因而没有阻拦。周传玉从怀里取出笔墨,信手写来,写罢,转身就走。校卫军放眼一看. 只见几行小字,端端正正。因为他们都识字很少,有的说,一定是赞扬相爷治国有功,有的说,一定说咱们相爷重用人才。大家正在猜测, 张居正从府内走出,回头一看,四句诗文,题在门旁。定睛一看,上边写着:“主考张居正,审卷心不公。藏奸欺天子,受贿卖功名。”署名“洛阳才子周传玉”。他越看越气,越瞧越恼。只气得两眼通红,面色铁青,花白胡子,微微发抖。校卫军一看张居正生气,心中知道不妙,慢慢退到一边,低头闭目,不敢多言。张居正问道:“这首反诗,何时所写?”

“刚才写好。”“写诗人哪里去了?”“出了府门,直奔午朝门外去了。”“快快追赶!”“是!”四个校卫,飞奔追去。张居正立即唤来家人张有,命他速将周传玉所写反诗擦去。张有刚擦去两句,四个校卫飞跑转回,说道:“启禀相爷,午朝门外,站满了落榜的举人,辱骂相爷主考不公,出卖功名。围看的人们,水泄不通。没见到那位题诗的举子,无法追赶!”

“啊——”张居正一听,更是火上浇油。他唤过张能,吩咐点齐三百校卫军跟随,到午朝门外,将落榜举子赶走。张能不敢怠慢,点齐三百校卫军,备来一乘八抬大轿。张居正上轿内落座,炮响三声,人走马动,不多一时,来到午朝门外。众举子见张居正来到,更是破口大骂:“张居正出卖功名,欺君害民,罪该万死。”张居正气得肝胆破裂,浑身发抖,一声令下:“给我打散赶走!”校卫军一拥而上,举起皮鞭棍棒,对着举子,猛抽猛打。众举子心中不服,骂得更凶。张居正喝道:“凡不退走者,将他们拿下。”校卫军急忙取出绳索,三五成群,上前绑人。眨眼之间,已有三十多人被他们拿住。众举子无奈,只得退出午朝门,走进御街。忽见迎面来了一队人马,鸣锣开道,甚是威风。马队后边,闪出一乘大轿,轿内坐位王爷,五十开外,面如重枣,龙眉虎目,鼻直口方,头戴王冠,身穿龙袍。这家王爷,不是别人,乃是万历皇帝的亲叔,东辽王,奉圣旨回京。人马来到御街,被退回来的举人堵住,不能前进。东辽王吩咐落轿,命人役去到前面问询。人役去了一时,回来说道:“启禀王爷,只因这次应试,由张相国主考,发榜之后,这些落榜举子,心中不服,聚在午朝门外,议论纷纷。说张居正受礼受贿,出卖功名。张居正带领三百校卫军,捉拿他们送交刑部治罪。”

东辽王朱显听了这话,甚是恼怒。暗想:张居正这些年来,仗着扶保幼主登基有功,上欺天子,下压群臣,广结私党,专权误国。这次主考,出卖功名,也许是实。如若不然,这些落榜举子,也不敢在午朝门外,议论纷纷。于是吩咐人马闪开一条道路,让那些举子过去。有的举子闻得轿内是东辽王朱显,走到轿前,双膝跪倒,高呼冤枉!东辽王说道:“你们都是赶考的举子,知文识字,有何冤情,写成状纸,我替你们呈给万岁。”举子们一听,不敢怠慢,取出文房四宝,就在御街写起状来。不多一时,状纸写好,呈了上去。辽王说道:“待我回府,连夜修本,明日早朝,连同这些状纸,一同奏明皇上,为大家伸冤。”众位举子,叩头谢恩,起身转回客栈。

再说张居正见落榜举子,退出午朝门,吩咐校卫军,将抓起来的三十多人,押送刑部治罪,准备返回相府。家人张有,匆匆走来,说道:“启禀相爷,东辽王回京,行至御街,收下落榜举子的状纸,准备明日早朝,参奏相爷。”张居正听了,心中猛然吃惊:此人早就与我作对,明日他如若奏于万历皇帝,对老夫大大不利。对,明枪容易躲,暗箭最难防。朱显啊朱显,你休怪本相手毒心狠了。于是吩咐校卫:“打道回府!”

且说东辽王进了府第,已是日落西山,万家灯火的时辰了。东辽王吃过晚饭,便命家人在书房点起明灯。东辽王走进书房,案边落座,将落榜举人的状纸看了一遍,俱是告张居正受礼受贿,出卖功名。有的还为洛阳才子周传玉鸣不平,真是越看越恼。心想:张居正怀抱幼主登基,转眼十年过去。由于万历皇帝年幼,朝中大权,全由张居正一人操纵。真是顺我者昌,逆我者亡。他重用赃官,残害忠良,大明江山,成了张居正的一统天下。朝中百官,深为不服。我虽多次向万历进谏,但皇侄念张居正辅佐有功,过于崇信,不理不睬。眼下万历帝已年长一十五岁,虽然能够独自料理朝政,但张居正仍然事事作祟,他人忠告,难以听信。张居正罪恶累累,罄竹难书,不知本章从何修起,方能除掉奸相。思前想后,手握七寸羊毫,苦皱眉头,难以下笔。转眼一更过罢,二更到来。东辽王朱显,端坐案头,思虑再三,还是专奏张居正主考作弊,出卖功名,以便打开缺口。只要万历准了本章,以后再补本奏上,为国除奸。东辽王主意已定,挥起羊毫,“唰,唰,唰!”不多一时,本章写好。从头到尾,又细看一遍。刚刚收起,准备回房歇息,站在书房外边看家护院的校卫,忽然发现一个身影,从房上飞流直下,站在书房窗前。校卫一惊,慌忙走上,准备捕捉。未等走近,只听嗖的一声,一只飞镖,投进书房。东辽王哎呀一声,那人操起轻功,窜上房顶。校卫推门进房,东辽王已倒卧在地,镖穿胸口,鲜血湿衣,校卫急忙去扶。东辽王喝道:“快抓刺客!”校卫转身走出书房,那刺客沿着屋脊飞跑,逃出府去。校卫再回书房一看,东辽王面色苍白,奄奄一息,慌忙拔出飞镖。“啊”的一声,东辽王脚蹬手抓,气绝而亡。

这东辽王朱显,还是隆庆之弟,皇府至亲,自从封为镇东辽王以来,公正廉明,人人敬佩。此次奉旨回京,主要是共商科举封官之事。不想未见万历皇帝,已被暗害,居家老少,哀伤悲痛。东辽王郡马韩良,是户部一名小官,为人正直,颇有才华,知道东辽王被害,立即赶到书房,察看情景。只见桌上放着一道本章,专奏张居正主考作弊,出卖功名,光天化日,捆绑举人,妄加陷害。再看凶器飞镖,上边刻着“孙豹”二字,断定辽王是刺客孙豹所害。于是他收起本章状纸,带上飞镖,连忙赶到慈庆宫中,去拜见仁圣皇太后。

那位问啦,这皇太后就是皇太后嘛,为何前边加上“仁圣”二字?列位有所不知,先帝隆庆天子的陈皇后不是万历的生母。万历的生母是隆庆皇帝的李贵妃。明朝制度于天子新立,必尊母后为皇太后,若本身系妃嫔所出,生母也称太后,唯亲母要特加徽号,以示区别,故而万历尊陈后为仁圣皇太后。张居正为了献媚李贵妃,亦加徽号,尊李贵妃为慈圣皇太后。慈圣皇太后移居乾清宫,与张居正甚为亲近。昔日先帝隆庆让万历找托孤大臣,万历跪向张居正怀中,也是慈圣皇太后的指使。如今万历登基,张居正总揽朝纲,慈圣太后一切放心,于是在宫中专事享乐,拜佛求仙,以求长生不老,朝中之事,不大过问。仁圣皇太后眼看张居正欺主年幼,为非作歹,十分痛心,因而忧国忧民,朝中大事,总想了解一二。这次郡马韩良去拜见的就是仁圣皇太后。仁圣太后听了,甚为悲痛。接过本章和飞镖一看,心想东辽王朱显被害,一定与张居正有关,但又不知孙豹是谁。仁圣太后正在为难,韩良说道:“启禀太后,待我明日早朝,带上父王本章,举子状纸,凶手飞镖,直奏张居正行凶杀人,你看如何?”仁圣太后想了想说:“不可。因为对孙豹其人,我们全然不知。即使是张府家将,又受张居正指使,没有真凭实据,张居正怎会承认?”韩良说:“难道我家父王,如此惨死,无法平冤了吗?”太后想了想,说道:“此冤一定要伸,决不能让凶手逍遥法外。为了免于打草惊蛇,明日早朝,你可奏辽王遇害已死,请求万历准本,从速捉拿凶手,办理此案。至于辽王奏本和孙豹飞镖一事暂且莫提,哀家自有安排。”

郡马韩良,拜别仁圣皇太后,又回到东辽王府中,为东辽王安排后事。不觉已是鼓打五更,万岁临朝。百官朝驾,韩良拿着写好的奏折,上殿启奏。他走上金殿,双手捧着本章,俯伏金阶,奏道:“启奏万岁,皇父镇东辽王,于昨夜三更,被刺客暗害,请万岁为皇父伸冤。”

万历皇帝及满朝文武,闻听辽王被害,不由一惊。相国张居正,未等万历传旨准本,立即走上金阶,奏道:“万岁我主,镇东辽王,功高盖世。既然不幸被害,请万岁准本,速交刑部办理此案,限期捉拿凶手,为辽王平冤。”张居正奏罢,满朝文武百官,一齐俯伏金阶,同奏万历,准本除凶,为辽王伸冤报仇。

且说万历天子,心想东辽王是皇室至亲,官封东辽王,为保大明江山,尽心尽力,功垂千古。今日不幸被害,将使朱家天下,失去半个臂膀,必须专案办理。于是问道:“皇叔被害,哪家爱卿,领朕一道圣旨,捉拿凶手,办理此案?”

文武百官,低头不语,无一人上殿接旨。万历暗想:朕的皇叔被害,没人领旨，捉拿凶手，是何道理？二次问道：“东辽王被害，哪家爱卿，领朕一道旨意，捉拿凶手，办理此案？”文武百官站列两旁，装聋作哑，全当没有听见。万历暗想：皇叔远在东辽，与朝中百官，无冤无仇，今日被害，为何无人领旨办案？三次问道：“哪家爱卿，领朕一道旨意，捉拿凶手，替皇叔报仇？”九卿四相，八大朝臣，恰似木雕泥塑，纹丝不动。

诸位，万历连问三遍，为何无人接旨办案？只因张居正昨日在午朝门外，捉拿落榜举子之事，已风言风语，传到百官府舍。他们也听说东辽王接了举子的状纸，准备上殿奏本，不料夜晚被害。凶手若是相府所差，这件案子就难办了，因此不敢接旨。万历不知其中缘故，连问三遍，无人接旨，心中动怒，一拍镇国玉玺：“难道你们聋了？莫非你们哑了？”金殿上下，一片寂静。正在僵持之时，忽听太监高呼：“仁圣太后驾到！”万历急忙下殿迎接太后，百官叩头参拜。仁圣太后落座之后，眼见万历面色不悦，问道：“皇儿为何精神不爽？”万历便将方才之事，讲说一遍。仁圣太后暗自心惊，张居正的权势已到这般地步，若不将他扳倒，大明江山，危在旦夕。遂说道：“我在深宫，已闻东辽王凶信，甚为悲痛。朝中既无人接旨，哀家推举一人办理此案。”万历皇帝问道：“母后荐举何人？”仁圣太后说道：“此人刚正不阿，不仅可以捉拿凶手，办成此案，进京之后，还能整顿朝纲，除奸灭佞，振兴大明江山。”万历大悦，忙问道：“母后荐举何人？现居何处？”仁圣太后微微发笑：“皇儿，听我细讲！”

欲知仁圣太后荐举何人，且听下回分解。

第三回　沈阁老领旨赴琼山
海鬼头假意设灵堂

话说万历皇帝，闻听仁圣太后荐举一人，办理辽王被刺一案，满心欢喜，问道：“母后荐举何人？现居何处？”仁圣太后说道：“此人是我大明三朝元老，姓海名瑞，号刚峰，广东琼山人，嘉靖皇爷钦封南直操江。此人为官清正，忠心耿耿,除奸灭佞,不畏生死,若将他召回京都,定能办好此案。”万历说道:“朕即传旨,召他进京。”话刚落音,张居正连忙下跪金阶,奏道:“万岁我主,南直操江海瑞,已病故三载!”此言一出,满朝文武,无不震惊。万历皇上,不由一愣,难以传旨。张居正接着奏道:“启奏我主,那海瑞本是三朝元老,扶保先皇,忠心耿耿,治国安民,功高盖世,既已去世,请万岁传旨御祭,以慰英灵。”

对于海瑞,万历早听仁圣太后多次言讲,本是一位忠臣,告老还乡,已有多年。而今去世,张居正启奏御祭,甚有道理,立即准本。说道:“哪位爱卿领朕一道旨意,前往广东,御祭海老爱卿?”仁圣太后急忙说道:“且慢传旨!”

文武百官,又是一愣。海瑞身为三朝元老,为大明江山,赤胆忠心,而今既然过世,理应御祭,老太后不让发旨,是何道理?大家你看看我,我看看你,满腹疑云,百思不解。

原来仁圣太后启奏召海瑞进京办案,张居正便奏海瑞已死三年,心中就有怀疑。海瑞是先皇老臣,既然已死三载,为何没听到一点音信?海瑞如果真的死了,理应御祭,万一没死,御祭一到,必须自尽,否则,便是犯下欺君之罪。她怕海瑞没死,遭受陷害,于是奏道:“海瑞本是三代忠良,如果去世,州府县衙,定有公文上报。”张居正复又奏道:“三年以前,琼山县已有公文到京,公文呈至吏部,吏部尚书陈大人交我批阅,当时万岁年幼,我想区区小事,不必惊动万岁。臣一时疏忽,未奏圣上办理,实乃臣之过错。如今旧事重提,理应传旨御祭。”吏部尚书陈文系张居正一伙死党,听张居正所奏当年公文呈至吏部,心中一惊,张相国呀张相国,你这不是信口开河,嫁祸于人吗?继而听到张居正把责任全揽了过去,才放下心来。他知道张居正编造谎言,是想让他金殿作证。于是心领神会,上殿奏道:“万岁,三年前吏部是接到琼山县公文,言明海瑞已死,臣欲奏明圣上,首辅张相国将公文提走,并说万岁年幼,此等小事,不必劳神皇上。而今太后荐举海公进京办案,提起此事,理应御祭。”

仁圣太后听了张居正二次奏本,又听到陈文当面旁证,心中动摇。想着海瑞已有七十高龄,身居广东,离京有数千里之遥,多年来,朝政全由张居正一人把持。他代主行事，司空见惯，所以也就不再阻止御祭。御祭钦差，她要选一正直无私之人，以便回京之后，她能得知真实音信。万历皇帝见仁圣太后不再奏本，知她已无意阻拦，立即传旨，御祭海瑞。张居正喜出望外，正欲荐举死党充任钦差，仁圣太后连忙奏道："阁老沈理，与海瑞同是三朝元老，依我之见，差他前往办理此事为好。"万历点头允诺，随宣阁老沈理上殿。沈理走上金阶，双手接过圣旨，正欲下殿，张居正又上殿奏本："万岁，海瑞已死，刺杀东辽王一案可改由刑部尚书办理。"仁圣太后一听，不等万历传旨，急忙奏道："皇叔被刺，案情重大，还是交阁老沈理回京之后，专案办理更为妥帖。"万历道："母后，等沈理回京，这案就要时日了。"仁圣太后奏道："案情重大，不可操之过急。"万历只得依从母后所奏，东辽王一案，等沈理回京之后，再作处置。遂起驾回宫，百官退朝，张居正看到沈理前往御祭，回京之后还要他审理东辽王一案，心中闷闷不乐，回府苦思对策去了。

阁老沈理下得殿来，仁圣太后亲自嘱咐："沈爱卿到了琼山，探得海瑞确已病故，就开旨御祭。万一海恩官还活在世上，切不可宣读御祭圣旨，可代传吾懿旨一道，命他速速进京。"沈理领命回府，带上祭品，唤过家人，点齐官兵，出离京都，直奔琼山而来。

却说海瑞，自从荣归林下，荏苒流光，过了许多岁月。一日，独自在家，心中想道：老夫自归故里以来，而今年已七旬，只为膝下无儿，唯与一二知己，日夕谈心，幸喜身体康健；但闻得先帝去世，张居正挟持幼主登极，残害忠良独揽朝政。满朝文武，多系奸相死党，老夫意欲上京，奏请圣上除奸，只是夫人和海洪看我年迈，百般阻挠，因此心志未遂。张居正啊张居正，我海瑞若有一日朝见天子，定要将你治罪正法。海瑞正在思量，忽见夫人匆匆走来。海瑞问道："夫人，何事这般急促？"老夫人道："今天是老爷你七十大寿，乡邻纷纷要来给你做寿，家中缺米少面，更无酒菜，你看如何是好？"

海瑞听了，先是一愣，接着哈哈大笑。夫人不解其意，怔怔地看着海瑞，只听海瑞道："夫人呐，我海瑞在朝居官多年，忠心报国，除暴安良，而今退居林下，两袖清风，哪个不知，谁人不晓？既来为老夫做寿，就是知己，谁图吃喝？"

夫人摇头不允,说道:“七十大寿,不比往常,过去都是淡茶一杯,今日要留大家喝杯水酒才对。”

海瑞笑问:“夫人,刚才你还说缺米少面,哪来的银钱置办酒菜?”

老夫老妻正在叙话,海洪匆匆赶来,说是乡亲前来庆寿,马上就到。海瑞正要起身,夫人进内房手拿一把散碎银子,交给海洪,说道:“海洪,这是我多年积蓄的银钱,你快到县城,去办酒菜。”海瑞大笑道:“怪不得夫人今日执意留客,原来如此。”说罢,便同夫人去到前庭,迎接贺寿的乡亲去了。

却说海洪遵了老夫人之命,带着银子,挑起竹篮,出了海府,直奔琼山县城而来。正往前走,迎面一人,匆匆赶来,与海洪撞个满怀。海洪叫喊道:“你这人怎么不长眼睛?”那人道:“对不起,我是本县差人,到海府有急事相告。”海洪道:“我就是海府海洪,有何急事,只管讲来!”

那位差人知道海瑞有个贴心家人海洪,便直言相告:“昨日快马来报,不知何故,万历皇帝说是海爷病故三年,特命钦差大臣前来御祭,三两日内即到琼山。县太爷命我先给海府送个信,途中遇你,我就不必去见海爷了。”

海洪一听,如雷击顶,愣住半天,没有说话。那差人说:“海爷健在,京都为何传他病故,其中必有原因。”海洪说:“此事令人不解。有劳你前来送信,我即回府报于老爷知道。”二人分手,海洪挑起两只空篮,急忙转回。但见他连走带跑,不敢停步,来到府门,已累得气喘吁吁,走进客厅,忙说:“老爷!夫人!大事不好!”海瑞问道:“如此惊慌,出了何事?”海洪说:“知县大人派人前来报信,万历皇帝得知老爷你病故三载,传下圣旨,特命钦差大臣前来御祭!”

海瑞听了,甚感惊奇,老夫人着急地说:“老爷七十大寿,正要欢欢喜喜庆贺一番,钦差却来御祭,老爷你看如何是好?”

海瑞想了一想,哈哈一笑:“海洪,速速告诉乡邻四舍,就说我暴病身亡!”

老夫人心中一愣,说道:“老爷!你疯了?你迷了?乡亲前来庆寿,本是一场大喜,你怎能自己诅咒自己,说是暴病身亡?”

海瑞说道:“你且别管,不光对乡亲们这样讲,还要请人在院内高搭灵棚，设置灵堂，全家老少，披麻戴孝，开典大祭。特别是夫人你，要哭得悲，哭得痛，哭得泣不成声，全当我真的死了！”

老夫人一听此言，气涌心头，攥紧拳头，猛向海瑞砸去。海瑞不躲不闪，身子往前一伸，向着夫人拳头说：“让你打上三拳，踢上两脚，消消你心头之气，再哭不迟。”老夫人的拳头刚刚落下，听海瑞如此一说，忙将拳头收回，咬牙切齿，恨了一声“你……”，一跺脚坐在楠木椅上。

海瑞说：“夫人，你莫生气，非得如此办理不可！”夫人气急，说道：“你还健在，正赶上庆寿，热热闹闹，欢天喜地。你却要喜事办成丧事，太不吉利，妾身怎能不气？”

海瑞说：“夫人只知其一，不知其二。我保国多年，岂能不知宦海凶险？也不知得罪哪个奸贼，奏我病故三年，万岁传旨前来御祭，钦差来到，我必须前去迎接，钦差当面宣读御祭圣旨，我虽健在，也得自尽捐躯，以示忠君！”

夫人说道：“这是哪个奸贼，有意陷害老爷，万岁竟也信以为真！”

海瑞说：“奸臣害我，我偏不死。院内高搭灵棚，设置灵堂，开典大祭。钦差来到，知我刚死，必然怀疑奏本之人，有意陷害于我，那时夫人将钦差请至后堂，细问详情。”

夫人想了想说：“如此做来，算不算戏弄朝廷，是不是欺君之罪？”

海瑞说道：“只要夫人莫让钦差宣读圣旨，就无欺君之罪！”

当时商议妥当，海瑞一把拉住夫人说道：“灵堂设好，夫人你要哭得痛、哭得像啊！”夫人道：“老爷你好端端的，叫妾身怎么哭得出来？”海瑞道：“夫人此言差矣！若是我果真死了，你就哭天哭地，老夫哪里还听得见？趁我未死，哭上几句，给我听上一听。”老夫人带笑的哭将起来。海瑞哈哈大笑，说道：“哭得好，哭得有趣，只是不能带笑，不然露出破绽，那就糟了。”一边吩咐海洪扮做孝子，给乡亲们报丧。众乡亲听了，有的悲痛，有的惋惜，有的怀疑，纷纷要求进府探望。只见海老夫人与海洪身穿重孝，匆匆赶来，大家才信以为真。海洪忙上忙下，把灵堂布置在客厅正中，桌子上插着灵牌，上书“海瑞之灵位”。两边点起长明灯，海洪与老夫人分立两旁，满面哀容，为海瑞守灵。

海瑞“暴病身死”的噩耗，一传十，十传百，百传千，千传万，很快传遍了四邻五乡,男女老少全都朝海府涌来。海府上下,一片哀号。

且说阁老沈理,奉旨来到琼山,知县大人将他迎至驿馆,摆酒设宴,为他接风洗尘。菜上五道,酒过三巡,沈阁老讲明来意之后,问道:“贵县可知海老大人还健在否?”知县说道:“海老大人乃三朝元老,人称青天,休说在这琼山,就是全省全国,无人不知,无人不晓,果真下世,信息很快传开,而今说他去世三载,下官实感惊奇。”

沈理说道:“依你说来,海老大人依然健在了?”知县说道:“海府离此,并非遥远,下官派人探明禀报大人。”

沈理说:“如此甚好!”知县差探马前往海府后,复又陪同钦差沈理继续饮酒。

探马回到驿馆,见了沈理回禀道:“阁老大人,海爷今日暴病身亡,灵堂设在客厅之内,四邻乡亲正在祭奠。”

“啊?!”沈理听了,先是一惊,冷静一想,不对。张居正奏海瑞已死三年,分明是恶意陷害。但海瑞早不死晚不死,偏偏在我来到之日突然死去,怎么这样凑巧?待我亲去海府以观真假。沈理想到这里,立即传令:“打道海府!”

钦差沈理,跨上骏马,带着家人官兵,抬着御祭,出了县城,及至太阳西沉,晚霞满天,才来到海府。沈阁老下马一看,果然不错,乡亲吊孝,络绎不绝。心想:“莫非海瑞真的突然死去?”他正在惊疑不定,忽听人们悲泣之声,从府内隐隐传来。人役要进海府传禀,沈理摆手制止。他信步走进府来,只见吊孝的乡亲,站满庭院。再往里走,来到客厅门前,人们出出进进,泪挂满腮。沈理看了,心中一寒,走进客厅,见到灵牌上写着“海瑞之灵位”。海夫人和海洪披素挂白,肃然守灵,沈理一阵心酸,差点流出泪来。但又一转念:老海瑞计谋多端,往往叫人真假难辨,甚或假的比真的还像,我要细看究竟。想到这里,朝里走来。老夫人和海洪早看见沈理进厅,故作没有瞧见,不理不睬。沈理来到夫人面前,躬身一礼,说道:“嫂夫人!小弟来迟一步,不想海兄——”海夫人抬头打量,故作吃惊,说道:“啊呀!原来是沈爷到府,老身未曾出门迎接,请多恕罪!”字字句句,带着哭声。

海洪一看沈爷和老夫人谈话,连忙走上一步,扑通跪在沈理面前,磕了一个响头,连哭带喊说道:“啊呀,沈爷!你早来一步,也能和海爷见上一面。”说着又大哭起来:“我的老爷呀,你咋死得这么快呀!”

“呜!……老爷呀!”老夫人也衣袖掩面,大哭起来了。

沈理一见老夫人和海洪痛哭不止,一时无奈,又见乡亲们纷纷下跪,高一声低一声地哭叫起来。沈理触景生情,亦掉下几滴眼泪,连忙劝说夫人。夫人更是哭声大作,边哭边说:“老爷呀!为妻随你形影不离,如今你撇下了我,你怎忍心哪!”

沈理见老夫人伤情,内心暗想:不论海瑞死的是真是假,我先祭他一祭。随即跪下,大哭道:“我的海兄呀,自你告老林下,为弟在京,日夜思念,只因路途遥远,未能前来探望。总盼有朝一日,能畅叙别情,不料小弟今日一步来迟,未能相会,叫为弟怎不悲伤!”说着“呜呜呜”的眼望灵牌嚎啕痛哭。老夫人又不好上前劝解,乡亲们见是京都来的大官,也不敢去劝。沈理越哭越痛,越痛越哭,声音嘶哑,悲痛欲绝。海洪偷眼一看,禁不住笑出声来。阁老沈理闻听骤然止住眼泪,勃然大怒,站起身来,吩咐人役:“速将海洪拿下治罪!”

欲知后事如何,且听下回分解。

第四回 周传玉客店赋诗 海操江黄河遇难

话说阁老沈理正在痛哭,一听海洪发笑,心中完全明白过来:原来海瑞未死,假设灵堂,瞒哄老夫,看来还需要周旋一番。他立刻传命,将海洪拿下。沈阁老怒声问道:“大胆奴才,老夫祭奠海老大人,你为何发笑?”海洪自知失误,但已后悔不及,胸口扑扑乱跳,只得默默无语。老夫人也瞪了海洪一眼,埋怨他早不笑、晚不笑,偏在这个时候笑出声来。未等海洪开口,便说道:“沈大人一路劳累,请到书房相叙。”沈阁老点头应允,一同来到书房,让座敬茶。沈理刚刚坐定,海瑞迈步进来。沈理不由一怔,随即嚷道:“好啊,你个海操江!海年兄!海鬼头!你竟敢以暴病身死为名,假设灵堂,戏弄朝廷,欺骗钦差,该当何罪?”

海瑞笑道:“依我看来,这灵堂设得晚了。”沈理说:“任你早做布置,也难瞒过老弟。”海瑞哈哈大笑:“未必,未必。你在京都已得知我病故三载,特来御祭,难道不是受人的瞒哄?我若不设灵堂,怎能令你生疑?进府开旨宣诏,岂不逼兄自尽?”沈理听了,恍然大悟,说道:“海公高见,海公高见!”

此刻,书房之内,沈理与海瑞促膝谈心,知己相逢,异常亲切。海瑞突然说道:“沈爷偌大年纪,不辞劳苦,千里而来,真叫愚兄感激不尽。但不知哪家大臣,奏我已故三载,前来御祭?”沈理愤愤地说道:“哪还能是谁?奸相张居正,蓄意陷害忠良!”海瑞说道:“我与他往日无仇,近时无冤,为何陷害于我?”沈理遂把朝中之事,诉说一遍,老海瑞霎时气冲斗牛,银须颤动,说道:“幼主错择奸相,愚兄早已得知,有心进京除奸,但因夫人不允,未能如愿。今有太后懿旨,老夫冒死前往。不过夫人万一阻挠,还请老弟多费口舌。”

沈理道:“嫂夫人通情达理,人人皆知。即使一时想不通,无甚要紧。”沈理话刚落音,夫人与海洪手端酒菜,走进书房。酒菜摆好,沈理说道:“今日来此叨扰,来日进京,再与年兄洗尘。”未等海瑞答话,夫人抢先说道:“阁老大人,要说让老爷进京,那是万万不能!”

海瑞道:“夫人,往日我要进京,你出来劝阻,我从了。如今沈大人奉太后懿旨前来,你还能阻止得了吗?”夫人脸色一沉,说道:“既然老爷执意进京,先把老身埋了再走。”说着,砰的一声,一头撞在门上。海瑞和沈理连忙去扶。一看,夫人头上已起了一个拳头大的青疙瘩。海瑞忙用手轻轻抚摸,说道:“何必如此动怒?”夫人没好气地说:“你休管我!”海瑞虽然讨了个没趣,但不气不恼,笑了笑解劝说:“夫人不必大动肝火,想咱一世夫妻,举案齐眉,相敬如宾,从未拌嘴吵架,如果今日撞头一死,你叫老夫怎能好过?”说得老夫人心头一热,泪水直掉。沈理说道:“嫂夫人不必伤心,咱们慢慢商议。”

海夫人慢慢冷静下来,说道:“阁老大人,你明明知道,老爷为官多年,吃尽苦头。如今年寿七十,人常讲,七十不留宿,八十不留餐,若再进京,怕是有去无回,叫我怎能放心?”

海瑞点点头说:“夫人讲得也是实情。咱二人几十年来,相依为命,老夫深知你通情达理。你常讲当官要与民做主,不畏强权与奸邪。而今张居正欺君年幼,独霸朝纲,趁这次开科大选,贪赃枉法,出卖功名。御街之上,捕拿生员。东辽王朱显,路见不平,欲奏朝廷,不幸惨遭暗害。为了选拔英才,为了给辽王平冤,仁圣太后,这才发下懿旨要老夫进京。值此国难当头,好人受害,坏人逞凶,我如果在家享受清闲,岂不辜负夫人往日为民除奸的宏愿?”这番话,讲得夫人张口结舌,无言答对。正在这时,四邻乡亲,成群结队,手捧散碎银子,来到书房门前。海瑞不解其意,问道:“诸位,这是何意?”众乡亲说道:“今闻老爷进京除奸,特地备办盘费,为老爷送行。”海瑞和沈理闻听,甚是激动。他们望望夫人,未置可否。乡亲们又齐声说道:“老爷只管前去,夫人在家,我们轮番侍候。”海瑞转问夫人:“夫人,你看如何?”老夫人面对乡亲们的深情厚谊,百感交集。她上前一步,纳个万福,说道:“老爷,刚才怪妾身一时糊涂,请你放心前去,扳倒奸臣张居正,再回府纳福,欢度晚年。”海瑞和沈理这才放下心来。海瑞遂对乡亲拱手说道:“诸位乡亲,老夫进京,决不辜负重托。”说罢,吩咐海洪,收起大家送来的银钱,安排夫人整理行装,准备进京。沈理见大事办妥,与海瑞开怀畅饮,直到深夜。第二天一早,沈理辞别海瑞,先行一步,返京回奏万历皇帝和仁圣太后,盼望海瑞早日到达京都,为东辽王平冤。话说阁老沈理去后三日,海瑞一切安排停当,带着海洪,主仆二人,辞别乡亲,离府出村,顺着阳关大道,直奔京都而来。他们日夜兼程,这一天傍晚,进了临河县城。只见一家客店,坐落街旁。店内灯光闪闪,住客闹声嚷嚷。二人进了店门,伙计热情迎出,说道:“今日客家甚多,楼上俱已住满,只有一间偏房,不甚雅观,恐怕难以称心。”海瑞心想:偏房价钱便宜,如此正好。于是说道:“只要打扫干净,偏房亦可。”

店家说道:“如此请进。”海瑞和海洪随店家走进偏房,店家立即送来两样肴菜,一壶烧酒。海洪刚给海瑞斟上一杯酒,忽听楼上住客,推窗放声吟道:“星出天开面。”再也听不到下句。海瑞喝了一口烧酒,朝外一看,星月皎洁,万里晴空,忽然一片浮云掠过,信口对上一句:“云飞月脱衣。”

楼上人听了,心想:奇怪,我在楼上吟诗,谁在楼下答对?莫非也是一位落难之人?待我再吟上一句,说道:“雪消山露骨。”海瑞开口对上:“冰融水剥皮。”楼上人听了,暗赞楼下对诗人是位奇才。待我再吟一首,以观动静。于是吟道:“小小青松三尺高,他人不知当蓬蒿。一朝得地身长大,樵夫安敢试新刀!”

海瑞听了,暗暗想道:此人定是怀才不遇,一时心中不满,待我激励他一番,遂说道:“既是青松难当蒿,经冬愈茂见贞操。松高百尺为栋梁,笑看蓬蒿当柴烧。”

楼上人听了,甚是激动。心想:莫非楼下之人,知我是落榜举子不成?有心下去拜见请教,又想不妥。我满腹才华,大选落榜,现被刑部缉拿。万一走漏风声,岂不是飞蛾扑灯,自取灭亡?又一转念:不妨把我的为人秉性,赋予诗中,看他如何对答?于是吟道:“十年寒窗磨穿砚,烈火炉中走一遭。粉身碎骨全不怕,留得清白是英豪。”

海瑞听罢,赞颂楼上之人,非但才华横溢,而且颇有骨气。定是面对当朝,心怀不满。不妨和上一首,以鼓士气。于是吟道:“莫将怨气冲斗牛,英雄立志展宏图。一时失事不失节,且待除奸显风流。”楼上那人,听到这里,不由一愣:楼下吟诗之人,定是位落第才子,说不定我们是同科应试,亦被张居正所害,无钱买取功名,流落至此,不妨下去会他一会。又想:我乃是身犯罪行,凡事小心为好。正在迟疑,店家送茶上楼,于是问道:“店家,楼下住的何人?”店家说道:“两位乡民,一主一仆。主人白发苍苍,相貌堂堂。”那人一听,犯起猜疑:莫非他是受害的忠臣放归故里?既是如此,店中巧遇,可谓有缘,不妨请他上楼,以求指教。于是说道:“请你下楼告知那位老先生,就说小生楼上有请。”

店家应声而去,朝海瑞躬身一礼,说道:“客家,楼上有位年轻客人,请你上楼叙话饮酒。”海瑞正欲上楼,问个明白,听了店家转告有请,连忙点头。站起身来,手扶栏杆,脚踏楼梯,登上楼层,走进房门,举目一看,只见酒桌一边端坐一人,二十多岁,鸭蛋脸膛,面如敷粉,白中透红,唇似丹珠,红中透润,眉如柳叶,目如朗星,鼻如悬胆,双耳垂轮,天庭饱满,五官端正,身穿青衫,头戴俊巾,好一个英俊书生。那书生一看,走进一位老者,年过七旬。发如山头雪，鬓似九秋霜，鹤发童颜，面如满月，寿眉星目，鼻正口方。高高颧骨，双耳垂肩，五官端正，根根银须，飘撒胸前。身穿长袍，足蹬皂履，精神饱满，和善可亲，恰赛南极寿星来临。那书生站起身来，迎上一步，双手抱拳："老前辈，请坐。"海瑞含笑点头，坐了下来。那书生说道："今日晚生住在此店，能与老前辈相遇，可谓三生有幸，请多多指教。"海瑞说道："不必过谦，刚才听你吟诗，真乃才学甚高，胸怀大略，理当报国。值此大比之年，朝廷开科大选，为何不去应试，反而流落至此？"

"这？"那人因不知他是海瑞，未敢直言。随口答道："晚生才疏学浅，不敢前往。准备苦心攻读，且待良机。"

海瑞察言观色，断定他未吐实言，心中必有忌讳。于是说道："请你不必担心。老夫虽然年迈，无甚权势，天赋秉性，善打不平。心中有何委屈，但讲无妨，说不定老夫可助你一臂之力。"

尽管海瑞说得由衷恳切，那人仍然迟疑不决，只是说道："晚生无甚委屈。刚才听老前辈吟诗答对，晚生获益匪浅。为此，特请前辈上楼饮酒叙话，别无他意。"说罢，即唤过店家："酒菜伺候。"

店家送来四样菜肴，一壶烧酒。那人抓住酒壶，每人斟上一杯，举杯邀海瑞同饮，海瑞摇头不语。那人说道："晚生本应下楼拜见前辈，或亲自下楼去请。现已后悔不及，请前辈见谅。"

海瑞说道："这个老夫不怪。我怪你对老夫不吐实言，不露真情。老朽秉性耿直，从不藏头露尾。既是如此，老夫告辞。"

"前辈留步！"那人一看海瑞起身要走，连忙劝阻。海瑞视其动静，察其面色，觉得他言不由衷，必有难言之苦，哈哈大笑。海洪说道："我家老爷姓海，名瑞，号刚峰，此次奉旨进京，除奸灭佞，有话尽可直说。"那人一听，真是又惊又喜，扑通跪在海瑞面前，大声说道："原来是海爷到此，请恕晚生有眼不识泰山，未敢向大人吐露真情。"

海瑞弯腰把他搀起，问道："你是何人？为何流落此地？"

那人再拜海瑞，抽身站起，落座一旁，把这次赴京应试情景，细说一遍，海瑞连声说道："巧遇巧遇！你原来是洛阳才子周传玉？应试落榜，许多举子，为你不平,均遭毒手,是也不是?”周传玉说:“晚生之事,大人身居海南,也能知晓?”海瑞说道:“沈阁老已把事情原委,告诉老夫。”接着海瑞又把东辽王被刺,太后懿旨召他进京之事向周传玉讲说明白,最后说道:“现在你可随老夫一同进京,协助老夫,查清张居正考场作弊,出卖功名之罪。”周传玉闻之大喜,连连三拜。海瑞再把周传玉搀起,立即唤过海洪,叫店家添酒加菜,开怀畅饮。他们边饮边叙,直至深夜。

第二天,金鸡报晓,东方发亮,海瑞、海洪、周传玉起床,付了店钱,三人出店赶路,直奔京都。他们不辞劳苦,餐风饮露,走了数日,来到黄河边上。只见滔滔河水浊浪翻滚,奔流直下,望无边际,一派大好风光。他们下到渡口,一见无人摆渡,只得坐在岸边,等待渡船。谁知等了一刻,不见渡船,又等一刻,仍无船只。从日出三竿,等到太阳偏西,不见一只渡船过来。海瑞心疑,暗想:这黄河水深浪高,摆渡虽难,也不能将近一天,无人摆渡。心中着急,焦躁不安。又等半个时辰,风势渐缓,浪头渐小,忽见远处芦苇丛中,划来一只渔船。船上一人,放下双桨,站在船头撒网。海洪高声呐喊:“打鱼的艄公过来!”那打鱼之人,听见呼唤,收起撒网,手划双桨,来到岸边,瓮声瓮气地问道:“你们三个,喊我啥事?”海洪说道:“这黄河渡口,为何没有渡船?”渔翁说:“这几天风大浪高,不好摆渡。昨日过河,差点翻船,摆船的吓得回家去了。”海瑞说道:“天色将晚,烦你把我们三人摇过河去怎样?”渔公连连摇头:“家中等我打鱼换钱买粮。”海洪说:“有劳你渡我们三人过去,多给些散碎银子,胜过打鱼。”渔翁哈哈大笑:“谁稀罕你的银子?俺家虽穷,侠肝义胆,不图功名,不图富贵。看见人家有啥急事,也能摆他过河。”海洪说:“俺们急等进京,劳你摆过河去。”渔翁说:“我性子古怪,有三摆渡,三不摆渡。”海洪说:“你先讲明,哪三不摆渡?”渔翁说:“一不摆赃官,二不摆盗贼,三不摆富户。”海洪说:“我等非这三种人。再讲讲哪三摆?”渔翁说:“一摆乞丐,二摆有难之人,三摆清官。”海洪说:“着,着!我们在这三种人之内,你且摆过河去。”渔翁说:“嗯!你们三人,一不是乞丐,二不是有难之人,三也不像什么清官。”海洪说:“这位老爷乃是海大人,奉旨进京。”渔翁一听,猛然吃惊,面向海瑞,说道:“小子有眼不识泰山,你是海青天?快快上船,快快上船!能渡青天大人过河,是我祖上阴德。”海瑞三人，上了渔船，渔翁开船。海瑞细看那位渔翁，西瓜脑袋，靛青脸色，凶眉凶目，秤砣鼻子，火盆方口，大耳招风，胸前一抹短胡须，脸上有几大块黑斑，几小块红点。海瑞正在观看渔翁，渔船到了河心。波浪翻滚，水流甚急，舟船颠簸，人身摇晃。渔翁大喝一声：“到了！”海瑞等人一愣，问道：“船到河心，离岸甚远，怎么说到了？”那人哈哈大笑：“为了你海瑞，俺在这儿等了你三天三夜，今天让你西天拜佛去吧！”说着两手扳桨，猛一用力，双脚一蹦，跳有一丈多高。“哗啦啦！”渔船翻个底朝天。海瑞等人，一齐坠入水中，那人轻轻落下，站在渔船底上，仰天大笑。

欲知海瑞等人生死如何，且听下回分解。

第五回　赵小姐抚琴惊才子
海操江夺旨斥草包

话说那人弄翻舟船，将海瑞三人坠入水中，站在船底之上，仰天大笑：“海瑞呀海瑞，不是咱家一心害你，只因相爷有令，哪敢违抗？你今一死，我到京都领赏去了！”话刚落音，忽听哗啦一声，海洪从水中露出头来。举起八棱铜锤，对准渔翁腰部，猛力击去。渔翁大吃一惊，急忙躲闪，扑通一声，跌下船来，坠入黄河。海洪一见那人泅水逃走，举着铜锤，追赶上来，两个人在水中一场恶战，难分难解。虽说那人尚通水性，怎比海洪生在广东，长在广东，能在水中擒拿捕捉！他自知不是海洪对手，便一个猛子扎进河水深处，逃命而去。

海洪急着营救海瑞，看见贼子潜逃，也不追赶。他四下观望，左右寻觅，不见海瑞踪影，万分焦急。忽然发现十丈以外，一个身影露出水面。待他泅到地方，那人又被卷入波涛。他再次潜入水中，终于摸到一人，托出水面一看，正是海瑞，已经二目双闭，奄奄一息。他托着海瑞，游上岸，海瑞面色苍白，紧咬牙关。肚腹发胀，四肢发凉，万分危急。海洪不敢怠慢，忙将海瑞翻身向下，找来一物,垫高腹部,让水从口中流出,他又用手轻按轻压,轻揉轻挤,推推胸腹,点点穴道,使腹中之水,尽量流出。忙了一个时辰,海瑞肚里的水流完,仍然昏迷不醒。海洪又将他翻身朝上,双手按胸,一起一伏,然后推拿几处穴道,海瑞鼻中微微出气,渐渐苏醒过来,有气无力地问道:“周传玉怎么样了?”海洪说道:“我只顾救你,不知他流向何处?”海瑞说:“休再管我,快去救他!”海洪迟疑不走,海瑞连催数声:“我在这里等你,放心去吧!”海洪这才扑通跳入河里,去救周传玉。

周传玉落水之后,因他不会泅水,立即被水浪卷走,顺流直下。正当海洪抢救海瑞之时,有只大船开了过来。艄公看见水浪里卷着一人,时隐时现,便立即禀报夫人。夫人得知,命艄公赶快搭救。艄公立即跳下舟船,把周传玉打捞上来。众人一看,是个二十来岁的书生,已是奄奄一息。这时,惊动了船舱里的赵家小姐金梅。她款步出舱,走近看,这位书生,溺水将死。赵小姐知书达理,为人良善,顿生怜悯之心,忙叫艄公设法抢救。艄公不敢怠慢,苦费一番周折,周传玉咕嘟嘟吐出满腹河水。停了片刻,睁开双眼,挑起两道秀眉,干张嘴说不出话来,大家方才放心。赵金梅随叫艄公把周传玉背进后舱,小心伺候。艄公遵照赵小姐之命,把周传玉背到后舱。小姐又命丫鬟送来一身新衣,一顶新帽,一双新袜和龙头浅靴。艄公为周传玉解去湿衣湿裤,换上小姐送来的衣服。周传玉只觉得浑身酸软,四肢无力。此刻,小姐又命丫鬟秋菊端来一碗红糖姜片汤,让艄公给客人饮下,压惊解寒。艄公照办,并给周传玉加了一床新被,让周传玉静养歇息。

这时候,已是日落西山,夜幕来临,艄公停船靠岸。用毕晚饭,艄公来到后舱,点上明灯,只见周传玉蒙头大睡。他揭开被头一看,满头大汗,脸色殷红,呼吸均匀,恢复如常。周传玉睁开双眼,已觉浑身轻松,慢慢坐起,环视船舱,不觉愕然,莫非我在梦中?艄公见他吃惊,连忙说道:“公子,不必惊慌,刚才见你顺水漂流,夫人命我把你搭救上船。”周传玉这才明白过来,连忙说:“多谢大伯救命之恩。”艄公说道:“见死当救,不必客套。”周传玉再往自己身上一看,新衣新帽,更是惊疑。艄公说道:“这是小姐命丫鬟送来,还给你端来一碗红糖姜片汤,为你压惊解寒。”接着又把详情讲述一遍,周传玉十分感动,便说:“请大伯转告晚生之意,多谢小姐相救之恩。”艄公点头应诺,周传玉接着问道:“艄公大伯,在你打捞我时,可见还有二人落水?”艄公道:“不曾看见,浪中只你一人。”周传玉又问:“河上可有其他船只渡过?”艄公说:“除我家船只在河上行驶,未发现其他船只。”周传玉听了,心中十分难过。心想:如果没人搭救,海大人和海洪定是淹死河中了,不由暗自悲叹。艄公一见周传玉心神不安,想必还有亲人落水。劝说一番之后,到了中舱,向金梅小姐述说周传玉致谢之意。赵金梅得知周传玉完全清醒过来,心中十分欢喜。她安排艄公,给周传玉带些水果、糕点,充饥解渴。艄公走了以后,金梅小姐这才完全放心。她本系才女,琴棋书画,样样精通,一时兴起,抱着瑶琴,坐在月光之下,欣然弹拨起来。

却说周传玉正在后舱纳闷,艄公又带来小姐送的糕饼食物,要他服用,更使他感动万分,实在不敢承受。经艄公再三劝说,方才服用。由于腹中饥饿,吃下几个糕饼,顿觉精神焕发,他一连吞进几块,浑身舒畅。这时已是月明风清,艄公关好舱门,二人对面躺下。由于一日疲劳,艄公马上打起呼噜,进入梦乡。周传玉怀念海瑞,迟迟难以合眼。他翻来覆去,辗转不安。心想:而今海大人已经死于黄河浪中,有谁还能为我伸冤?刑部捉拿,我可往何处奔逃?周传玉想到这里,真想一头扎进黄河,了此一生。又一想:不能。海大人诗中教我“经冬愈茂见贞操”,我要不活下去,也对不起死去的海大人。不怕你张居正主考徇私,出卖功名,我要“松高百尺为栋梁”,且待一日朝纲大振,除去奸臣张居正,那时就“笑看蓬蒿当柴烧”了。周传玉正在暗暗自我勉励,忽听一阵悦耳的琴声,隐隐传进后舱,进入耳鼓。他侧耳细听,那琴声悠扬婉转,动听悦耳。于是他悄悄下床,推开舱门,一阵凉风吹来,不觉心旷神怡。于是他迈步出舱站在船舷,面对滔滔黄河,不由感慨万千,脱口吟道:“滔滔黄河水不清,皎皎月光分外明。世态炎凉多变幻,忠奸善恶不相容。”周传玉吟诗,惊动了船头抚琴的赵金梅。金梅停手住琴,细细听来,一字一句,记在心头,不由点头称赞:好一个才子呀!尔后,猛拨琴弦,响声清脆,她弹了曲《百鸟朝凤》,又弹了一曲《嫦娥奔月》。周传玉听了,不由心醉,暗赞这位弹琴之人,多才多艺。他移动双脚,轻轻地朝前走了几步,已被正在弹琴的赵金梅发现。赵金梅故作不知，紧接着又弹一曲《龙凤呈祥》。周传玉听了，完全陶醉在琴声之中，不由忘却一切，大步朝前走去，几乎到了船头。这时赵金梅才停住弹琴，抽身站起，衣袖掩面，说道："弹得不好，请公子指教。"

周传玉这才猛醒过来，连连后退，说道："小生无礼，打扰了，请小姐见谅。"说罢转身欲走。

赵金梅轻声说道："公子留步。"周传玉只得住脚，不敢直眼相视。赵金梅说道："今日来在船上，不比在家，照料不周，请多包涵。"

周传玉说："小姐过谦了。今日不幸落水，承蒙小姐搭救，日后当以重报。"

赵金梅说："公子遇难，理当相救，过往之事，不必再提。"

周传玉听了，甚是感动，暗赞小姐心地良善，世人少见，陡生爱慕之心。赵金梅借助月光，偷看周传玉，鸭蛋脸膛，两眼炯炯有神，更是动人。再想他刚才触景生情，出口成诗，真是满腹才华，令人敬仰。想到此处，忽觉香腮发烧，心胸发跳，似羞非羞，似喜非喜，轻启朱唇，问道："不知公子尊姓大名，家住哪里？一旦分手，兴许尚有相见之日。"周传玉担心意外，本来不想说出真姓真名，又想这位姑娘，本是救命恩人，谈吐有礼，忠诚善良，越发可爱，如有瞒哄，实在于心有愧。于是说道："小生家住河南洛阳，姓周双字传玉。"

赵金梅一听"周传玉"三个字，顿时又惊又喜。她忘却了自己是一个闺门女子，蛾眉舒展，杏眼喜睁，只见周传玉一表人才，于是说道："周公子乡试得中文举，名列前茅，大江南北，黄河上下，谁不知你是洛阳才子？刚才听你船头吟诗，句句动人，真是名不虚传。"周传玉连忙说道："小生才疏学浅，承蒙过奖。"赵金梅继续问道："京都大选，不知周公子可曾前往会试？"周传玉便把在京之事，和盘托出，赵金梅听了，深为不平。暗想：哥哥腹无文墨，花了千两纹银，买个举人。这次进京会试，也不知花了多少金银又买个状元，而周公子满腹才华，名落孙山。朝臣如此舞弊，践踏贤才，难道皇上不知？如此下去，怎能治国兴邦，使民丰衣足食？又想：周传玉是天下才子，金榜未中，又受张居正所害，下令缉拿，四处漂流，不敢归家。这样一来，将是再无出头之日，实在冤深似海。复又想道：若能和周公子暗定终身，把他带到府去，改名换姓，且待三年，科选高中，再配凤鸾。这样母亲定能应允,周公子面临绝境,不会不从。主意一定,于是问道:“公子家中尚有何人?”周传玉说:“尚有一个妹妹,名唤传杰,出外学艺,已有多年。这次进京,相会一面,不知如今流落何处?”

赵金梅听他这么一说,继而又问:“不知公子在家……”

“怎么样?”

“在家……”

“赵小姐,你是我的救命恩人,有话请讲。”

赵金梅壮胆问道:“不知公子在家可有先定之人?”说罢,袖掩粉面,不敢抬头。周传玉已完全明白小姐的心意,不胜欢喜。暗想:能娶这位小姐为妻,三生有幸。又想自己身负罪名,不愿连累他人,于是说道:“小生家中贫寒,无依无靠,而今又罪名在身,决心独身一生。”

赵金梅明白周传玉的心意,于是说道:“周公子不必如此,我想请母亲作主,把你带到我府,改名换姓,攻读诗书,下科会试,再夺魁元,不知你意下如何?”

周传玉听了这话,实感这位女子大仁大义,盛情难却。果真如此,亦是好事。于是问道:“不知小姐尊姓芳名,家住哪里?”

赵金梅知道周传玉已从心愿,一时兴奋,脱口说道:“我姓赵,名唤金梅。我哥哥是新科状元赵金贵,现在我随母进京,咱们可一同前往,金梅保你一身无事。”

周传玉一听说她是赵金贵的妹妹,顿时如雷击顶,这真是冤家路窄。心想,要我随你进状元府攻读,万万不能!

这时东方发白,天已发亮。艄公匆匆起床,禀告夫人,准备开船。周传玉见艄公拿篙弄桨,就要起锚,只得说道:“姑娘心意,小生领情,传玉不是无义之人,有朝一日,定要登门拜谢。今日恕我不能陪同,告辞了。”说罢,匆匆走进后舱,换上自己的衣帽蓝衫,跳下船头,与小姐招手告别。赵金梅望着周传玉的身影,两眼发直,胸中波浪翻卷,久久不能平静。

且说海洪下到水中,寻找半天,不见周传玉,只得上岸回到海瑞身旁。海瑞见周传玉未能打捞上来,定死无疑,甚是悲伤。接着他问那翻船的凶手捉住没有？海洪如实相告。

海瑞说："此人在黄河等候害我，言明受张居正所遣，进京途中，多多留神。"海洪答应，搀扶海瑞找到一家店房，养息三日，身子全然恢复，二人结账，启程赴京。

这一天，离京都不远，正往前走，忽见一队人马，迎面走来。官兵老远大声呐喊："闲人闪开！闲人闪开！"海瑞停住脚步，留神观看：这队官兵，肩扛长矛，手握钢刀，押解几十个年轻书生，绳捆索绑，披枷戴镑，满脸愤慨。海瑞暗想：这些书生身犯何罪，如此受刑？为首一员战将看见海瑞不肯让路，大动肝火。钢刀一扬，厉声喝道："该死的老头，再不让路，将你拿下，与这群反民一道，押往云南充军！"海瑞虎目一瞪，嗯了一声，"休要逞凶，老爷问你，他们身犯何罪，发配充军？"那员战将一看海瑞自称老爷，陡生恶气："你是谁的老爷，杀了你个老狗！"举刀对准海瑞就砍。只听当的一声，海洪举锤把大刀磕飞一丈开外。那战将只觉手臂发麻，虎口震破，往外流血，吓得连退数步。就在此时，从充军的书生当中，走出一人，来到海瑞面前，扑通跪倒，高呼："海老大人，请给晚生伸冤报仇！"那战将听了，不由得打个寒噤，转身往后面一乘大轿跑去。海瑞看看下跪书生，并不认识，问道："你是何人？怎知我是海瑞？"那书生说道："我姓林名成，家住琼山与大人同乡，这次进京应试，只因家中贫寒，无钱送与奸相，名落孙山，心中不服，责骂奸相贪赃受贿，出卖功名，被他定成反民，发配云南充军。"未等海瑞开口，那些戴枷举子，听说海瑞到来，一齐下跪，同声呼喊："青天海大人，请为我们伸冤！"海瑞一一问过，不由怒火千丈，立即吩咐海洪："速给他们松绑！"海洪正要动手，忽见一队官兵，簇拥着一位官员，来到面前。海瑞举目观看：只见此人二十多岁，尖脑袋，肿腮帮，大嘴巴，两道细眉，一对小眼，蒜瓣鼻子，短下巴。头戴乌纱，左倾右斜，身穿蟒袍，又肥又短，腰横玉带，前紧后松。海瑞暗想：这哪像为官之人。正欲询问，忽听那官员喝道："大胆老狗，你是何人，竟敢阻拦老爷押解罪犯充军？"海洪听他出口伤人，心中气恼，说道："你是哪家官员，敢对海爷撒野！"那官员身子一晃，大拇指一伸："老爷新科状元赵金贵，领了皇上圣旨，押解罪犯，谁敢阻拦？"海瑞说："我乃三朝元老，南直操江海瑞，奉旨进京，为国除奸，为民除害，路遇良民喊冤，理当审问。”赵金贵冷笑两声：“这群罪犯，本是相爷参奏，万岁传旨，发配充军，你敢违抗万岁爷的旨意不成？”海瑞说道：“你张口圣旨，闭口圣旨，速将圣旨请出，让我拜读。”赵金贵说：“你站在一边，听我念念。”

海瑞暗想：堂堂状元，真不懂礼。他看赵金贵取出圣旨，整衣双膝跪下：“臣海瑞恭听圣旨！”赵金贵心想：圣旨这玩意儿真正厉害，我还没念他就跪倒了。高声朗读：“奉天承运，皇帝诏日……”海瑞一听，大为震惊，心说：日、曰二字，分辨不清，怎能得中头名状元？仰面说道：“住口！”

站起身来，双手取过圣旨。赵金贵大怒：“大胆海瑞，敢夺圣旨，来人，给我拿下！”官兵一拥而上，海洪举起八棱铜锤，护住海瑞，打将起来。海洪寡不敌众，眼看被擒，只听呜的一声，一只响镖打来，正中为首的那员战将。赵金贵吓得心惊胆战，寒脸失色，转身就跑，官兵紧紧跟随。海洪手提八棱铜锤追赶上去，边追边喊：“别说你是新科状元，就是奸臣张居正来到，也要吃我一锤！”赵金贵回头一看，海洪举锤砸来，吓得妈呀一声，跌倒地上。

欲知赵状元死活，且听下回分解。

第六回　海青天灯下修奏折　周传杰书房战刺客

话说赵金贵一见铜锤砸来，吓得跌倒在地。海洪走上前，一脚踏着他的背心，八棱铜锤举过头顶，对准赵金贵就砸。海瑞大声喝道：“海洪住手！”海洪将举起的铜锤，缓缓收起。海瑞进前说道：“他是新科状元，奉旨离京，如有罪过，理应奏明万岁论处。你一锤将他打死，如何是好？放他去吧！”海洪遵命，将脚抬起，赵金贵一骨碌爬将起来，慌忙逃窜。

海瑞一见赵金贵逃去，对海洪说道：“刚才你与官兵厮杀，寡不敌众，眼看被擒，远处打来一只响镖，伤了那员战将，咱们才得脱险。你去找找，是谁救了咱们？”海洪遵命，四下寻找，不见人影，遂高声呼叫：“哪位英雄豪杰，侠客义士，武林高手，救了海老大人，请来相见！”连喊数遍，无人应声，只得回到海瑞身边，说道：“那位高手已经走了，不肯相见。”海瑞说：“他日若能相会，定要致谢。”

海洪带着海瑞，来到发配充军举子身边，动手给他们解去枷锁。众举子施礼谢恩，恳求海老大人，奏明皇上，严惩张居正贪赃受贿，出卖功名，践踏人才之罪。海瑞说道：“你们且将冤情写出，交老夫带至京都，启奏圣君，定给查办。”

众举子连声应诺，但在荒郊，难寻文房四宝。有一个举子哧啦啦撕下白绫衬襟，咬破手指，写出血状。众举子也都咬破指头，以血为墨，签上姓名，呈交海瑞。海瑞十分感动，说道：“这次进京，不除奸相，死不瞑目。你们暂回原郡家下，用心读书，等候佳音。”众举子再三拜谢海瑞，含泪回归故里。

且说海瑞目送举子走远，与海洪收起白绫血状，放进包袱，收拾停当，顺着阳关大道，直奔京都。海瑞心想：为渡黄河，中了贼子之计，差点葬身鱼腹。今又遇赵金贵拦路，虽有高人暗中相助，将他打退，待他回到京去，见了张居正，必然又生诡计。我要急速进京，金殿面君。他们日夜兼程，行走几日，来到京都，直奔辽王府而来。

海瑞进了京城，为何不先到阁老沈理府中，而直奔辽王府第？这是因为海瑞急于扳倒张居正，想先到辽王府内，现场观察，好便于审理此案。海瑞到了辽王府门口，门官向里禀报王妃，说是南直操江海大人进京，来府参拜。王妃急忙把海瑞迎进银安殿，敬茶寒暄已毕，遂把辽王被刺情景，细说一遍。看看天色已晚，海瑞说：“下官今晚下榻辽王书房，以便详查现场，请娘娘恩准。”王妃立即答应，命校卫开开书房门，海瑞、海洪搬进察看，王妃回宫歇息。

海瑞把书房窗户、地上、桌椅都察看一遍，没看出什么线索，随即伏案修起本来。

三更过后，夜风渐凉。海瑞挥笔疾书，把奏折一气修成。正要收起，忽然窗外人影一闪。海洪在一旁守夜，他纵到窗前，只听嗖的一声，飞镖穿窗打来，正中海洪左臂。海洪拔出一看，镖上铸有“孙豹”二字。海洪手握铜锤，就要出门追赶。海瑞见他鲜血直流,再三劝阻,慌忙包扎。

书到这里,有人问啦,孙豹是谁?为何来刺海瑞?书中交代。孙豹本是张居正的贴身护卫。刺杀东辽王以后,奉张居正之命,又到黄河边上暗害海瑞。海瑞落水之后,张居正认为他已葬身黄河,孙豹有功,赏他纹银百两。直到赵金贵回到张府,向张居正细说原委,张居正才知海瑞未死,必然进京。因此,便派孙豹到处刺探海瑞踪迹,伺机刺杀。孙豹奉了张居正之命,日夜巡查,不敢疏忽。所以,海瑞来到辽王府,孙豹乘海瑞不防,飞镖行刺。他打出飞镖,纵身上了房顶,忽听房中会话,方知飞镖误伤海洪。于是,飞身下房,来到窗前,取出飞镖,对准海瑞又准备出手,忽觉肩头发麻,直透手掌,飞镖几乎脱手落地。孙豹知道,这是遇见武林高手,被石子打中了肩穴。立即一个转身,蹿上房顶,伏在房坡,四下观看。寻觅多时,不见人影。孙豹心想:不如把海洪引开,再下毒手。即便有人相救,谅他也难躲过我的暗器。于是,揭开两块房瓦,向院中扔去。哗啦一声,房瓦碎烂,海洪一怔,手提八棱铜锤,跳出房门。举目看去,房上无人,一条黑影,窜入胡同。海洪急忙前去追赶,海瑞连忙关上房门,插上门闩,防止贼人进屋。忽然咔嚓一响,后窗打开,孙豹手持钢刀,从窗跳入。海瑞大惊,高呼:"海洪快来!"哪知海洪已经去远,孙豹对准海瑞头顶,举刀就砍。眼看海瑞性命难保,就听当的一声,一只响镖打中钢刀。噔啷啷,钢刀歪向一边。孙豹急忙抽刀,再砍海瑞,从后窗跳入一个黑纱蒙面人来。宝剑一抖,迎向钢刀,嚓的一声,冒出火星,钢刀被削去半截。孙豹猛然吃惊,取出一物,啪哧一抖,满屋烟雾,异香扑鼻。蒙面人施展内功,紧闭呼吸,窜出房去。只见那孙豹飞檐走壁,向北逃走。蒙面人紧紧追赶,越过许多宅院,跨过几条街巷,来到一片府舍,孙豹忽然不见,蒙面人只得转回王府书房,来救海瑞。

却说蒙面人刚刚来到书房门前,又被海洪发现。海洪把他误为刺客,提起铜锤,迎面就打。喝道:"狗胆刺客,老子饶不了你。"蒙面人一不还手,二不还口,连连后退。他边退边说:"你且住手!我非刺客。"海洪哪能相信,抡起铜锤,步步逼近。蒙面人继续后退,再三申辩,海洪坚决不信,追逼不舍,眼看铜锤击中蒙面人,只得抽剑还击。未经几个回合,蒙面人施展白手夺刃之功,伸手把海洪的铜锤夺了过来。海洪急得哇哇怪叫,蒙面人又把铜锤还给海洪,说道:“海大人中了刺客的迷魂断肠香,快快抢救。”

海洪闻听大惊,抢步来到书房门外,用手一推,房门落闩。用脚一踢,咔嚓,闩断门开,大步进屋。蒙面人伸手把他拉了出来,说道:“毒雾还未散尽,你若进去,也要中毒。”二人待在门外,等了多时,烟消雾散,方才进去。只见海瑞躺在地上,昏迷不醒。海洪取来凉水,照面泼去。蒙面人拦道:“凉水解救不了海大人!”海洪不信,对准海瑞脸面,泼三次凉水,海瑞依然昏迷不醒。蒙面人说道:“若中鸡鸣五鼓迷魂香,泼上凉水,即可清醒。如今海老大人,中了刺客七九迷魂断肠香,就是把大人放在水中,也难解救。”

“这种毒气,是用七九六十三种毒药配制而成。三天之内,无药解救,便要断肠丧命。”海洪听了,吓得连连打了几个寒战。忙问:“需要何药解救?”蒙面人笑了一笑,从怀中取出一个小瓶,倒出九粒丸药,送给海洪说:“这是我师父炼就的九九苏生还阳丹,是用九九八十一种药物,炼制而成,专解百毒,先给大人服下,试试能否解救过来?”海洪忙用温开水,把药丸化开,倒入海瑞口内,咽进腹中。约有半个时辰,海瑞渐渐苏醒,张口向外呕吐,吐不出来。蒙面人说道:“单靠解药,还不能使人恢复健康。”说罢,蹲下身子,用手按摩海瑞灵台、血海几个穴位,又运用内功,促使海瑞周身气血畅流。海瑞只觉丹田发热,涌向胸部,呕的一声,吐出一大块血,始觉精神清爽,活动自如。抬身欲起,蒙面人和海洪把他扶在楠木椅上。海瑞这才细看,这蒙面人正是削断刺客钢刀,搭救自己之人。忙说道:“多谢英雄相救。请坐,请坐!”蒙面人弯腰拾起打出的飞镖,装进囊中。海瑞想起,途中有人用响镖救过自己,又道:“请问英雄,途中海洪与官兵厮杀,寡不敌众,是不是你打响镖救了老夫?”蒙面人连连点头。海瑞说道:“两次救命,恩德匪浅,请问英雄尊姓,贵府何处,日后也好报答。”蒙面人说道:“大人居官清正,廉洁奉公,为国除奸,为民除害。此次奉旨进京,查办奸相,万民敬仰。晚辈相助,不图报答,后会有期。”说罢,转身欲走。海洪上前拦阻,伸手一拉,正巧扯下蒙面黑纱,海瑞一看大喜:“你是周传玉?”那人听了猛然止步。海洪接着说道:“周传玉,只知你文采出众,想不到也武艺超群。刚才一场误会,且莫见怪。”海瑞又说:“传玉呀,传玉!你如此文武双全,实在难得,快快坐下。说说咱们同船落水,你是怎样被搭救上来的？”

海瑞越说越多，那人越听越玄。一听他说同船落水，不由一怔。问道：“请问大人，你何时见到我那传玉胞兄？”

海瑞一听，连忙问道：“你不是传玉？”那人说道：“我与传玉是一母同胞，我叫传杰。”

海瑞、海洪，再把传杰前前后后，上上下下，仔细打量一番，难怪一娘同胞，真叫人难分难辨。遂问道：“你是为寻兄长来到京都？”

传杰说：“兄长进京应试，不料奸相贪赃受贿，出卖功名，很多博才举子，名落孙山，愤恨不平。午朝门外，张居正行凶捕人，我打抱不平，杀退贼子，从此与哥哥分离，找遍京都，无影无踪。那日行至途中，恰遇充军举子向大人鸣冤，我在一旁观看。只见海洪与官兵厮杀，我才打镖相助。事后，心想大人进京，必遇风险，这才相随而来。果然不出所料，贼子在王府暗刺大人，始才拔刀相助，赶走贼子。”

海瑞、海洪听罢，感激非常。传杰接着问道：“海大人，你与家兄在何处落水？现在情况如何？”

海瑞把在黄河翻船情况，讲述一遍，传杰大吃一惊。说道：“海大人保重，容我前往黄河边上，寻找家兄。”说罢，转身要走。海瑞拦住问道：“令兄传玉，水性如何？”

传杰说：“家兄自幼读书，不习水性。”

海瑞听传杰这么一讲，长叹一声。传杰一阵悲痛，两眼含泪：“难道家兄他……”

海瑞说道：“传杰，令兄不识水性，那黄河滔滔，浪高三尺，你往哪儿去找？”

“哥哥！”传杰听了，忍不住大放悲声。海瑞、海洪望着传杰，不由心酸，都纷纷落泪。二人苦苦劝说，传杰才停住哭声，坐在一旁，呆若木鸡。

海瑞接着问道：“传杰，你家还有何人？”传杰脱口而出：“只有我和兄长二人。”说罢，暗想：海瑞是有名的青天，既然求他伸冤，说话做事，不能隐瞒。于是继续说道：“海大人不知，家父早年居官，被奸臣所害，家兄寄居亲戚家，我进伏牛山三清观学艺,现奉师命下山,寻找师兄。适逢家兄进京应试,二人相逢,刚刚团聚,没想到又永远分离,不能再见!”传杰说着说着,已是泣不成声,悲痛万分。海瑞站起,伸出衣袖,为传杰拭泪,又劝说一番,传杰方止住哭声。海瑞面对这位孤苦少年,大生怜悯之心。于是问道:“传杰,老夫有句话不知当讲不当讲?”周传杰道:“海大人有话请讲。”海瑞说:“你既然家无亲人,孤苦伶仃,老夫愿收你为螟蛉义子,不知你意下如何?”传杰闻听,又惊又喜,猛地站起,扑通下跪,说道:“爹爹在上,容孩儿一拜。”

海瑞满心欢喜,弯腰搀起传杰,然后收起本章,准备上殿面君。忽然王府校卫前来禀报:“启禀海大人,郡马韩良,过府拜见!”海瑞说道:“有请!”随即迎进书房,连忙让座。韩良说道:“闻听海大人进京,审理父王身死一案,现有凶器在此,请大人过目。”海瑞接过凶器,一看,啊的一声,猛然发愣。

欲知后事如何,请听下回分解。

第七回 海瑞朝房戏奸佞 万历金殿赐红袍

话说海瑞接过郡马韩良送来的凶器,定睛一看,本是一只飞镖。放在灯下细瞧,上边也铸着“孙豹”二字,不由一愣,又忙取过打中海洪的飞镖,两只相比,一模一样。心中暗想:孙豹屡次行凶,必然受人指使,刚才观他相貌,西瓜脑袋,一头疙瘩,满脸黑斑红点,很像黄河渡口翻船的渔公。于是便问:“郡马千岁,这个孙豹与东辽王千岁有无冤仇?”韩良答道:“从未听说孙豹此人,素无冤仇。”海瑞喃喃自语:“奇怪,这个孙豹,既与东辽王无冤,又与我海瑞无仇,为何偏对我和千岁下此毒手?”海瑞正在思忖,郡马韩良取出一道奏章,捧给海瑞,说道:“岳父被刺以后,发现他案头放着一道奏章,立即呈于仁圣太后得知,太后怕打草惊蛇,要我代为保存,特请海大人过目。”海瑞接过辽王奏章,反复观看,仔细推测,认为杀害东辽王、暗刺自己都与奸相张居正有关。海瑞想到这里，转身坐在桌边，取过自己的奏章，重新修写。正是：三寸羊毫蘸松墨，墨落银纸起花团。团团墨花奏奸贼，贼居朝中民不安。

鼓打五更，东方发白，韩良拜辞出府。海瑞吩咐海洪取过冠带红袍，穿戴停当，并安排他和传杰在午朝门外等候，不可离去。海洪、传杰点头应诺，随着海瑞走出王府，直奔午朝门。

几人来到午朝门外，天刚微明。金钟未响，门尚未开。那门上有四个金铃，海瑞将绳索一扯，丁零丁零，銮铃响亮，门官问道："门外哪位官员？"海瑞想：我如报出真名，怕他不会开门，干脆哄他一下。说道："华盖殿张。"

门官一听是相国张居正，将门哗啦打开，海瑞径直走入。门官看来人不是张相国，不由一愣。一位年老门官，紧走几步，赶到海瑞身边，仔细一瞧，大吃一惊，连连后退几步。

众门官忙问："他是何人？"老年门官说道："南直操江海刚峰！"众门官一听说海瑞来此，无不惊疑万状，退到一边，不再议论。

且说海瑞走进朝门，放眼一望，今日朝房与往日大不相同。除去了传统装饰，换上了张家牌照。别的不讲，单说朝房内的一副对联，好不令人发指！上联写道："托孤寄命，调和鼎鼐，万民有福。"下联是："忠心为国，燮理阴阳，今古无双。"海瑞一看对联，恼怒非常！真是明系婊子，偏立牌坊。待我送他一副。马上取笔写来。上联是："张居正正而不正，欺幼主害忠良，黑心宰相。"下联是："赵金贵贵而不贵，不读书进财礼，白肚状元。"海瑞刚把对联写好，文武百官相继来到朝房。忽听有人喊道："相爷进朝！"海瑞听得张居正来到，有心前去顶撞，怕是不好收拾，便躲到屏风后边，见机行事。

海瑞刚刚躲进屏风，张居正大摇大摆地来到朝房。抬头看那新写的对联，墨迹未干，好不刺目。不由勃然大怒，喝道："大胆，谁敢在此诽谤朝臣！"文武百官一见相国大怒，俱各进见，连忙下礼。张居正动也不动。海瑞暗想：这个老贼，百官朝拜，他为何不理不睬？海瑞想到这里，故意啊哼一声，从屏风后走出。张居正闻听忙问："这是何人？查班官，快把他拿下见我！"查班官四下寻找不见。来到六部朝房，见一位白发官员，年过七十，头戴乌纱，身穿红袍，面对门中，默默而坐，定睛一看，吓了一跳，原来是南直操江海瑞，连忙下跪请安。海瑞问道:“你来做甚?”查班官道:“宰相大人命我拿你见他!”海瑞问:“你敢拿吗?”查班官道:“下官不敢!”海瑞道:“你就说老爷偶患足疾,行走不便,叫他前来见我。”查班官回禀张居正,奸相一听,恼怒万分,喝道:“他有多大的官儿,竟敢欺我相国?”查班官道:“他官儿不大,声威远扬。”张居正把眼珠子骨碌几转,厉声问道:“到底他是何人?”查班官说道:“南直操江海……”“啊?!是他——”查班官还未说出“刚峰”二字,张居正可真吓坏了。你看他两眼瞪得滴溜圆,大嘴张成黑窟窿,老脸苍白无血色,呆若木鸡不吭声。心想:我张居正怀抱幼主登极以来,总管朝政,文武百官,个个遵从。今日海瑞进朝,不知为何,我要小心谨慎,巧作周旋。于是他强按怒火,假装镇静,慢慢走进六部朝房,躬身一礼,说道:“海老先生,一别多年,喜得重逢;本相少接远迎,请勿见怪。”

张居正假心假意拜见海瑞,海瑞稳坐朝房,无动于衷。

张居正有心转回,又一想,不妥,遂问道:“海老先生,我诚心相拜,你为何动也不动?”海瑞道:“刚才我在屏风后边,见百官向你朝拜,你为何动也不动?”张居正说:“海老先生,你在家多年,有所不知。且因老夫左手怀抱幼主登极,御赐左手一个五爪金龙,右手亲把御笔代天子批文传旨,如果老夫的手要一动,百官则立身不起了。”“哈哈哈哈!”海瑞听了一阵好笑,说道,“我的手也不能动,你可知道?”张居正忙问:“老夫未曾得知。”海瑞说道:“当初先帝拜我做同年,我们两手相握,同步金阶,我这双臂也都御赐了五爪金龙。至于我这双脚,更是动不得啊!”张居正问道:“此话怎讲?”海瑞道:“当年奸相严嵩,诬陷老夫,被绑法场。先帝查明真相,罪在严嵩,奔到法场亲解法绳,脱了龙袍,披我身上,热泪滚滚,滴湿我的双脚,依你说来,我这双脚,也要绣上两个五爪金龙,故此不能前去相见,此举正是爱惜于你。”奸相道:“我为何要你爱惜?”

海瑞道:“我若不爱你,动一动手,你这奸贼也就立身不起了。”

张居正被海瑞不软不硬、柔中有刚地奚落一番,心中实在不是滋味。暗想:怪不得人称鬼头海瑞,他可真是厉害。转念又想:先帝称你做同年也好,龙袍披在你身上也罢,什么握手同步金阶,什么热泪滴湿双脚,都是前朝之事,你已告老还乡,无职无权,怎比我这当朝宰相?张居正想到这里,把脸一变,说道:“海刚峰,你已退居林下,本该安分守己,乐享天年。今日进得朝来,如此羞辱老夫,国法难容,走!我与你上殿面君!”

海瑞哈哈大笑,说道:“我好端端在家,你奏我已死三年,我正要和你上殿辩理!请吧!”

这时,忽听金钟长鸣,紫烟升起,万历天子,登殿临朝。海瑞、张居正走出六部朝房,来到金殿,文武百官,跪伏金阙,山呼万岁。朝拜已毕,站立两厢。万历传旨:“有本启奏,无本退班!”海瑞俯伏金阶,朗声奏道:“万岁我主!臣,原南直操江海瑞见驾!”

“啊?!”万历天子一听说是海瑞殿前见驾,又惊又喜,抽身站起,说道:“海老爱卿,平身!”“万岁!万岁!万万岁!”海瑞叩头谢恩。万历抬头看去,只见海瑞白发苍苍,银须飘胸,红光满面,双目炯炯,精神百倍,于是问道:“海爱卿,有何本奏?”海瑞奏道:“张居正欺君,按律当斩!”

张居正急奏道:“海瑞欺君,按律当斩!”万历面向张居正说道:“张爱卿,海瑞如何欺君,详细奏来!”张居正奏道:“万岁御祭,海瑞不死,实属欺君,按律当斩!”海瑞奏道:“万岁我主,为臣健在,张居正谎奏吾已死三年,实乃欺君,按律当斩!”万历暗想:照此说来,他二人都有欺君之罪。若斩张居正,他辅佐孤家多年,实属有功;若斩海瑞,他是三朝元老,先帝恩官,二人都斩不得。随即说道:“朕开圣恩,赦免两位爱卿之罪!”二人叩头谢恩。张居正又奏道:“海瑞抢夺圣旨,殴打状元,实属欺君,按律当斩!”海瑞奏道:“张居正贪赃受贿,出卖功名,骗取圣旨,发配举子充军,按律当斩!”说着双手呈上奏章,同时呈上白绫血状。内侍接过,铺在龙书案上。万历看了白绫血状,也觉张居正实在有罪。但是两位老臣,互相参奏,若斩一人,群臣不服;二人俱斩,他的江山还需有人辅佐,只好再次说道:“朕再赦两位爱卿之罪,下殿归班。”二人叩头谢恩。

海瑞心想:我今日定要扳倒张居正,为冤死的辽王报仇,但又拿不出他刺杀辽王的真凭实据,怎样奏本?好个海瑞,他眉头一皱,计上心来:我要诈一诈你这老狗,看你是否做贼心虚。于是他先瞪了张居正一眼。张居正心想,这海鬼头又玩啥鬼点子?只见海瑞跪下复奏道:“张居正御街行凶,镇东辽王修本参奏,奸相刺杀皇叔,阻止奏本,掩盖罪行,实属欺君,按律当斩!”奏罢,目不转睛地看着张居正。张居正突然听到海瑞奏他刺杀东辽王,心中一惊。暗想他拿到了我的罪证不成?随即语无伦次,对着海瑞:“你,你……”

海瑞投石问路,使张居正现出狼狈相,已达目的,正中下怀。张居正忽然想起这是在金殿之上,马上假装镇静,上前奏道:“启奏万岁,镇东辽王身死一案,有待查明,今日海瑞捕风捉影,毫无凭证,诬陷老臣,理应推出斩首!”

万历听了,觉得皇叔被刺,尚未查明,无凭无证,当是诬陷,于是说道:“海爱卿,你奏皇叔身死,与相国有关,空口无凭,实属诬陷,理当问斩!”万历话刚落音,张居正立即命人把海瑞冠带红袍解去,推下金殿,押赴法场。这时班中闪出一位白发老臣上前阻拦,跪下金阶奏道:“万岁我主,阁老沈理,有本启奏。”万岁道:“讲!”沈理奏道:“刚才相国奏海瑞该斩,海瑞奏相国该杀,如今万岁只传旨斩掉海瑞,难以服众。”万历问道:“爱卿意欲保本?”沈理奏道:“臣要评本!”张居正知道沈理与海瑞有八拜之交,多少年来,常与自己作对,今日评本,定然向着海瑞。于是奏道:“万岁,既已传旨将海瑞正法,阁老沈理假借评本,违抗圣意,理应一并斩首!”

万历想了一想,说道:“沈爱卿,念你三朝元老,保国有功,虽抗君命,只要收回本章,罪可赦免!”

沈理心想:怪不得你万历天子,崇信张居正,看来果然如此。明明不主公道,偏偏不让评说。既保忠良,哪怕斩首?于是,又跪拜金阶,奏道:“启奏我主,兼听则明,偏听则暗,万岁乃有道明君,容我评过本章,再斩老臣,死也瞑目!”

万历闻听沈理说他是有道明君,又见他誓死评本,暗想:看他如何评说,再做定夺。于是说道:“爱卿如何评定?”沈理奏道:“万岁御祭海瑞,海瑞不死,胆敢欺君,按律当斩!”张居正暗想,他与海瑞情同手足,交往甚厚,为何如此评说?万历说道:“此言甚是,继续评来!”沈理说道:“海瑞夺旨,二次欺君,更应斩首!”张居正一愣,难道沈理真想斩掉海瑞?万历说道:“依卿评议,朕将海瑞推出午门,斩首示众!”沈理奏道:“且慢传旨,等臣评完本章,一同治罪！”万历道：“爱卿快讲！”沈理奏道：“张居正谎奏海瑞已死三载，实属欺君；他出卖功名，反诬举子造反，更是欺君；暗害东辽王，阻止上奏，堵塞言路，蒙蔽圣上，屡次欺君，若按律行事，理应将他二人一同斩首。”

万历这才明白，沈理评本，斩海瑞是假，保海瑞是真。说道：“沈老爱卿，朕欲传旨，命你监斩他们二人，你意下如何？”沈理奏道：“御祭海瑞，海瑞不死，看似欺君，但在琼山未曾开旨宣诏，他即无罪；如今海瑞健在，奸相奏他已故三载，此次来京，明辨真伪，除奸灭佞，其志可嘉。何况万岁有意召他进京，查办东辽王遇害一案。海瑞遵命上殿，扶保圣君，不仅无罪，反而有功，将他斩首，文武胆寒，谁还忠心报国？”万历听了，认为评得有理，传旨赦下海瑞，赐还官衣官带，海瑞穿上红袍，系好玉带，戴上乌纱，叩头谢圣恩。

沈理继续评道：“我主有意宣诏海瑞进京，张居正谎奏已故三年，请旨御祭，不仅欺君，实属有意陷害，死罪难饶，此其一也；他暗害皇叔，杀人偿命，理所当然，此其二也；贪赃受贿，出卖功名，践踏人才，罪在不赦，此其三也；诬陷举子造反，骗取圣旨，发配充军，诬告反坐，自古皆然，此其四也。他屡犯死罪，倘若赦免，不仅群臣不服，今后他更目无王法，祸国殃民，大明江山，将要断送他手，恳求我主传旨，即刻将张居正正法。”

张居正一听，可吓坏了，急忙跪下奏道：“万岁！沈理奏我贪赃受贿，出卖功名，有何赃证？说我暗害皇叔，又有何凭据？如此血口喷人，诬陷当朝宰相，理应正法！”

万历听后，既不忍心杀掉阁老沈理，更舍不得斩掉张居正。想了想说道：“沈爱卿，如再评本，朕当立正国法，下殿去吧！”

“万岁！”沈理再跪金阶，奏道，“万岁！休说斩我一人，就是把我全家一百单八口全部绑赴法场，我也要按理评本，依法论罪。”

且说海瑞看到沈理舍身评本，深为感动。他扑通跪倒金阶，大声奏道：“万岁我主，臣奏张居正杀害东辽王，出卖功名，只要容我审理此案，定能找出铁证，查个水落石出。”

万历问道：“拿不出铁证，又该如何？”

海瑞奏道：“臣甘赴法场服法。臣若查出赃证，又当如何？”

张居正急忙奏道:“查出赃证,斩我首级!”

海瑞说:“空口无凭!”

张居正说:“立字为证!”

他二人当殿立下字据,俱各画押。万历传旨,钦赐海瑞红袍一件,御林军三千,府第一座,专理此案。

欲知后事如何,且听下回分解。

第八回 遇娇娘浪子求婚 抗联姻小姐自尽

却说张居正与海瑞在金殿立下字据,明说不怕,暗中心惊。回到相府,神思恍惚,坐卧不宁,双眉紧锁,苦想良策。心想:若被鬼头海瑞查出破绽,不仅倾家荡产,失去官爵,连我这条老命也难活成。正在心烦意乱,儿子茂修走了进来。说道:“爹爹,儿有一事,请爹爹作做主。”张居正平日最溺爱这个儿子,遂问道:“我儿何事?”张茂修说:“孩儿昨日郊外游玩,遇见新科状元赵金贵的母亲,携女进京。那赵小姐如花似玉,千娇百媚。孩儿年已二十,尚未完婚,恳求爹爹……”张茂修话未说完,奸相已经明白,心中暗想:海瑞正要查办会试舞弊,若与赵家结为至亲,赵金贵一心向我,受我指使,协力对付海瑞,岂不更好!当下呵呵一笑:“我儿婚姻大事,爹爹自应做主。明日派人前去提亲。”父子正在叙话,家人张有进来禀道:“新科状元赵金贵拜府!”张居正心中一喜,忙说:“快请!”赵金贵走进客厅,向张居正躬身三拜,一旁落座,问道:“海瑞这次进京,专与恩师作对,我等应怎样对付于他?”张居正道:“贤契不必担心,老夫自有良策。”赵金贵说:“海瑞领旨办案,使我坐卧不安。恩师心中有数,晚生也就放心了。”张居正道:“贤契在京居官,为何不将家搬进京都,同享荣华?”赵金贵说:“昨日母亲带领小妹,已到府内。”张居正故作不知,问道:“你家母亲可好?”金贵说:“母亲身体康健,多谢恩师问候。”张居正又问:“令妹多大? ”

金贵一听问他妹妹,不由夸赞一番:“我那妹妹,今年一十八岁,不仅貌美,而且文采出众。诗词歌赋,样样精通。深居绣楼,品性端庄,人称俊秀才女。”张居正听罢,不禁大喜。他给张茂修使个眼色,茂修立即回避。张居正接着说道:“令妹如此多才,不知在家可曾许配人家? ”“妹妹尚未定亲,恩师是不是想给她说个婆家? ”

张居正直言道:“我那犬子茂修,尚未婚配。不少文武大臣,托媒求亲,均被拒绝。欲与赵府联姻,你看如何? ”

“恩师之言,正合我意。高攀,高攀! ”

“不必客气,一言为定。”

“一言为定! 回府之后,我即把恩师心意,对母亲言明,谅她不会不允。商定之后,再请恩师喜择佳日,前去迎娶。”说罢,起身告辞。

赵金贵走后,张居正哈哈大笑。心想:我张居正只要与赵家联成姻缘,你海瑞纵有天大本领,休想查出老夫考场弊病。至于东辽王身死一案,只有孙豹一人知晓。我不说,他不讲,难道你海瑞有隔肚听话的本领? 到了那时,管叫你血染法场! 哈哈!

张居正自鸣得意,暂且不表。却说新科状元赵金贵,出了相府,一路之上,高兴得连声发笑。他想:得中头名状元,享不尽荣华富贵,这是一喜;妹妹金梅,又与相爷之子喜结良缘,今后更能步步高升,这是二喜。而今双喜临门,真是交了好运。赵金贵想着笑着,笑着走着,不多一时,回到赵府。翻身下马,来到后堂,见了母亲,把张居正提亲之事,细说一遍。赵夫人更是喜得眉开眼笑,深为女儿庆幸,吩咐摆宴伺候。赵金贵说:“母亲大人,今日设宴,一是为母亲和妹妹来京,喝个团圆酒,二是庆贺妹妹喜择佳婿,婚事有着,咱们可要开怀畅饮! ”赵夫人说:“那是自然。我儿千万不可过量! ”赵金贵高兴异常,得意忘形地说:“请母亲放心,常言喜酒不醉人嘛! 哈哈哈……”

赵金贵与母亲正在说说笑笑,家人匆匆赶来:“宴席已经摆好,请老夫人与状元老爷就座。”老夫人说:“快告知丫鬟春红,请小姐快快下楼吃酒。”家人遵命前往绣楼,赵金贵搀着母亲,来到客厅。桌上摆满了山珍海味,各路名酒,香气扑鼻,沁人心肺。赵金贵让母亲上座,自己一旁相陪,单等赵金梅前来。等了一时,丫鬟春红来禀,说是金梅一路风尘,身子不舒,不想下楼。赵夫人一听说女儿得病,连忙离开餐厅,奔向绣楼看望,赵金贵紧随身后。二人来到门口,只听金梅正在弹琴,没有惊动。仔细听来,原来弹的是一曲《龙凤呈祥》。

且说金梅小姐，此时她仿佛置身于舟船月下，看见周传玉正在凝神谛听,不由面露喜色,兴味正浓,忽又仿佛看到周传玉拂袖而去,她又愁容满面,琴声戛然而止。夫人近前说道:“我的儿呀,咱们进京,一路风尘,你哥哥特地摆酒设宴,为咱娘俩洗尘,快随我一同前往。”

金梅听了,蛾眉一皱,说道:“女儿身子欠爽,不想下楼。哥哥一片盛情,妹妹谢过。”说罢,转到一边去了。老夫人说道:“身子不爽,焉能弹琴?女儿休要任性,快快搀我下楼。”金梅一见母亲生气,不敢推辞,收起瑶琴,搀着母亲,来到餐厅。赵夫人坐上座,金贵、金梅两边作陪。赵夫人手端酒杯,说道:“我儿高中魁元,实为全家洪福,咱们共干一杯。”老夫人与赵金贵举起酒杯,一饮而尽。金梅小姐乘机把酒洒在地上,接着执壶又给每人斟上一杯。

赵金贵说道:“这次高中,全凭母亲教养,妹妹指点。为母亲长寿,妹妹荣华,咱们再干一杯!”老夫人与赵金贵又是一饮而尽,金梅仍然把酒洒去。金梅说道:“哥哥得中,一举成名,小妹敬你一杯!”她手执酒壶,准备斟酒,忽觉心绪潮涌,感慨难言:哥哥腹无文墨,魁名高中;传玉才高八斗,却名落孙山,这是为何?唉!奸官贪赃作弊,朝纲日益堕落,埋没了多少贤才志士!想到此处,两手发抖,玉体打颤。老夫人急忙问道:“女儿怎么了?”金梅说:“女儿身子略有不爽,待会就会好的。”说着勉强给金贵斟满酒杯,金贵端起喝下。赵夫人说道:“女儿身子不适,快回房歇息。”金梅起身欲走,忽又坐下,暗想:何不趁我哥哥酒兴正浓,让他多饮几杯,以便打探会试真情?于是手执酒壶,强张笑颜,说道:“哥哥接我进京,同享荣华,深为感激,再敬一杯,以表谢意!”金贵酒兴越来越浓,说道:“你管敬,我管喝,兄妹喝到日头落。”端起酒杯喝下,又让金梅斟酒。金梅说道:“哥哥独占鳌头,文章必有佳句,何不朗诵数语,以助酒兴!”金贵哈哈大笑:“加句?有,有。写好文章,我嫌太短,提笔在手，又加十七八句。”金梅听后，扑哧笑出声来：“哥哥，你连佳句都不懂得，怎中状元？”赵金贵说：“‘加句’二字，我怎不懂？还不就是加上几句，把文章写长一点吗？”金梅道：“佳是好的意思，我说的佳句，是说文章有好的句子。你连这都不懂，状元是花钱买的吧？”赵金贵怕露底，急忙争辩：“谁说我是买的？哥哥一两银子没花，一两金子没用。你要不信，问咱母亲：临来赶考，她给我多少金钱？”赵夫人说道：“你哥哥带的银子，只够路费，并无多余，怎买功名？”金梅说：“哥哥花了五千两白银买个举人。来京会试，会不花分文？难道主考官大人白送你个状元？”说得金贵无言答对。赵夫人有意岔开话题，忙道：“喝酒，喝酒。”金梅听说喝酒，忽然想起家传“喝墨宝珠”多日不见，难道哥哥用此换取功名？她眉头一皱，计上心来。取来文房四宝，说道：“咱们作诗，助助酒兴。”提笔就写，刚写两句，哎哟一声：“我写错了！哥哥快将喝墨珠拿来，喝去墨汁，我好重写。”赵金贵听说叫他去拿喝墨珠，突然愣在那里动弹不得。金梅催促：“哥哥，你快去拿呀！”越催，赵金贵越急，越催，赵金贵越慌，说道：“我，我……”金梅心中明白，忙问：“你将喝墨珠献给主考官了？”赵夫人知道事已至此，难以瞒住女儿，手拉金梅坐在身边，说道：“咱家世代为官，全凭文韬武略。如今你哥哥文浅武差，但也不忍心让他一生为民。好在如今做官，一要有靠山，二要有金钱。为了赵家荣华延续，我才将宝珠交他带进京来。”金贵接着说道：“母亲讲的全是实情。我若不把宝珠献给相国，别说中头名状元，连个进士也中不了。”赵金梅想了想说：“依母亲、哥哥如此言讲，倘若没有靠山，又无金钱，文采再好，也不能得中啦？”赵金贵连忙说道：“那是自然。就说洛阳才子周传玉吧，从那天会文来看，各路举子都不是他的对手，就因为没有靠山、金钱，结果连个进士也未中上。”

赵金梅听到这里，心中愤愤不平。她望着赵金贵那副模样，暗暗埋怨：平时寻花问柳，浪荡胡游，不学无术，用金钱财宝，买取功名，真丢祖宗脸面；她再看那满桌的酒菜，尽管是山珍海味，各路名酒，总觉腥味扑鼻。赵金梅越想越恼，越看越气，抽身站起，离席欲走。赵金贵连忙上前拦住：“妹妹留步！哥哥还有话讲。”金梅小姐不听，抬步就走，金贵再次阻拦，说道：“妹妹，哥哥恭喜你了。”

“你说什么？”金梅闻听，吃了一惊。老夫人看赵金贵说话颠三倒四，语无伦次，恐怕惹恼金梅，于是便责怪金贵：“我儿休再胡言乱语，回房去吧！”赵金贵踉踉跄跄，走到门口，又回过头来，冲着金梅哈哈哈大笑一阵，说道：“妹妹，相爷不久就要择吉日给他儿子迎亲来了！”赵金梅闻听此言，啊呀一声，头晕眼花，四肢发软，差点跌在席前。赵夫人一见，不禁愕然，连忙离开太师椅，上前扶住金梅小姐。

赵夫人把赵金梅扶坐桌边，说道：“女儿，不要听你哥哥瞎说，他今天喝醉了。”赵金梅坐在那里，杏眼圆睁，嘴唇打颤，双眼发直，怒容满面，像是一尊木雕女神，对母亲的话，全无反应。赵夫人一看，生怕气坏了女儿的身子。她一手抓住金梅的胳膊，一手拍着女儿的后肩，老是说着一句话：“你哥哥喝醉了，你哥哥喝醉了。”声音沙哑，略带抽泣。金梅慢慢清醒过来，推开母亲，伏在桌边，哇的一声，大哭起来。赵夫人好说歹劝，金梅方止住哭声，呆坐一边。金贵的话又在她耳边回响，周传玉的身影，又展现在她的眼前，不由思绪翻滚：哥哥腹中空空，用喝墨珠买个头名状元；传玉满腹才华，无靠山无金钱，名落孙山，还视为反民，下令缉拿，这都是奸相张居正的所作所为。他是朝内最大的奸贼，他是当代最大的恶人，将我许配给他的儿子，岂不是把我送进虎口？金梅想到这里，悔恨自己与周传玉相见之时，没有与他下船同行，而今来到京都，成了哥哥做官的垫脚石。不！我决不能任人宰割！又想：母亲张合口说哥哥喝醉了，是不是醉话呢？但愿是这样。她慢慢平静下来，转向母亲问道：“母亲，哥哥是不是喝过量了？”赵夫人说：“是喝过量了。”金梅又问：“把我许配给相府公子看来也是醉话了？”“这……”赵夫人犹疑不言，金梅忙问：“张居正真的马上前来迎娶吗？”金梅步步追问，赵夫人只得向金梅说出实话。为了给赵金贵开脱罪责，赵夫人一再言明，不是赵金贵许婚，而是张居正向赵府求婚。金梅听后，默默不语。赵夫人看着，心慌起来。她知道金梅的脾性，平时少言寡语，深居绣楼，不是弹琴作画，就是吟诗作词。虽是大家闺秀，颇为同情贫民。视富贵如粪土，拿仁义如重山。这次与张府联姻，金梅若是执意不允，那如何是好？老夫人想到这里，不由长叹一声，劝道：“女儿啊，张居正是当朝宰相，可谓一人之下，万人之上。他的公子，正值年华，前程无量。如能允下，不仅是女儿的洪福，也是赵家的洪福。女儿，你就答应了吧！”

赵金梅再也忍耐不住了。她反问母亲：“母亲，我若允下这门亲事，张居正能给哥哥多大的官职？能不能把宰相让他当？能不能保哥哥面南登极？”

赵夫人一看金梅坚决抗婚，心中不悦，脸色一沉，说道：“女儿说话太过分了。”

“不是女儿说话过分，而是你们做事过绝！相府这门亲事，金梅纵然一死，决不应允！”金梅说罢，抽身站起，离开宴席，就要出厅，忽听家人来报：“启禀夫人，相府公子张茂修送彩礼过府！”

“啊！”赵金梅大为震惊，迅速离开餐厅，跌跌撞撞返回绣楼。赵夫人命家人头前带路，到了客厅，刚刚坐定，张茂修昂首阔步，走了进来。身后跟着几个家人，抬的抬，挑的挑，送来了锦绸彩缎，金银首饰，外加千两白银，十锭黄金。张茂修拜过赵夫人，赵夫人把彩礼一一收下，然后设宴款待。散了酒席，张茂修拜谢岳母，离厅出府。赵夫人望着大批珍贵礼品，忧喜交加，暗想片刻，自言自语：“我赔上三天三夜，一定说服女儿允亲。”话刚落音，丫鬟春红，飞奔来报：“启禀夫人，小姐悬梁自尽了！”“啊？”赵夫人听了，立时昏倒在太师椅上。

欲知她母女是死是活，且听下回分解。

第九回　醉仙壶巧装药酒　聚宝楼暗设机关

话说赵夫人闻听女儿悬梁自尽，霎时昏倒过去。赵金贵吓得寒脸失色，急忙呼唤。丫鬟春红搂着赵夫人，前胸推推，后背揉揉，赵夫人渐渐苏醒，睁开双眼，连忙说道：“快救金梅！”众人搀扶着赵夫人，走出客厅，上了绣楼，家人已将金梅小姐救了下来，放在床上。金梅呼吸微弱，两眼流泪，赵夫人说道：“儿啊，有事慢慢商议，怎能寻此短见！”金梅微睁杏眼，缓缓说道：“若不辞掉相府亲事,女儿誓死不活。"赵夫人没了主意,想了一阵,转身面向金贵,长叹一声:"我儿快去相府,将这门亲事退掉也就是了。"赵金贵好不容易攀上这个高门,怎肯舍得去退?张口欲辩,又怕妹妹不从,只得向赵夫人轻轻摇头。赵夫人向他使个眼色,意思是你先答应去退,免得妹妹又要寻短见。赵金贵这才假意应诺,说道:"妹妹莫再气恼,我这就前去相府退亲。"说罢,转身下楼。

再说张居正与赵府联姻之后,心下稍安,他想:只要赵金贵不说出献宝之事,海瑞也难查出考场作弊。但又觉得孙豹的飞镖落在海瑞手中,也是十分不利。想到这里,不由得埋怨起孙豹来了:这个奴才,真是有点呆头呆脑,我命你暗中刺死东辽王和鬼头海瑞,谁让你用那刻名的飞镖,留下把柄,后患无穷,事到如今,本相只有……张居正主意已定,向外喊道:"张有来见!"话刚落音,张有进来:"参见相爷。""速唤孙豹书房见我!"张有遵命,走出书房,不多一时,领进一人:只见他二十八九岁年纪,西瓜脑袋,靛青脸,凶眉恶目,血盆大口,短钢胡须,脸上布满黑斑红点,宝蓝缎英雄帽,宝蓝缎摔打衣,宝蓝缎兜裆裤,薄底快靴,背插单刀,肋挎镖囊。走进书房,单膝点地:"相爷唤我何事?"

张居正一看,心中不悦:都是你这傻小子办事不力,惹下祸殃。但是他恨不露于面,怒不形于色,呵呵一笑:"孙豹不要多礼,坐下谈话!"孙豹也不客气,一旁落座。张居正说道:"今日下朝,清闲无事,略备水酒三杯,给你庆功。张有,酒筵伺候!"张居正阴着呢,推过磨杀驴吃,还先喂顿草料。张有慌忙前往厨房备酒。孙豹受宠若惊:"相爷,小人进府,有啥功劳,你……"

"哎!"未等孙豹说完,张居正拦住,"你刺死东辽王,除去老夫心头之患,理当庆贺!"孙豹心眼实在,有啥说啥:"刺死东辽王,相爷已赏我百两纹银,如今……"张居正说:"你镖打海洪也是一功。"孙豹羞得满脸通红:"相爷命我刺杀海瑞,不是刺海洪,那天夜晚我受伤败回,岂能受赏?相爷,等我立了大功,咱再喝吧。"张居正一听孙豹推辞,心想:你不饮酒,我怎能杀人灭口?说道:"孙豹,海瑞鬼头鬼脑,早有防备,又有武林高手保护,你一人怎是他们对手?没有功劳也有苦劳,相爷陪你喝上几杯。"他们二人叙着话,张有端着酒菜进来，摆在桌上。二人入座，张有斟酒把盏，酒过三巡，菜过五味，张居正酒兴大起，亲自打开书房柜橱，拿出麒麟九转醉仙壶，这壶上铸一匹麒麟，头向壶嘴，尾做壶把，十分好看。张有一见此壶，退至一旁。诸位要问，他咋不斟酒了？张居正有个习惯，每逢高兴之时，拿出这把麒麟九转醉仙壶，必要亲自把盏，他恼怒之时也要拿出这壶亲自把盏。张居正手捧醉仙壶，向左摇了三摇，嘟噜噜将二人酒杯斟满，只见那酒高出酒杯，并不外溢，一阵清香扑鼻，未饮欲醉。孙豹连声称赞："好酒，好酒！"二人碰杯，一饮而尽。孙豹只觉得满口芳香，香中略甜，甜里微辛，一股暖流，流遍全身，快慰难言。张居正又将醉仙壶向右晃了三晃，正要二次斟酒，噌噌噌，门外跑来一个家人："启禀相爷，李豪侠昏倒在聚宝楼外！"张居正心中一惊，放下醉仙壶，带着孙豹、张有直奔后花园。三人来到聚宝楼前，见一人躺在门外，面色发红，二目不睁，张口喘气，鼻发鼾声。

张有伏下身躯，晃晃那人，口中高喊："李豪侠，李豪侠！"只见那人两眼微睁，一翻身，喉咙打呼，又迷糊过去。张有说道："相爷，看样子李豪侠不是有病，他劳累过度，十分困倦，睡着了。"张居正气得双目圆睁，走至近前，"噔！"向李豪侠腰窝踢了一脚。李豪侠"哎哟！"一声，睁开双眼，一看张居正站在自己身旁，不由心中一愣，急忙站起，施礼打躬："相爷莫怪，相爷莫怪！"张居正说："李豪侠，你病了？""小人没病！"张居正说："你喝醉了？"

"小人滴酒未尝！"张居正说："你一没生病，二没喝酒，本相命你看守聚宝楼，白天如此贪睡，夜晚更不精心。张有，给我重打四十！"李豪侠忙说："相爷慢打，小人有下情回禀。""讲！"李豪侠说："常言讲，受人滴水之恩，当以涌泉相报，相爷对小人有救命之恩，尚未报答，如今命我看守聚宝楼，委此重任，怎敢大意。为防偷盗，我趁黑夜无人，在楼上楼下，设置暗器，安装机关，特别对相爷心爱的喝墨宝珠，费尽心机，藏放得更为巧妙，白天取不走，黑夜盗不去。小人连日熬夜，未曾入睡，今日只觉头重脚轻，有些发昏，未敢回房歇息，实在支撑不住，倒在楼前，望乞恕罪！"张居正听了，心中暗想，此人武功高强，在我相府，首屈一指，自从命他看守聚宝楼以来，确没出过差错，我若责打于他，必然记恨在心，不肯出力。想到这里，厉声斥责："今后小心，不可大意,若再贪睡,定打不饶!”说罢,带领孙豹、张有转回书房。行至花园门外,张有说道:“相爷,恕小人多嘴,聚宝楼只让李豪侠一人看守,难免疲劳过度,万一疏忽大意,有了闪失,将后悔莫及,不如增派一名武士,日夜轮流看守,更为妥当。”说着向孙豹瞟了一眼。

张居正暗自盘算:我书房摆酒,正要杀人灭口,你却让他看守聚宝楼,万万不可。转念一想:这聚宝楼藏着无数奇珍异宝,价值连城,特别是赵状元送来的五彩喝墨珠,更是人间奇物,天下难寻,确需二人轮番看守。相府武士,除去李豪侠,就数孙豹,且他为人憨厚,心眼实诚,我好好待他,必能成为心腹之人,不如留下……边走边想,回至书房,重新落座。张居正手执醉仙壶,向左又摇了三摇,举手斟酒。张居正真怪,每次斟酒,为何都要摇晃酒壶?诸位不知,这把醉仙壶是张居正特制的两用酒壶,内设机关,向左摇三摇,将药酒封闭,斟出的是好酒,越喝越香;向右晃三晃,将好酒封闭,斟出的是毒酒,喝过之后,四肢酸软,神志智昏迷,慢慢死去。刚才他二次斟酒,想将孙豹毒死,赶巧来人报信,毒酒未出。这会他又想留下孙豹,忙将酒壶向左摇三摇,封闭着药酒,继续饮用好酒。两人喝到二八盅上,孙豹酒兴正浓,张居正满脸带笑,喊声:“豹呀!听说你武功超人,镖不虚发,今日闲暇无事,让相爷我见识见识。”孙豹虽有点憨,也想露一手给张居正看看,听说让他打镖,洋洋得意,忙说:“相爷,我别的不行,就是镖打得准!”说着,手摸镖囊,眼光四射,看看镖打何物,方显本领。将书房巡视一遍,也未找着合适之处。往外一看,书房门外,有棵梅花树,树枝上站着几只喜鹊。孙豹说:“张有,你先把喜鹊撵飞,我要镖打飞鹊。”张居正心想,只听说过箭射飞雁,可没听说过镖打飞鹊。我倒要看看这小子有多大能耐!张居正正在猜测,张有已走到书房门外,双手一扬,一群喜鹊展翅飞起。只听孙豹喊:“看镖!”嗖的一声,镖已出手,只见两只喜鹊,先后落地。张有将镖与喜鹊拣回书房,头只喜鹊,穿断脖颈,第二只喜鹊,打中脑袋。张居正哈哈大笑:“豹呀!你一镖打落两只飞鸟,可称神镖。”“那我今后就叫神镖手孙豹啦!”张居正心想:坏喽!这个绰号一传出去,海瑞不查不访,就找到我头上来啦。他捧镖在手,仔细观看,黄铜打造,上刻“孙豹”两字,问道:“豹呀,这刻名飞镖还有几只?”孙豹说:“出师下山,师父赐我十二只飞镖，镖镖刻名，打死东辽王用去一只，行刺海瑞用去一只，还有十只。”“拿来我看！”孙豹从镖囊取出九只飞镖，交给张居正，连同打鸟的一只，正够十只。张居正说：“这十只飞镖，相爷替你收起，再命人给你打造十二只黄金飞镖，但不准在镖上留名！”孙豹说：“相爷，你别说打十二只黄金飞镖，就是再打十二只白金飞镖，我也不换！”张居正说：“这是为何？”孙豹说：“相爷，这镖上留名不留名，大不相同，镖上留名，人称英雄镖，不论打中啥人，一看就知是我打的，这叫大丈夫敢做敢当；镖上无名，就是打中过路的神仙，也不知是谁打的，那是无名之辈。”张居正听了，很是为难。想了一会，说道：“实话告诉你，海瑞拿着你打死辽王和刺杀他的飞镖，上金殿奏本，万岁传旨，捉拿凶手，你成了皇上的罪人，还称什么英雄？”孙豹听了，心中一愣，端着的酒杯，当啷一声掉在地上：“相爷，你对我说过，出了天大的事，你都兜着，这会咋又捉拿我啦！”张居正说：“你别着急，也别害怕，当时相爷不知你镖上刻有名讳，这会出了天大的事，还由相爷兜着，但是你要照我的话办。”“你说怎么办吧？”张居正说：“若让我保你无事，你得改名换姓，随相爷我姓张，名叫张虎！”孙豹半天没有言语。张居正看孙豹有些犹豫，说道：“你今年快三十岁了，还没成家立业，只要改名张虎，与相爷同姓，咱们是一家人了，相府里百十名丫鬟，任你挑选，择下良辰吉日，给你完婚！”

别看孙豹少个心眼，他早相中了相府一位丫鬟，觉得自己长得丑，怕人家不愿意，没敢托人提亲，听张居正这么一说，心里乐啦：“相爷，人家不愿意呢？”“由相爷做主，谁敢不依！”“那中，咱也不用挑啦，我就娶老太太房中那个秋菊！”张居正一愣，心里好像喝了一瓶子陈醋加乌梅，没有恁酸的啦。暗想：哪个不挑，你单挑秋菊，我正想娶她当偏房哩，只因老婆拦着，还没娶成！张有站在一旁，看见张居正的脸皮，一阵子发红，一阵子发青，一阵子发白，一阵子发黄，鬓角里出汗，鼻梁子冒油。走近张居正，低声说：“相爷，就把秋菊嫁给他吧，赵状元送来的喝墨珠，可是天下奇宝。完婚之后，让他与李豪侠轮番看守，保管尽心尽力。”张居正心头一颤，这件事他怎么知道了。瞟眼看看张有，嘿嘿一笑：“张虎，你相中秋菊，相爷将她嫁给你为妻，选择吉日，拜堂成亲。”孙豹非常高兴，两手直搓。张有说道：“还不谢过相爷！”孙豹扑通跪下,给张居正磕个响头:“多谢相爷!”张居正说:“你既叫张虎,这十只飞镖也就别用啦。张有,你找能工巧匠,速打十二只金镖,刻上神镖手张虎。”张有遵命,走出书房,前去找人打镖。

张居正带领张虎,二次来到聚宝楼,只见楼门紧闭,空无一人。张居正暗想:这个李豪侠,又睡着了。大声呼叫:“李豪侠开门!”喊声刚落,只听头顶“嗖”的一声,张居正抬头一看,一人从楼顶倒栽下来。头离地面二尺,使个鲤鱼打挺,站在张居正身旁。只见此人:身高八尺,细腰粗臂,双肩抱拢,圆脸膛,面如敷粉,亚赛三月桃花红艳,又如四月樱花放蕊;两道宝剑眉,斜插入鬓,一双虎目,皂白分明,鼻正口方,双耳垂轮,颏下无须,甚是英俊。正是李豪侠。“相爷唤我何事?”张居正说:“相爷看你守卫聚宝楼,日夜操劳,过分伤神,现命张虎前来相助。白日由他看守,你好休息,到了夜晚,将他换下,不可粗心大意。”李豪侠与张虎齐声答应。张居正又命李豪侠打开楼门,领他上楼。三人上得楼来,只见一楼室内空空,靠后墙八仙桌上,摆着象棋,东山墙桌子上放着古琴琵琶,西山墙桌上放着竹笛玉箫,张居正暗想:李豪侠唯恐一楼不够严紧,将珠宝玉器搬到二楼去了。三人登上二楼,二楼也是室内空空,窗明几净。桌上放着茶壶茶杯,墙上挂着字画,山水花鸟,梅兰竹菊,令人欣赏。张居正心中生疑:李豪侠将我的珠宝玉器全放三楼去了?噔噔噔,急忙登上三楼,张居正不看还好,一看大吃一惊,他的奇珍异宝全然不见,桌上只摆着一些普通玉器,最贵重的是一尊象牙雕刻:喜鹊闹梅与鸳鸯戏荷。

张居正大喝一声:“李豪侠!相爷的奇珍异宝,放在哪里?!”李豪侠微微一笑:“相爷素日爱显富贵,将那些奇珍异宝放在明显之处,命小人看守。万一贼人盗走一件两件,小人怎能担当得起?为防珠宝丢失,小人将它转移了。”

“现放何处,取来我看!”李豪侠说:“相爷稍坐片刻,待我给你去取!”转身向楼下走去。不多一时,只听“吱呀”一阵声响,墙壁裂开,夹壁墙内尽是奇珍异宝。原来李豪侠费尽心机,将墙壁改成壁橱,安上机关,外人进楼一看,聚宝楼内只是放些一般珠宝玉器,并无奇物。李豪侠按动机关之后,又上楼来,张居正连声称赞:“此法甚好,奇珍异宝,万无一失!”李豪侠说:“我在门窗里边,还要埋伏一些暗器,就是江洋大盗,飞檐走壁,休想进楼。”张居正含笑点头:“豪侠！你部署有方,护宝有功,相爷赏你纹银百两！”“多谢相爷！那只喝墨珠是相爷心爱之物,放在壁橱之内,尚觉不妥,我还要精心设计,将它藏得更加秘密。”张居正说:“喝墨珠是无价之宝,世间少有,你尽管巧设机关,妥善保藏,所需费用,账房去取。”李豪侠称谢,张居正将张虎留下,帮助李豪侠白天看守聚宝楼,独自回到书房。只见张有正在收拾残余酒菜。张居正说:“我命你去找能工巧匠给张虎打造金镖,可曾找到？”张有回禀:“找到了,我怕他在黄金内掺假,将他带进相府,正在花园房中打造金镖。”

张居正暗自盘算:“张有办事,确实细心。只是赵状元来送喝墨珠时,他曾亲眼看我试宝,倘若被他泄露出去,本相就要身败名裂。”随问:“张有,赵状元送宝,你在客厅,相爷试宝,你亲眼观看,此事可曾对外人言讲？”张有说道:“吓死小人,也不敢胡言乱语。”“好,好,你真是相爷心腹之人,来来来,相爷敬你水酒三杯,今后办事,更要用心。”说着将麒麟九转醉仙壶向右晃了三晃,斟满三杯药酒,递给张有。张有不知酒内有毒,受宠若惊,万分高兴,接过酒杯,满口称谢,连饮三盏,忙将桌上杯盘盅筷,收拾起来,送往厨房。

那位问啦,别人喝了毒药酒,都是满腹疼痛,浑身发紫,七窍流血,瞬时身亡。张有喝了毒药酒,为啥不知不觉？张居正阴就阴在这儿。他这种毒药酒,不仅发作缓慢,内里还配上麻药,饮酒之后,并无感觉,过了三四个时辰,觉得浑身酸软,四肢无力,精神困倦,昏昏欲睡,只得躺在床上歇息,就在那睡梦之中,丧失性命,不让死者亲属怀疑是他毒死的。

张居正看着张有走出书房,自己坐在太师椅上,闭目养神,迷迷糊糊,昏昏欲睡。只见新科状元、榜眼、探花捧着冲天冠赭黄袍,带领着翰林、进士走入相府,来到自己面前,一齐跪倒,口呼万岁,万岁,万万岁。瞬时间,龙凤鼓响、景阳钟鸣,张居正黄袍加身,坐进金车辇,二十四对金销提炉,里面烧着檀香,香烟缭绕,瑞气千条,二十四个太监用龙棍挑着提炉,分为左右在前引路,张居正身后簇拥着太监、宫娥,全副的銮驾,武士们前呼后拥,保着自己走向八宝金殿。车辇来到丹墀停住,张居正下了车辇,正要走上金殿,忽听一声呐喊:“拿下奸相！”只见海瑞率领着满朝文武以及充军的举子,从东西朝房拥出。三千御林军,手执刀枪剑戟,奔向丹墀。张居正吓得直打寒战,仰天大叫:“吾命休矣!”扑通一声,从太师椅上摔倒在地,只摔得鼻孔流血,天庭青紫,眼冒金花,脑袋发蒙,醒来原是一场梦。

张居正暗想:此梦不祥,如何是好?心有余悸,坐卧不安。正在这时,噌噌噌,走进一位家人:“启禀相爷,新科状元赵金贵求见。”张居正眉头一皱,计上心来:“海瑞呀,海瑞!不是鱼死,就是网破,我要借赵状元之手,让你死无葬身之地。”

欲知奸相要用何计陷害忠良,且听下回分解。

第十回 请圣命操江查试卷 探虎穴奸相设陷阱

张居正一听赵状元前来拜见,陡生诡计,忙对家人说道:“快请!”不多一时,赵金贵来到,拜过奸相,分宾主落座。张居正道:“贤侄将令妹许配我儿茂修为妻,两家已成至亲,老夫有心将你提携,如何?”赵金贵学问不大,就是善于逢迎拍马,一听提携,万分感激。早将母亲叫他退亲之事,忘到九霄云外。扑通跪倒,磕个响头:“恩师点我状元,终生难忘,今再提携,真是重生父母,如有用我之处,传之即来,呼之即至,赴汤蹈火,万死不辞!”一番话说得张居正哈哈大笑,连说:“贤侄请起,贤侄请起!”赵金贵起身坐定,张居正接着说道:“为师进宫,奏明圣上,封你为八府巡按,巡视河南。”赵金贵又要叩头谢恩,张居正伸手制止,说道:“洛阳有些巨商富户,你到那里见机行事。古语说‘一日钦差大臣,十万雪花白银’,侄儿切不可失此良机。”赵金贵官已到手,又听张居正指出致富之道,有权有势,又有钱财,扑通一声,二次跪倒,磕三个响头:“多谢恩师指点,侄儿得利,首先孝敬你老人家。”张居正满面春风:“贤侄平身,本相早知你非忘恩负义之辈。不过,此去河南,也要小心从事,若被海瑞暗中查出,祸事不小。”

张居正一提海瑞,赵金贵恨之入骨,说道:“恩师命我押送举子充军,路遇这个老儿,被他羞辱一场,有那一天,杀死老儿,才称我心。"赵金贵发此怨恨,正合张居正心意。他"嘿嘿"一阵冷笑:"贤契初入仕林,阅历尚浅,不可造次。常言道:明枪易躲,暗箭难防,对付海瑞更要如此。贤侄此去洛阳,派人四处查访,将周传玉拿住,暗中处死,科场试卷,将无从查对。本相再奏海瑞诬陷本相,将获死罪,这叫一箭双雕。"赵金贵哈哈一笑,连说:"好计,好计!"张居正点头摆手:"你回府速作准备,等我奏明圣上,传旨下来,侄儿即可登程。"赵金贵告辞回府,准备离京,暂且不提。

且说海瑞金殿接过红袍,领了圣旨,回至海府,周传杰迎了出来。二人走进书房,传杰询问义父上朝奏本情况,海瑞将朝房戏弄张居正,金殿奏本,沈理评本,万岁钦赐红袍,传旨查办科场舞弊和辽王被刺一案,等等详情,讲述一遍。传杰说道:"爹爹路遇赵金贵押送举子充军,开读圣旨,知他是个草包,怎能中得头名状元?其中必有舞弊之处。"海瑞说道:"近日为父反复推测,张居正发配举子云南充军,京都官员甚多,为何单差赵金贵前往?足见二人狼狈为奸。赵金贵金榜题名,必是张居正从中作祟,只是无有赃证,不能奏请皇上治罪。"传杰沉思片刻,问道:"爹爹!如果查阅各路举子应考试卷,能否从中找出破绽?"海瑞道:"我何尝未想此事,只是金榜早出,试卷已严密封存,没有万岁旨意,不得启封复查。"传杰道:"爹爹何不奏明圣上,降旨查阅?"海瑞连连摇头:"张居正非是蠢材,既在试卷上作弊,必然更换举子姓名,为父不认识他们的笔迹,难以查出破绽。"传杰笑道:"我哥哥周传玉乃洛阳才子,不仅文章出众,而且书法超群,孩儿扮作卫士,随同爹爹前去,定能认出他的文章,若被外人更换,即是张贼罪证。"海瑞闻听,十分欣喜,准备修本,奏请圣上,降旨查阅试卷。传杰起身,准备回房,海瑞说道:"孩儿慢走,张居正做贼心虚,必然设法掩盖罪证,我儿可扮作行人,先去相府周围察看一下动静。"传杰答应,乔装改扮,走出府门,直奔相府。

周传杰在相府前后左右徘徊多时,未见有人出入,到了掌灯时分,传杰暗想:我何不进院看看。当下来到僻静之处,一提丹田之气,纵身跳上院墙,一个转身,进了花园,沿着花丛小径,走向内宅。正往前行,忽见迎面来了一人,摇摇晃晃,像个醉汉。传杰躲入花丛,只见那人向两间茅屋走去,屋内透出灯光，传来叮叮当当敲打之声。那醉汉走至门外，用手拍门："开门！开门！"吱扭一声，房门打开，门内站着一个老头，忙道："老弟请进！"那醉汉走进屋内坐在床上，问道："相爷命你打造金镖，打好几只了？"那老头说："金镖不比铜镖易打，还要刻上姓名，到今晚才打了六只。"那醉汉说："急等使用，你要连夜打造！"说着往床上一躺。那老头只顾打造金镖，也没注意。等到打好一只金镖，觉得身上有些发冷，走到床边去取衣服，衣服被那醉汉枕在头下，老头一推醉汉，大吃一惊，连呼："张有！张有！"醉汉不应，肢体僵硬，已死在床上。老头跑至门外，高声呼喊："快来人呀！张有死了！"喊声惊动家人，报给张居正，奸相吩咐："买口棺木，埋至荒郊！"家人应声退出。张居正嘿嘿一笑，自言自语地说："非是相爷有意害你，都怪你嘴快。若将喝墨珠传扬出去，被海瑞老儿知晓，焉有我的命在！"

张有突然死去，传杰心中生疑，家人前来禀报，她暗中跟踪，伏在房坡，听见张居正自言自语，怒从心起，黑纱蒙面，窜入房中。"登哧"一脚踢倒奸相，青锋宝剑一亮，压住张居正的脖子。张居正吓得魂不附体，面无血色，骨酥肉麻，浑身发抖："好汉饶命，好汉饶命！"传杰说道："我家喝墨宝珠，怎样到你手中，说出实话，饶你不死！"张居正知道，刚才自言自语，全被此人听见。他定了定神，哀声说道："有一宝珠商人，携带喝墨珠进京贩卖，被老朽看中，买进府来！"传杰冷冷一笑："若是花钱买来，怎怕海爷知晓？再要撒谎，杀你个老狗！"宝剑一动，张居正觉得脖子一凉："我说！我说！"传杰说道："快讲实话，宝珠从何而来？"张居正暗想：赵金贵将宝珠奉献给我，两家已成至亲，不会派人黑夜进府抢逼，此人可能是贺家后代，于是说道："这喝墨珠原是皇宫国宝，先帝恩赐给贺尚书。后贺尚书犯罪被抄，宝珠流落在外，张有给我买来。唯恐海大人得知，说我贪赃受贿，因此害死家人张有，以免泄露机密。"周传杰追问："宝珠现在何处？"张居正说："现在书房，好汉若要，随我去取。"周传杰暗想：喝墨珠原是我家之宝，理应归还我家。伸手抓住张居正的衣领，拉他站起，说道："走！给我取来！"张居正走在前面，周传杰紧跟在后，宝剑抵住奸相后背，寸步不离。二人来到书房，推门进去。张居正双脚一跺，就听哗啦一声，地板翻转，咕咕咚咚，二人一齐落进陷坑之内。这陷坑之中，伸手不见掌，对面不见人,漆黑一团。周传杰取出火折子哧啦一亮,不见张居正的踪影。传杰知道中计,但陷坑四周全被铁板堵死,无有出路,传杰好不着急。忽听上边有人呐喊:“相爷有令,捉拿刺客。”又听咔嚓一声地板裂开一条细缝,透出灯光,一股香气,扑鼻而来,周传杰“呼通”一声,跌倒不动。少时,咔嚓嚓,地板错开,书房之内,灯光明亮,照耀如同白昼。八名武士手持枪刀绳索,站在坑旁。一位武士说道:“刺客已被迷魂香熏倒,快捆起来。”咕咚咚四名武士跳入坑内,动手去捆传杰。只见一道寒光,几声惨叫,武士立即倒下。一条黑影,飞身上房,周传杰眨眼不见。原来,周传杰闻到香气,立即施展内功,封住穴道,紧闭呼吸,又取出几粒九九苏生还阳丹,噙在口中,假装昏迷,跌倒不动。等到武士下去捆她,一抖宝剑刺伤武士,一个“仙鹤腾空”,飞身上房,奔回海府。

周传杰走进书房,海瑞正在等他,问道:“我儿为何这时才回?”传杰遂将夜探相府之事,讲说一遍。海瑞说道:“为了喝墨宝珠,奸相害死家人张有,这是杀人灭口。难道这次科举会试,有哪位举子将喝墨珠当作礼品,委托张有献给奸相不成?”传杰说道:“奸相有了宝珠,举子的试卷,他就可任意更换了。”海瑞说:“不错。待我连夜修好本章,奏明皇上,明日复查试卷。”

次日天明,海瑞起身,唤来海洪说道:“你今日到相府门外察看,若见一位金银匠人,暗中带来见我。”海洪应诺而去。海瑞携带本章,坐上八抬大轿,直奔宫院。

那位问啦,海瑞见皇帝不上金殿,去到宫院干啥?封建社会,皇帝都是三、六、九日登殿,会见文武大臣。今天不是早朝的日子,要见皇帝,只得进宫。海瑞来到官门下轿,让守门太监往里传禀。太监去不多时,返转回来说:“海大人,万岁今日身体不爽,有事让你改日再奏。”海瑞心想:圣上不见,如何是好?我不如到慈庆宫中去拜见仁圣皇太后。思虑已定,遂请太监去慈庆宫禀报。太监回来传道:“仁圣太后命海瑞进宫参见!”太监引路,海瑞随后。走进慈庆宫,海瑞跪下:“恭请太后福安!”仁圣太后说:“海恩官免礼平身!赐座!”海瑞起身落座。奏道:“承蒙太后恩典,召海瑞二次进京。”太后道:“老爱卿当年在朝,忠心耿耿,扶保社稷。如今圣上年幼,文恬武嬉,奸臣误国,老爱卿此番进京,务要尽心竭力,保国除奸,国家幸甚,万民幸甚!”海瑞奏道:“太后懿谕,敢不遵从。

唯恐皇上听信谗言,不纳忠谏,难以如愿!”仁圣太后问道:“难道老爱卿有了为难之处?”海瑞遂奏道:“此次科举会试,贤才未被录取,无能高中魁元,臣进宫请求降旨,复查试卷。圣上传谕,身体有恙,不许朝见。臣焦急万分。”仁圣太后即命宫娥到西宫探望圣上是否有病, 宫娥回奏:“万岁正与西宫娘娘赏花取乐。”太后心中不悦,遂命太监前往西宫,速请皇上到慈庆宫议事。不多时,万历来到慈庆宫,拜过太后,海瑞起身参驾。君臣坐定之后,仁圣太后说道:“海爱卿有事奏明皇上。”海瑞二次施礼,递上本章,万历接过一看,是请求传旨,复查试卷。随即说道:“状元试卷,朕已过目,风格豪放,字字珠玑,独占鳌头,理所当然。”海瑞暗想,赵金贵怎么能做出这么好的文章?试卷必然有弊,但圣上意思是他已看过,无须复查。海瑞人称海鬼头,他也真有鬼点子,当即奏道:“此次会试,各路举子颇有争议,新科状元既是才华出众,文章超群,圣上可将他的会试文章印发各地,让天下举子共赏佳作,以服众望。”万历说道:“依卿所奏,朕即传旨,办理此事。”海瑞立即跪下:“万岁虚心纳谏,臣不胜感激,愿领圣旨,替主效劳!”万历欣然应允,当即书写一道圣旨,交给海瑞,海瑞叩头谢恩,领旨回府。

海瑞回到府中,传杰上前迎接,海瑞将进宫领旨之事叙说一遍,随即命传杰扮作卫士,吩咐人役备轿,传杰肋下佩剑,随轿而行,来到吏部门外,传杰高呼:“圣旨到!吏部尚书陈文接旨!”门官往里相传,吏部尚书陈文急忙迎接入府,说道:“不知海大人捧旨驾到,少接远迎,多多恕罪!”

海瑞说道:“圣旨在身,大人速速接旨!”陈文吩咐人役摆设香案,跪下叩头,海瑞宣读圣旨之后,陈文说声“遵旨!”站起身来,将海瑞领至密藏试卷的文星阁内,令人取出这次科考会试的试卷,递给海瑞。海瑞坐下观看,传杰站在身边守卫, 目不转睛地看着海瑞手中的试卷。海瑞首先找出赵金贵的文章,细看一遍,文风豪放,字字珠玑,结构严谨。海瑞暗想:这个赵金贵,我途中遇他,将“皇帝诏曰”读成“皇帝诏日”,实乃庸才,怎么能做出这么好的文章?海瑞越想越疑,这时周传杰伏在他的耳边,低声说道:“此文是我哥哥的笔迹,只是名字换成赵金贵了。”海瑞仔细一看,果然发现“赵金贵”三字,是模仿文章的笔迹所写,乍一看相似,细看笔力不足,笔画也没文章中的笔画协调。由此可知，这是张居正移花接木，用喝墨珠将周传玉的名字喝掉，又仿照笔迹，写上赵金贵的名字。海瑞又将榜眼刘占标、探花冯天保等人的试卷拿出来看，有的是换了姓名，有的按文章内容，只能录取进士，但却录中了榜眼、探花、翰林。海瑞心中有数，拿着新科状元的试卷，抖了三抖，连连点头。

吏部尚书陈文，只当海瑞欣赏这篇文章，嘿嘿一笑："海老大人！赵状元这篇文章如何？"海瑞看出陈文有些讥讽自己查不出破绽，面沉似水："我已奏明圣上，将新科状元的文章，印发天下，让各地举子共赏佳作，以开眼界！"陈文说道："海老大人，知人知文，可钦可敬！"海瑞说："文如其人，人如其文，若得人文相符，社稷幸甚！我主幸甚！"陈文听出海瑞怀疑这篇文章不是赵金贵所作，心头略惊，不敢多言。海瑞将新科状元赵金贵的文章，收拾妥当，放入怀中，其他试卷，仍交吏部尚书陈文，密封保存。吩咐人役："打轿回府！"人役抬过八抬彩轿，海瑞坐入轿内，离开吏部衙门。陈文等海瑞去远，忙叫家人备轿，直奔相府，与张居正商议对策去了。

海瑞回到府中，同周传杰一同来到书房，又把新科状元的文章取出观看，周传杰说道："这篇文章确是我哥哥所写，我不仅认得他的笔迹，就连格调，连文风我都能看得出来，只是换成赵金贵的名字罢了。"海瑞说道："如能找着赵金贵的笔迹，与此文对照，便可分出真假，然后奏明圣上，金殿对证，即可定论。"传杰说："此法甚好，孩儿今晚，夜探状元府，取来赵金贵的手笔，一对便知。爹爹以为如何？"二人正在计议，海洪带着一个老头进来，传杰一看，正是给张虎打造金镖之人。海瑞让他坐下，说道："找你前来，连夜打造十二只金镖，刻上神镖手张虎的名字。"老头一听，深感惊奇："海老爷，你府中也有一位神镖手名叫张虎？"海瑞指指传杰，说道："他就是神镖手！"老头笑道："这位神镖手，可比相府里的神镖手英俊多了！"海瑞说："你怎知张居正府中有位神镖手张虎？"老头说："回禀老爷，前天相府差遣张有，将我找到府中，相爷也是吩咐我打造十二只金镖，刻上神镖手张虎的名字。张有昨晚前来催金镖，不幸死去。我将金镖打就，相爷喊来张虎试镖，我观那人西瓜头，靛青脸，凶恶眉，秤砣鼻，火盆口，招风耳，短钢胡，脸上有斑有点。那像海府的这位神镖手张虎英俊威武！"海瑞说道："既然我府神镖手与相府神镖手同名同姓同外号,容易混淆,老爷就给他改个名讳,你就刻上神镖英雄周传杰吧!”说罢,让海洪将老头带去打造金镖。二人走后,周传杰说道:“爹爹!听老头言讲,这个神镖手张虎的相貌,却像那夜行刺爹爹之人。”海瑞说道:“张居正官高财富,但他却是一个吝啬之人。陡然打造十二只金镖,令人生疑,因此唤他前来询问,我儿设法与这位神镖手再见一面,看看是不是那个孙豹!”传杰说:“孩儿今晚就去会他!”海瑞说道:“仍按原来计议行事,我儿可先去状元府,取来赵金贵的笔迹。”传杰答应,回房更衣,夜探赵府。欲知能否取来赵金贵的笔迹,且听下回分解。

第十一回 观画像淑女思才子 探绣楼佳人配婵娟

话说传杰换好夜行衣,佩剑挎镖,直奔状元府。来到府门一看,走马门楼,石狮子把门,蛟龙旗杆,石灰粉墙。门上悬挂一块金匾,上书“状元及第”。门两旁彩灯高挑,金碧辉煌。门前站着四个校卫,持枪佩剑,气势汹汹。传杰绕着围墙,转到后边,后门紧闭,用手一推,“哗啦”,门内落锁。传杰转到围墙西北角,掏石块问路,“吧嗒”,扔进墙内。左耳靠墙,细听没有动静。一提丹田之气,施展轻功,越过围墙,跳进院内,原来是座花园。传杰绕过花丛,沿小径,摸摸索索,向里走去。走着走着,看见东南角有座楼房,灯光闪闪。传杰走进楼房,将身一纵,抓住檐檩,双脚一提,使个“珍珠倒卷帘”,两只脚钩住檐檩,脚朝上,头朝下,手按窗框,往里观看,见房内有人移动。传杰用手指湿点唾沫,润湿窗棂纸,捣个小洞,仔细观瞧,靠窗放张条桌,桌子前边坐个姑娘。但见这位姑娘十七八岁,貌似西施,美如貂蝉,桃花面,香腮红润,细蛾眉,弯如新月,杏子眼,秋波闪闪,悬胆鼻,端端正正,樱桃小口,糯米银牙,两腮两个酒窝,青丝未理,略显蓬松。身穿宝蓝褂,压着绿边。这姑娘坐在桌前,手托香腮,愁眉苦脸,凝神沉思。忽然长叹一声,拉开抽屉,取出一个纸卷。她将纸卷展开，摊在桌上。传杰一看，猛然发惊。咋了？这张纸画个少年公子。天庭饱满，地颏方圆，目似朗星，眉宇英俊，鼻直口正，唇红齿白，面如粉团，红中透润。头戴俊巾，身穿蓝衫，上绣蜡梅，迎春开放。传杰瞧看多时，心中暗想：这画的不是我吗？当初进京之时，就是这般打扮，这姑娘啥时见到我了？传杰正在寻思，那姑娘蛾眉紧皱，银牙一咬，拿起画像，哗啦啦，揉成纸团。恨声说道："你这无义之辈，想你作甚！""吧嗒"，将纸团扔到墙角。传杰暗想奇怪，我今天头次见你，怎么成了无义之辈了？接着，姑娘面对墙角，眼看纸团，呆呆发愣。过了一时，又叹一声，走上前去，把纸团拾起，展开摊平，铺在桌上："周公子，周公子，不是我救你一命，你早丧身黄河。咱俩月下吟诗，对座抚琴，情投意合，心心相印。想不到你听我讲出兄长名讳，竟然冷笑一声，登岸而去。"姑娘说到此处，两眼含泪。用手一指画像，说："周公子，周传玉，你真的将我忘了？"传杰这才明白：哥哥当初与义父同船坠河，承蒙这位女子搭救，幸免一死。传杰正在暗自庆幸，忽听姑娘又对画像说道："公子呀公子，你怎知道，我那兄长为了自己的前程，将我许配奸相之子。我这冰清玉洁之体，任在黄泉路上等你，也不与乱臣贼子成亲！"传杰暗想：这姑娘情操真高，我哥配此佳偶，真是福分不浅。只是不知哥哥身在何处，奸相若来逼婚，这姑娘走投无路，以死守节，那就太可惜了。我不如这般如此，成其美事。传杰身子一转，飞身上了房顶。飞檐走壁，回到自己住房。穿上文生公子衣衫，对镜细照，与姑娘的画像一模一样，复又转回赵府绣楼。身子在楼门站定，轻叩门环，学着丫鬟的声音："小姐开门，小姐开门！"赵金梅正在悲叹，听得有人呼唤，声音不像自己房中的丫鬟，问道："你是哪个，半夜三更，喊我何事？"传杰说道："状元爷派我前来送信，姑娘快快开门！"金梅起身，开了楼门，传杰闪身进屋。金梅见是一位公子，不由大惊，说道："无耻的歹徒，快快给我滚下楼去。"传杰深施一礼，笑道："赵小姐，你想煞我了。"说罢，仰面笑看金梅。金梅"啊"的一声，差点大喊起来。急忙以袖掩口，上前一步，关闭楼门。顿觉满面发热，脸色透红，含羞难言。传杰复又施礼，道："深夜惊动小姐，实感冒昧，还请小姐原谅。"金梅以礼相还，又让传杰坐下："请问公子何日进京？因何深夜到此？"传杰："那日分别之后，深感有负小姐情意，因此追赶前来。每日在花园门外，仰望小姐绣楼,如隔万重高山。近日忽闻令兄将你许配给奸相之子,这才特来探望。"金梅信以为真,一股暖流,涌遍全身,含情脉脉,凝视传杰。传杰暗自好笑,慢慢站起,走近金梅,拉住金梅的手,要她走向内间。金梅脸色一沉,微微带怒:"公子休要无礼,坐下叙话。"传杰哪里依从。身子往前一趋,嘴唇吻住金梅香腮。金梅右手一抬,"啪"一个巴掌,正打在传杰脸上。传杰松手后退:"嫂……""什么?"传杰一个"嫂"字刚刚出口,金梅一愣。传杰忽觉不妥,连忙说道:"扫兴!扫兴!"金梅道:"公子乃洛阳才子,我万分敬仰,还望今后多多持重。"传杰说道:"小姐莫要生气,我下楼就是。"说着假意欲走。金梅诚心欲留,又不好开口。传杰又说:"单等小姐到相府成亲之时,我定要前去讨杯喜酒。告辞了!"传杰转身朝楼门走去。金梅呼隆站起,上前拉住:"周公子,你生气了?"传杰一个转身,搂住金梅肩膀,走进暗间。二人来到桌前,传杰让金梅坐下,自己故意吃惊,指着画像:"小姐,这是……"

金梅方觉公子也非轻薄之人,说道:"那日公子听我讲出兄长姓名,弃舟登岸而去。我日夜思念公子,不得相见,暗暗画此肖像,以慰思念之情。谁知见像不见人,思念更苦!"传杰说道:"小姐如此痴情,令人终生难忘。"金梅道:"我意已决,非公子终身不嫁!"传杰暗想:我暂替俺哥允下这门亲事,说道:"若非小姐,我终身不娶!"

金梅十分欢喜,从腰间取出一只玉佩,呈送传杰:"这只玉佩是我母亲陪嫁之物,自幼给我佩戴,从未离身,现送公子,以表心意。"传杰双手接过。仔细观看,这玉佩晶晶发亮,一面镂鸳鸯戏荷,一面雕并蒂花开,十分精致。连声称谢,系在腰中。心想:我将何物送给嫂嫂?想来想去,无物可赠,好不作难。心中一急,举手挠头,触到一物,随手取下,是只金钗。双手赠予金梅,金梅接过,心中惊疑:"金钗乃女儿家首饰,为何戴在公子发间?"传杰略一迟顿,笑道:"家有小妹,名唤传杰,生性淘气,与我作耍。在我进京之时,把母亲送给她的金钗,插我发间,对我言讲,此次进京赴试,倘若魁名高中,必有官宦之家求亲,当以母亲金钗相送,以定终身。如今我虽然名落孙山,得遇小姐以身相许,赠送玉佩,深感万幸。将此金钗送于小姐,永结百年之好。"金梅信以为真,把金钗插在发间。传杰想道:亲事虽已定下,如何能得到赵金贵的笔迹呢？又如何探得考场作弊的真情呢？有了。传杰忽然装作愁眉苦脸，忐忑不安。金梅忙问：“公子为何发愁？”

传杰说：“令兄金榜题名，状元及第，荣宗耀祖，光泽门庭。我虽洛阳才子，誉满中原，此次应试，名落孙山，日后相见，羞煞人也。”

金梅笑道：“公子莫愁，若论兄长文才，怎能及你万一，日后相见，恐要丑态百出，请公子不要见笑。”

“既是如此，令兄怎能得中头名状元？”

“那……”金梅虽然与传玉定下终身，但金贵毕竟是自己的胞兄。常言道家丑不可外扬，还不想把金贵买取功名之事，和盘托出。传杰察言观色，看出金梅心思，问道：“小姐，赵府是不是有亲眷在朝居官？”

“没有亲眷在朝居官！”

“是不是送给主考大人不少金钱？”

“没有奉送金钱？”

“一无靠山，二没送钱，令兄才疏学浅，到底为何得了头名状元？”

“他……”

“他到底怎么了？”

“他……”任凭传杰怎样追问，赵金梅苦苦不愿说明。

传杰无奈，将了一军：“表面看小姐待我一片真情，原来是三心二意。”说罢，假装生气，站到一边。

赵金梅一看传杰生气，一时无奈，只得道出真情。她把赵金贵酒后所吐真言，说得清清楚楚。待赵金梅说出赵金贵是送给相国喝墨珠以后，传杰忽然想起，义父查阅试卷之时，发现有些文章与姓名字迹不同，不知为何。现在方知，原来是张居正用喝墨珠改了姓名。传杰想到这里，又问金梅：“小姐，你说令兄才疏学浅，能否取来他平日写的诗文，让我一观？”

“哥哥从未写过诗文！”

“练的书法也可！”

“他随写随丢，难找片字。”

传杰听后，十分失望。正在寻思，忽听楼下有人讲话：“母亲，妹妹房中，灯火明亮,看来还未歇息,我去上楼给她贺喜!”金梅听了,心慌意乱,面带惊色说道:“公子,我兄长上楼来了。”

传杰笑道:“让他上来,我暂躲藏一时。”

金梅看看房内房外,无处可藏,十分着急。忽听金贵叫门:“妹妹,开门!”

金梅问道:“深更半夜,上楼何事?”

“兄长给你贺喜,快快开门!”

“我愁有千层,苦有万端,喜从何来?”

“此事有关妹妹终身。”

金梅一听又是终身大事,心想必是相府纠缠,怒道:“妹妹终身不嫁!”

金贵急了。他想:这丫头与我赌气,如何是好?待我诈他一诈:“妹妹,不要嘴硬。深更半夜,高点明灯,在房中与谁叙话?”

金梅大吃一惊,一阵迟疑。金贵又道:“你房中究竟是谁?快开门让我看看。”金梅吓坏了。面色由红变白,四肢发抖。传杰拉拉金梅衣袖,指指屋梁,纵身跳上,隐藏身影。金梅暗赞传杰文采出众,武艺高强。这时,又传来金贵的叫门声。金梅假装生气,“哗啦”打开楼门,厉声说道:“哥哥如此无礼,编派妹妹,传说出去,叫我如何做人?”

赵金贵进得楼来,故作没有听见,瞪大两眼,满屋搜索,未见人影。金梅看金贵尚未发现传杰,手拉金贵走进内间,挑起绫罗帐,打开描金柜,怒气冲冲地说道:“你看看哪里有人!”赵金贵自觉失礼,说道:“都怪哥哥多心!妹妹不必生气!”金梅哪能饶他,握起双拳,向金贵捶打起来。她边打边说:“你欺人太甚!你欺人太甚!”金贵虽然挨打,不但不生气,还一个劲地弯腰赔情。金梅见金贵嬉皮笑脸,顿感恶心,又怕他久留,发现传杰,便连推带哄,把金贵推到外间,说道:“你给我出去!”金贵说:“妹妹,容哥哥把话说完,再下楼不迟。”金梅见他纠缠不清,甚是心烦,双手捂住耳朵,说道:“你嘴里没有好话,我不听。”

就在这时,赵金贵从怀里取出一样东西,外裹红绫子,中间一层黄绫子,揭去绿绫子,现出一颗珠子。这颗珠子,大如酸梅,白中透亮,闪闪发光,耀人眼目。他把珠子捧在手中,伸到金梅面前,说道:“妹妹,你看这是啥东西?”

金梅连忙捂住双眼，说道："你身上没有好东西，我不看！"说罢转向一边。

金贵无奈，只得说道："这是一颗混元宝珠，价值连城。带在身上，能避水火，可消灾难，延年益寿，事事如意。相爷当作彩礼，送给妹妹，请你收下。"

金梅听了，甚是恼怒。转过身来，伸手从金贵手里抓过那颗珠子，说道："哪来的一块臭石子，别脏了我的绣楼！"说罢，"啪"的一下，扔出楼去。

相爷确实送来一颗宝珠，当作彩礼。赵金贵见了，爱不释手，便从街上买来一颗珠子，把真珠子换下来交给金梅。只待金梅把珠子扔了，金贵慌了手脚，认为金梅已辨出真假，便说："哥哥和你开个玩笑，假的被你扔了，真的还在这儿。"说罢，又从怀里取出一个红漆盒子，打开盒盖，揭开红绸，现出宝珠。满屋之内，霞光万道，瑞气千条。

"妹妹，这才是相爷送来的混元宝珠。原放在聚宝楼上，相爷将喝墨珠放进聚宝楼以后，即把这颗宝珠取出，当作彩礼送给妹妹。"

金梅冷笑道："别说是颗宝珠，就是长生不老丹，我也要把它扔出楼房！"说着，伸手去夺。赵金贵连忙收起，藏在怀中。低声劝道："妹妹，你真不识抬举。张相国在朝，一人之下，万人之上，官高爵显，家财万贯。他的儿子，官拜吏部侍郎。你到他家，享不尽的荣华，受不尽的富贵，就连哥哥我也跟着沾光。"

金梅说道："你将喝墨珠送给奸相，换来头名状元，再将妹妹嫁给他儿子，换个王侯伯爵，也就称心如意了。"

赵金贵说："与相府成亲，主要是为妹妹着想！""我不愿享受那份福，速将彩礼退回，辞掉亲事！"

赵金贵厉声说道："亲事已定，从也得从，不从也得从。这是父母之命，媒妁之言，怎能由你任性。天亮以后，我就去与相爷商议，择吉日完婚。"

赵金梅看赵金贵心已横下，不念兄妹之情，心中恼怒，手指金贵，愤恨指责："你与相国张居正，狼狈为奸，乘科考会试之机，盗取功名，害得洛阳才子周传玉名落孙山，并横加罪名，到处缉拿。前日在黄河落水，不是我家舟船将他搭救，早已丧生，难道你今日又要逼我一死？"

赵金贵听这话，心中惊疑：莫非她已与周传玉暗定终身？好吧，待我拨草寻蛇,问清此人下落,前去缉拿。想到这里,假装镇静,嬉皮笑脸,说道:“妹妹何不早言。我与周传玉驿馆会文,情意匪浅。早知你与他定下终身,我也不许下相府这门亲事。他现在何处,我好转告母亲,托人前去提亲。”

金梅见哥哥假装笑脸,知他不怀好意。明知周公子现在楼上,不能以实相告。说道:“多谢哥哥美意。周传玉立志求取功名,这次会试,虽未及第,并不灰心丧志。被我救活之后,弃舟登陆,转向洛阳老家,苦读寒窗,三年之后,再来京会试。”

“好、好、好!蒙张相爷保奏,圣上已经传旨,命我为河南八府巡按,近日就要出京,前往洛阳察看民情。哥哥到了那里,一定要会会周公子,成全妹妹婚事。”

金梅暗想:亏得周公子已经进京,任你诡计多端,到了洛阳,难找到他。笑道:“既然哥哥诚心成全妹妹,速请将相府彩礼退回,辞去亲事。”

赵金贵听妹妹又叫退亲,呵呵大笑:“周传玉落第之后,在相府门前,题下反诗。我此去洛阳,正要把他缉拿,就地正法。妹妹再莫痴心妄想,还是从下相府这门亲事为好。”说罢,走下绣楼。

赵金梅听了此话赛似冰水击顶,激灵灵打了几个寒战。嗖的一声,传杰从梁上跳了下来。说道:“小姐莫要担心,我现在就去找海老大人,状告张居正贪赃受贿,出卖功名。海大人查明此事,金殿奏本,定能严惩奸贼。”

金梅说道:“事不宜迟,越快越好。”传杰应声下楼,转眼间不见踪影。

欲知后事如何,且听下回分解。

第十二回　峡山口女侠斗智　巡按府钦差招供

话说传杰回到海府,已近半夜,未去惊动海瑞。次日天明,梳洗净面,来到书房,只见海瑞已经起床。传杰进来,将昨晚夜探状元府所见所闻,讲述一遍。海瑞说道:“你去赵府虽未取来赵金贵的笔迹,却已查明喝墨珠是他送给奸相。张居正用喝墨珠改换试卷,出卖功名,将赵金贵点中头名状元。我要修本,奏明圣君,严惩奸相。”传杰说道:“只是如何取出喝墨珠,作为赃证。”海瑞说:“此事我自有安排。如今赵金贵前往洛阳,暗中杀害传玉,急需提防。我想让你先去洛阳,找到你哥,让他暗进京都见我。你留在那里,见机行事,巧与赵金贵周旋,取得他的笔迹,再回京都。”传杰说:“孩儿离京,挂念爹爹安危!”海瑞说:“海洪镖伤已好,让他小心防范,我儿不必挂念。”传杰说:“爹爹千万多加小心,孩儿速去速回。”说罢打点行装,跨马离京。

周传杰坐在马身,边走边想:哥哥若在洛阳,我到那里,即可见他,如若未归,我到何处寻找?不由心里发急,马下加鞭,飞奔前进。行至郊外,忽见一队兵马,走在前面,下马询问过往行人,都说是河南八府巡按钦差大臣赵金贵离京上任。传杰心道:这个草包,却也性急,我必须走在他的前头,先到洛阳给哥哥报信。于是绕入小道,紧催坐骑,不到半日已跑到赵金贵前头,仍归大道,晓行夜宿,不敢怠慢。这一日来到河南地界,路过峡山口,两边陡崖峭壁,中间道路窄小。传杰暗想:赵金贵必然从此路过,我先戏弄他一番,让他声名狼藉。便勒马停步,站在鞍桥,拔出宝剑,在石壁上刻下打油诗一首。刻好之后,扬鞭催马,走出山口。过路行人一看,有的说:“此人胆子不小,敢揭钦差大人的老根。”有的说:“这样的钦差,来到河南,必然敲诈勒索,咱要多加小心。”一传十,十传百,好奇之人都来观看,不到半天,峡山口内挤满人群,赵金贵的兵马来到,走不过去,只得停下。

赵金贵坐在轿内,问手下人役:“为何不行?”人役禀道:“峡山口石壁之上,有人刻下打油诗一首,观看之人,堵满山口,挡住去路。”赵金贵说:“一首打油诗,有啥好看,鸣锣开道,老爷过山!”人役遵命,来到峡山口,鸣锣高呼:“行人速速闪开,钦差大人过山喽!”那些人一听钦差大人来到,心想:“这个打油诗写的是他,看看是个啥样人物。”他们不但没走,反向兵马涌来。赵金贵得知,心中大怒,喝道:“这些刁民,胆敢闹事不成,速将他们赶走!”人役们举起马鞭,扬起棍棒,扑向人群乱打。那些人边跑边骂:“这个狗娘养的,真不是东西,用他的妹子换个钦差!”

赵金贵听见行人叫骂,心中一愣:我做这事,他们咋知道了。忙问手下人役:"峡山口刻的啥诗?"人役禀道:"钦差老爷,俺不敢说,你自己看吧!"赵金贵下轿,走进峡山口内,抬头一看,"唧!"头也恼小了,眉毛恼拧了,鼻子恼斜了,大嘴巴子恼歪了:"我的祖奶奶,是谁揭了我的老底?日后被我拿住,抄他家,扒他的坟,我把他刮骨熬油点天灯!"吩咐人役:"赶快砸掉,赶快砸掉!"人役不敢怠慢,你拿铁锤,他拿钢钎,叮叮当,叮叮当,一个字一个字地砸。有个人役不识字,问身旁伙计:"大哥,这石壁上刻的啥,钦差大人看了,眼珠子都气得鼓出来了?""老弟,你没瞧见,这是扒钦差老爷老根的打油诗。""我不识字,你念给我听听!"那个识字的人,不敢高声,嘴贴着不识字人的耳朵,低声念道:"草包钦差来河南!"不识字的说:"噢,老爷是个草包,下一句呢?"识字的接着念:"问他如何得的官?""咋得的官,咱不知道!往下念!"识字的说:"你听啊:妹子换块钦差印,喝墨珠买个文状元。"不识字的说:"我的妈哟,状元的老底,全让他抖搂出来啦!"

赵金贵亲眼看着人役,凿掉打油诗,又派人抓来附近黎民百姓,审问他们:"这打油诗是谁写的?"这个说:"没看见!"那个说:"不知道!"赵金贵一恼,吩咐人役:"将这些瞎眼的百姓砍了!"就听山头上有人说话:"赵金贵,放下无辜百姓,这诗是我刻的!"赵金贵抬头往山顶一看:"洛阳才子周传玉!"赵金贵忙令人役:"速将周传玉抓来见我。"人役们举着刀枪,拿着绳索,爬上山头,踪影皆无。这些人役,山前找到山后,山左找到山右,也没找着。只见山下有匹快马,驮着公子,直奔洛阳去了。人役们无奈,禀给钦差大臣,赵金贵说:"追!"

周传杰骑的是匹快马,赵金贵带着三千校卫军,哪能追赶得上。这一日,周传杰来到洛阳,进府拜过舅父舅母,又将在京之事,讲说一遍,舅父说道:"传玉五日前回府,今天到白马寺游玩去了。"传杰说道:"速命家人把他找回,让他赶快进京,找我义父海老大人。"舅父差人去后,传杰又说:"舅父舅母,两位老人家救我兄妹,将俺抚养成人,不料哥哥进京会试,得罪奸相张居正,他与赵金贵狼狈为奸,苦害我哥。如今赵金贵身为钦差大臣,前来洛阳,行至峡山口,被我戏弄一番,声名狼藉,两三日后他到洛阳,岂能善罢甘休,舅父舅母还得暂避一时。”舅父说道：“你哥哥走后，我与你舅母带着你，前往长安经商，这个家咱们不要了。”传杰说：“这倒不必，只要你与舅母离开洛阳，我留下照顾府舍，凭我一身武艺，料也无妨，何况我还得取来赵金贵的笔迹，送给义父。”三人正在商议，传玉回府。传杰又将京都情况，与传玉略说一遍，最后说道：“哥哥赶快收拾行装，连夜绕道进京，找我义父海瑞，明日赵金贵来到洛阳，想走也来不及了。”说着递给他一个腰牌。传玉觉得兄妹多日不见，妹妹为找自己，受尽风险，刚刚相聚，又要分离，不觉泪下。传杰劝道：“哥哥莫要伤心，今日分别，正为来日相聚。你的文章，已被奸相换给赵金贵了，我那义父让你前去核对，扳倒奸相张居正，为国除奸，日后你也能求得一官半职，再接舅父舅母进京，安度晚年。”传玉拭去泪水，起身收拾行装。传杰取出玉佩，交给哥哥：“这只玉佩是金梅小姐所赠，你带着进京，准备日后完婚。”周传玉接过玉佩，想起黄河遇害，金梅相救，二人月下吟诗，船头抚琴，倾心相叙，情投意合，心胸涌起一股暖流，欲将玉佩系在腰内，忽又停住。想了又想，说道：“这婚姻大事，岂能儿戏，妹妹替我招亲，做得有些过分。”又把玉佩还给传杰。传杰不接，笑道：“我好意成全你们，理应称谢，反而责怪起我来！”传玉说：“我乃忠良之后，岂能与奸贼之妹成亲？”传杰说：“粪堆能长灵芝草，鸡窝飞出金凤凰，金梅小姐确是贞操淑女，忠厚贤良，对你又是一片真情，哥哥莫再固执己见。”周传玉说：“若要哥哥与她成亲，除非来生再世。”说着将玉佩扔向传杰，若非传杰接得快，险些掉在地下。传杰拿起，心中暗想，待回京再行劝说。

周传玉收拾好行装，绕道进京。舅父舅母等人也都连夜收拾细软，次日天将微明，洒泪而别。府中家人也都打发出城，只留传杰一人，守在闺房，等待与钦差兵马周旋。

赵金贵受了传杰戏弄，火冒三丈，催促人役，日夜兼程。这天，来到洛阳，地方官员前来迎接，赵金贵一律免见。首先传令，先将周府团团围住，然后命校卫军冲进府门，捉拿周传玉。校卫军进府，前前后后，搜捕一遍，忙到赵金贵面前说：“回禀钦差大人，周府全家老少，俱已逃走，只有绣楼坐一位小姐，正在绣花。”赵金贵气得满脸发青，浑身打战，眼冒火星，传令：“速将女子拿下,点起火把,烧了府舍!”

话刚落音,只见从后院走来一人,燕语莺声,说道:“堂堂皇帝钦差,光天化日之下,放火行凶,是何道理?!”赵金贵举目一看,好漂亮的一位千金小姐:那个头儿,那个脸儿,那个眉毛,那个眼儿,那个鼻子像悬胆儿,那个小嘴一点点儿,那个身手那个腰杆儿,那双金莲穿着那对绣鞋儿……

赵金贵看着瞅着,头发梢子发麻,脚底板子发痒,心口窝里发跳,三百六十五节骨发酸,身子一软,歪三歪,闪三闪,差点儿没瘫到地下。妈的妈,娘的娘,我的姥姥,七仙女下凡来啦!我能娶她为妻,状元不当,钦差不做,甘愿陪她吃喝玩乐一辈子。赵金贵哈哈一阵大笑:“这位小姐,你是何人,胆敢阻挡钦差大人搜府!”周传杰不卑不亢,说道:“老人家出外经商,哥哥离家以文会友,我就是府里的主人!”

赵金贵说:“你是周小姐,叫何芳名?”“我名传杰,你等速速退出府去。”赵金贵说:“你哥哥周传玉辱骂相国,蔑视圣上,万岁传旨,命我前来拿他进京治罪!”周传杰说:“我哥哥乃洛阳才子,这次会试,理当独占鳌头,不料有人送礼贿赂,买去功名。哥哥一怒之下,奔走他乡。”赵金贵说:“你哥哥是皇王钦犯,躲过今天,躲不过明天,小姐若能许我一件大事,我可保他一生无事。”周传杰说:“大人要我应许何事?”赵金贵说:“状元爷我还没成亲,小姐若能许我为妻,我即回京,奏明圣上,赦免你家哥哥。”传杰心想:这个酒色之徒,欺负到姑奶奶头上来了。说道:“此乃终身大事,非同儿戏,你先屏退左右,我与你仔细商议。”

赵金贵一听,十分高兴,右手一摆,喝令:“退下!”校卫军全都退了出去,只剩他们二人。赵金贵嬉皮笑脸,说道:“小姐有啥话讲?”周传杰说:“哥哥对我言讲,令妹许他为妻,我问你何日发嫁?”赵金贵说:“哪有这事。我家妹妹已与相爷之子定亲,一女怎能许配两家。”周传杰说:“你想用令妹贿官赂爵,她想嫁个如意郎君,争来争去,岂不伤了兄妹和气?我劝你还是退掉相府亲事,将她嫁给我哥哥为好。”赵金贵说:“若要我妹妹与你哥哥成亲,除非日出西山!”周传杰说:“狗官若想娶我为妻,除非河水倒流!”赵金贵哈哈大笑:“我是皇帝钦差,你不从也得从。”说着伸手去拉传杰。传杰上前一步,“叭叭叭”连打赵金贵三个耳光，转身走向后宅。赵金贵被打得头脑发昏，眼冒金花，鼻青脸肿，满嘴流血，捂着腮帮，“哎哎哟！”喊叫不止。校卫军听见钦差哭喊，来到近前一看，赵金贵疼得浑身发抖，泪水直流，缩着头，躬着腰，活像哭丧的一样。

赵金贵看见校卫军进来，强忍疼痛，传令：“速将这女子拿下！”校卫军急忙追向后院，跑上绣楼一看，不见小姐踪影。又将东西厢房，堂楼上下，全部搜查一遍，也没找着小姐。校卫军来到花园门外，只见门头挂口宝剑，上面贴个纸条。取过来一看，纸条上写着：“狗官进周府，凶恶似猛虎，若要烧楼房，死在三更鼓！”校卫军手捧宝剑，来到前院，将宝剑呈给赵金贵。赵金贵一看，大惊失色，往腰中一摸，自己的宝剑早已不在身边。赵金贵暗想：这女子非同一般，全家逃走，竟敢一人留在府中，打了本官，又将我的宝剑摘下，挂在花园门头，若不拿住，后患无穷。吩咐：“速速搜查花园！”校卫军连搜几遍，哪里还有人影。赵金贵传令：“紧闭洛阳城门，不准行人外出，大街小巷，站岗放哨，挨户搜查，捉拿周传杰。”然后回到巡按府，等候音讯。

再说周传杰打了赵金贵，趁他疼痛之时，取下他的宝剑，留字悬挂花园门头，自己进入花园，藏在假山洞内，又搬几块石头，堵严洞口，校卫军哪里搜得着。赵金贵在洛阳城内，连搜三天，也没见着周传杰的影子，认为她已逃走，只得收兵，开放城门。

周传杰这三天里，白天在洞内隐身，夜晚出来就餐。三日过后，听听街上没有动静，知道停止搜查。心想：我得赶快设法取赵金贵的笔迹，转回京都。这天夜晚，她女扮男装，头戴俊巾，身穿蓝衫，腰系玉佩，纵身上房，向四周观看，街头巷尾，仍有士兵把守。传杰遂从阴暗之处，穿房越脊，飞檐走壁，来到巡按府。身伏房坡，四处观瞧，前后门都有卫士站岗。屋内都已熄灯灭火，满院漆黑，只有后宅楼房，灯光明亮，传来丝竹歌舞之声。传杰顺着房坡后边，来到这座楼房，伏身细望，房内摆着一桌酒筵，桌后坐着赵金贵。八个歌妓，弹唱歌舞，正在寻欢作乐。楼下有两个校卫，手提大刀，来回走动。传杰在房坡上等了一时，鼓打三更，赵金贵将其他歌妓撵出楼去，只留一个美貌的歌妓对饮。传杰心想，天已不早，不能再等，先收拾了两个校卫再进楼房。她轻轻揭起一块房瓦,掰下四个小块,抖手使个“仙女散花”,两个校卫只觉腰间一麻,浑身发软,倒卧在地,嘴张几张,讲不出话来,原来他们都被周传杰打中麻穴、哑穴。周传杰轻轻落在楼门,迈步走进房内,只见赵金贵正将那个歌妓搂在怀内,往她嘴里灌酒。传杰说道:“钦差大人,久违,久违!”赵金贵一看,啊,周传玉。将歌妓往外一推,高声喊叫:“来人呐!”传杰笑道:“你的校卫,让我收拾过了,你再喊叫,与他们同样下场!”说罢,端灯下楼一照,赵金贵只见两个校卫,躺在地上,一动不动,吓得半天说不出话来。那歌妓心想:一个书生打倒两个校卫,我得快走。转身想跑,周传杰伸手将她点倒。赵金贵吓得手扶桌子,浑身发抖,下巴颏打战,咯咯乱响,比发疟疾颤抖的都狠。传杰说:“你这个钦差,胆子太小,我今晚不伤你的性命,只想与你叙叙家常!”

赵金贵暗想:我只知他是洛阳才子,不知还有一身武艺,既不杀我,看他说些什么?遂问:“周公子深夜找我,有啥话讲?”传杰说:“听说钦差奉旨前来拿我,可有此事?”赵金贵说:“公子相府门前留诗,辱骂相爷,蔑视皇上,才传旨派我前来。”传杰说道:“你用喝墨珠买个状元,我留诗庆贺,有何不可?”赵金贵闻听揭了他的老底,又羞又恼,满脸通红:“我凭文才得中,你休得胡说。”传杰轻轻摇头:“未必!未必?”赵金贵说:“试卷钦封在朝,还能有假!”传杰说道:“果真如此,你今晚写篇文章,我带进京都,与你试卷对照对照!”赵金贵大发雷霆:“你落榜举子,真是大胆,来人!”传杰呵呵一笑:“你已看见,两个校卫躺在楼下,还喊哪个,若再高声,要你性命!”一抖蓝衫,拔出匕首,“啪啦”扎进桌子。赵金贵吓得脸色发寒,心中发跳,不敢高呼。传杰又问:“你将我妻金梅,许给奸相之子,换个钦差大臣,可知羞耻?”赵金贵一听,想起峡山口传玉留的诗句,不由又想发怒:“你……”“你要退掉相府亲事,将你妹妹嫁我!”赵金贵说:“妹妹与相府成亲,由父母之命,还有宝珠作证。你与妹妹成亲,谁是媒人,有啥凭证?”周传杰顺手往怀中一摸,取下玉佩:“钦差你看,这玉佩可是你家之物?”赵金贵抬头一看,正是妹妹平日所戴的玉佩。那胸中之气,只往上涌,一直涌到咽喉。赵金贵一咬牙,一闭嘴,又将这口气咽了下去,不敢发作。咋啦,赵金贵胆小如鼠,他怕发作起来,周传杰用匕首刺死他。周传杰看赵金贵半天不语，说道："有玉佩为证，我与你妹妹的婚事就算定下来了。"赵金贵暗想：若不答应，今晚凶多吉少，我不如暂且应下，把他骗进京都，暗中处死。于是满面带笑，说道："家妹对你有情，我就退掉相府亲事。你明日随我进京，择下吉日良辰，给你二人完婚！"周传杰说："此话当真？"赵金贵说："既成至亲，哪能说谎。妹夫随我进京也就是了。"周传杰说："今晚咱二人所言，空口无凭，也无人证，难以使我相信，你将奉献宝珠，买取功名，以及咱们俩家的婚姻，书写成文，交我随身携带，方可进京。"赵金贵本是骗人，怎肯书写，迟迟不下笔。周传杰问："你写是不写？"

"我……"

"你快快写来！"

"我……我不会写字。"

周传杰勃然大怒，厉声说道："刚才还讲，你凭文才得中状元，如今又讲不会写字，真是前言不照后语，成心要赖！这等狗官，要你何用。"说罢，一个纵身，左手抓住赵金贵的脖子，右手举起匕首，对准赵金贵的咽喉，猛力一刺，赵金贵吓得"哎哟"一声，瘫在桌边。

欲知后事如何，且听下回分解。

第十三回　入贼府独访赃证　进重楼亲搜宝珠

话说周传杰左手抓住赵金贵的脖子，右手举起匕首，对准咽喉，猛然刺去。赵金贵吓得"哎呀"一声，魂飞天外，连喊："妹夫饶命！妹夫饶命！"传杰说道："若想活命，速将买取功名，替妹联姻，如实写来。""我写！我写！"传杰收起匕首，金贵伏在桌上，将如何向张居正奉献喝墨宝珠，得中状元；如何将妹妹许配张茂修，换来钦差大臣，等等详情，和盘写出。传杰看后，说道："一女难许二夫，你究竟与哪家成亲？"赵金贵忙说："小妹既赠玉佩，当与妹夫成亲！”传杰说道:“你也写将下来！”赵金贵随即又写上甘愿退掉相府亲事,将其妹金梅许配周传玉为妻。签名画押,交给传杰。传杰接过,放入怀内,说道:“我回府安排妥当,即进京都,把供词交给海大人。我走之后,你若胆敢抓我周府一人,日后相见,你休想活命！”说罢,将身一纵,跳出院墙。赵金贵吓得瘫在楼板之上,脸色发白,冷汗淋漓,难以起身。楼下两个校卫已经醒来,慌忙上楼,将赵金贵扶起,停了一会,方神情略定,心想:“周传玉若把我的亲笔供词交给海瑞,不仅相爷犯罪丢官,我赵金贵也难保性命。事到如今,只有连夜进京,好言相劝妹妹,让她在城外要道,等候此人,相见之后,蜜言相劝,哄下供词,方为万全。”想到这里,吩咐校卫军,挑选数十匹快马与精干卫士,保着他连夜进京。周传杰回到周府,天色微明,她换上女装,到附近找来几位知心家人,对他们说道:“钦差连搜三日,未见我面,今日若不再来搜查,想必认为我已离开洛阳,你们几人,小心看守府舍,等候老爷回府。我去寻找兄长,万一有个风吹草动,你们尽快逃走,这座府舍就不要了。”家人齐说:“小姐放心！只要钦差不来作恶,保管看好府舍。”传杰安排停当,等到天黑,换上夜行衣,携带赵金贵的亲笔供词,离开周府,出城进京。

且说海瑞那天安排传杰返回洛阳之后,心中仍然不安:如查不出喝墨宝珠,无有赃证,万难了结此案,也扳不倒张居正。他想来想去,还是要深入贼府,查访一番。

这天正逢三六九日,文武百官都去早朝,海瑞未去,自改扮成算命相士,走向相府。来到相府门前,不便进去。抬头一看,相府斜对面,是一座酒楼,吃酒的客人进进出出,络绎不绝。海瑞心想,说不定楼上吃酒的人中,就有相府的家郎院公,不妨进去看看。海瑞进了酒楼,靠门口找一个空位坐定,要了两个小菜,一壶烧酒,自斟自饮。一旁有位客人,见海瑞是个相士,便请海瑞前去共饮。二人一边吃酒,一边谈心。客人问道:“相面先生,府上哪里?”海瑞说道:“祖居荆州。”客人又问:“何时来到京都?”海瑞说道:“昨日刚到。”“先生能否给我看上一相?”“请伸出左手！”客人伸出左手,海瑞细看,满手老茧,心想定是劳苦之人。再看容面,虽然年仅三十上下,但满脸皱纹,想是操劳过度。说道:“观其手纹面相,先生幼年家境不好,心事繁多,终年劳累,百事不顺。不过若到五十岁后，运交大吉，安坐堂前，丰衣足食。"海瑞前几句是见情推断，后几句是安慰奉承。客人听了，十分快活，说道："先生果然神相。"二人正在说话，进来一个精瘦老头，郁郁不悦，满脸愁容。看相之人慌忙站起，施礼相迎。老头径直走入，不理不睬，海瑞看了，生气地问道："此人是谁？如此无礼？"客人小声说道："他是相府的总管张能。"海瑞说道："看来此人十分精灵，家境一定很好！"客人说道："家虽富裕，后辈不佳，先娶一妻，不生不养，后纳一妾，生下一男一女，男孩双瞎，女孩聋哑，半月前爱妾突然病故，真是祸不单行。"海瑞听了，暗暗点头，又问道："但不知他的出身如何？"客人说道："曾听家父言讲，他三岁丧父，七岁丧母，卖进相府为奴，长大之后，十分能干，深受相爷器重，让他担任总管。"海瑞频频点头，客人要付相面费，海瑞说他家境贫寒，不收相礼，客人称谢告辞。

海瑞又换了一个空位坐定，等候张能出来。少时，张能酒后下楼，海瑞高声说道："看手相面，能卜吉凶，家有病人，能破灾星！"张能听了，停住脚步，斜了海瑞一眼，海瑞起身笑道："先生，是否相面，若不灵验，分文不取"。张能暗想，且让你看上一看，倘若不灵，哄骗于我，定惩不饶！于是来到海瑞面前，海瑞让他坐下，仔细端详之后，笑道："先生，你八字眉，福寿长，虽然年逾花甲，还有两旬高寿。"张能点头微笑。海瑞接着相道："你仙鹤眼，多富贵，在官宦之家，掌管大权。"张能眉开眼笑，凑近问道："先生，你看我有何为难之处？"海瑞说道："眉尾一短一长，高堂双亲早亡，三岁丧父，七岁丧母，幼年无依无靠，卖身受尽凄凉。"张能连说："看得对，看得准。"海瑞继续看道："成年以后，精明能干，深受主人器重，步步青云直上；只是'人中'发暗，克妻克子，儿瞎女哑。"张能更是心服，说道："先生言讲，家有病人，能破灾星，我那儿子双瞎，女儿聋哑，先生能否有治？"海瑞应道："发暗招灾，都是住宅妨碍，如能当面观看，便可解难消灾。"张能信以为真，便领着海瑞向相府走去。

海瑞故作吃惊，不敢进去，张能说道："实不相瞒，我是相府总管，相爷上朝去了，先生只管随我进去。"说着前边带路，海瑞紧跟，进了相府。只见大树参天，楼房毗连，五爪金龙，环抱玉柱。二人穿过前庭，来到后院，往东一拐，另有一座跨院。张能说道:“先生!这就是我的住处,看看有无妨碍?”海瑞看见院内有两眼水井,把脸一沉,故作惊讶,说道:“总管,两眼水井,像两枚地钉,紧对窗棂,甚不吉利,令郎双目失明,与此有关。需将井内之物全部挖出,用土填平,你儿两眼始能治愈。”张能说道:“此事我要回禀相爷,请求办理。你看还有何物,妨害我家?”海瑞说道:“我观后院阴气较重,能否带我看上一看?”张能答应,带着海瑞,走进后花园内,只见园中一座楼房,耸立空中,海瑞问道:“总管,这是什么所在?”张能支吾一句,似不愿说。海瑞已猜想这就是聚宝楼,随即说道:“此楼地处阴处,贵宅地处阳处,以阴克阳,多灾多难,若能拆除此楼,令爱聋哑方可治愈。”张能听了,面露难色,半天说道:“先生不知,此楼乃是相爷的聚宝楼,珍奇异宝,尽藏其中,怎能拆除?”海瑞看看聚宝楼,又看看张能住宅,反复看了多遍,长叹一声,说道:“恕我冒昧,你家近日是否有人暴病而亡?”张能十分惊讶:“先生何以看出?”海瑞说道:“我细观此楼,有一宝物,闪耀五彩,黑蓝二光直射贵宅,黑光已透室内,必然已故一人,蓝光将近后墙,三月之内,还要亡故一人。”张能两眼含泪,双手抱拳:“先生真神人也!相爷新得一宝,闪耀五彩,藏于此楼,贱妾暴病身亡。先生救我一救,勿让我再遭横祸!”海瑞道:“说出此宝名称,即可破之。”张能说:“此宝名叫五彩喝墨珠,先生若能使我化险为夷,当以重礼相谢。”海瑞取出纸笔画一怪图,说长不长,说方不方,说圆不圆,递给张能:“你将此符,贴在后壁,阖家人等,即无性命之忧。”张能接过,千谢万谢,取出元宝两只,作为相礼。海瑞以“济世为本,从不贪图钱财”为由,只收下三钱白银,张能总觉过意不去。海瑞出离相府,心中好笑。正行走之间,忽听前边鸣锣开道,正是奸相下朝回府。海瑞急忙转入小巷,回至海府,将查访详情修成本章,准备上殿奏本,严惩奸相。两天以后,万历早朝,海瑞撩袍上殿,双膝跪倒,口呼:“万岁,臣有本奏。”万历举目观看,遂说道:“海老爱卿,朕命你查访科场会试,不知可有弊端?”海瑞将本章递上,万历皇上龙目御览,面带怒色,看完之后,将镇国龙玺一拍:“传张相国进见!”张居正出班跪在丹墀。万历说道:“海老爱卿奏你私改试卷,盗卖功名,喝墨珠换取状元,可有此事?”张居正假装不懂,问道:“啥叫喝墨珠?未曾见过!”海瑞奏道:“你用喝墨珠改换试卷,还想抵赖?请万岁派人将试卷送至金殿，一看便知。”万历依奏，让陈文将全部试卷送至金殿，打开一看，各篇文章笔迹与姓名笔迹，完全相同。张居正一旁得意扬扬。海瑞暗想，这就奇了，我查阅试卷时，明明看出破绽，如今为何不露痕迹？诸位有所不知，海瑞查阅试卷之后，陈文即去相府报信，张居正又用喝墨珠把卷上姓名全部吸掉，模仿文中笔迹，写上姓名。张居正本也有才，模仿得一模一样，因此万历看不出来。海瑞急忙奏道："万岁，请再细看，这文章笔迹与姓名笔迹，只是形似，而非神似。"万历再看一遍，确有似像非像之处，将信将疑。海瑞又复奏道："启奏万岁，喝墨珠现藏张居正聚宝楼上，命他献出，可当殿一试！"万历面向张居正说道："张相国！可将喝墨珠取来，给朕一观。"张居正一惊，下跪奏道："海瑞哄骗皇上，相府绝无此物！"

海瑞见张居正矢口否认，遂下决心，奏道："启禀万岁，奸相不献喝墨珠，请万岁赐臣圣旨一道，前往相府聚宝楼搜查！"张居正上前奏道："如若搜查不着，你该当何罪？"海瑞说道："搜不出喝墨珠，是我欺君，海瑞甘愿伏法！如若搜出此宝，你该当何罪？"

张居正说道："搜出喝墨珠，是我贪赃枉法，斩我颈上人头！"

二人当殿打手击掌。万历赐下圣旨一道，海瑞接过圣旨，张居正急忙下殿，被海瑞一把抓住，说道："随我一同搜府！"张居正道："你我都是朝中大臣，如此行至大街，岂不让黎民百姓耻笑，还是坐轿而行。"

海瑞说道："老夫知你诡计多端，让你坐轿，你必暗中送信，转移宝珠，是也不是？"

张居正无奈说道："你我挽手而行，同进同出，搜不出宝珠，让你死而无怨！"说罢，二人走出丹墀，来到午门，校卫军头前开道，直奔相府。

来到相府门外。海瑞吩咐校卫军将相府前后门统统把住，让战将挑选五十名卫士，一同进府搜宝。他们穿宅过院，来到后花园内。只见聚宝楼门外，站着一名武士，这武士身高八尺开外，细腰扎臂，双肩抱拢。圆脸膛，面如敷粉，亚赛三月桃花吐艳，又如四月梨花放蕊，白中透红，红中透润，两道宝剑眉，斜插入鬓，一双虎目，皂白分明，鼻正口方，双耳垂轮，颏下无须，正在少年。头戴粉绫缎六棱八瓣英雄帽，迎面高搭三尖茨菇叶，粉绫缎绑身摔打衣,粉绫缎骑马兜裆滚裤,一巴掌宽英雄带,足蹬三镶缎薄底快靴,佩剑挎镖十分威武。此人看见张居正与海瑞来到楼前,施礼相迎:“参见相爷!”张居正说:“豪侠免礼,这位是海大人,在金殿与我打手击掌,前来聚宝楼搜查什么喝墨宝珠,你将楼门打开,让海大人进去搜宝!”李豪侠听了,微微一笑,说道:“遵命!”掏出钥匙,“哗啦”打开铜锁,推开楼门,让道:“相爷!海大人!请进。”海瑞走进楼内,只见一楼墙壁上挂着各种乐器,靠墙摆着条桌,桌子上摆的全是玉器:玉磬、玉笙、玉碗、玉甑、玉镜、玉灯、玉鼎、玉钟、玉凤、玉龙、玉马、玉莺、玉如意、玉宝瓶、玉花篮、玉酒瓮,还有一个玉石宝亭,亭前一棵玉青松。海瑞仔细搜查了一楼,不见喝墨宝珠,带人登上二楼,只见二楼墙上挂着花鸟山水,各种古画,中间放着一张八仙桌,桌子上放着珊瑚树、珊瑚塔、珊瑚岛、珊瑚花,陪衬着翡翠玛瑙,各种奇宝。海瑞在二楼又仔细搜查一遍,也没见到喝墨珠,再领人来到三楼。只见三楼墙壁挂满历代书法名人写的真草隶篆,中间一张八仙桌,上边放着各种宝珠:避水珠、避火珠、避风珠、避尘珠、猫儿眼、夜明珠。那真是霞光万道,瑞气千条,耀人眼目。海瑞又将三楼仔细搜查一遍,仍未见喝墨宝珠。张居正呵呵一阵冷笑,说道:“海大人,你诬陷老夫,走!咱们上殿面君!”海瑞说:“且慢!”他走到墙壁跟前,紧握拳头,连捶三拳:“嘿嘿!张大人,你这夹壁墙内,存放何物,命人打开,让老夫一观!”张居正闻听,激凌凌打个寒战,脸色发白,冷汗湿衣。结结巴巴地说:“此楼本是实墙,如何打开?”海瑞命人唤上守楼武士,要他将夹壁墙打开,李豪侠见张居正吓成那个样子,微微一笑,说道:“相爷!海大人要搜查夹壁墙,就让他搜吧!”说着走进楼门,将左手一按左边门框,就听“哗啦”一声,古字对联全部卷起,李豪侠右手一按右边门框,“吱扭扭”,四面夹壁墙全部闪出,海瑞等人仔细搜查,夹壁墙内放了几只盛宝珠的空盒子和盛古字对联的空箱子,别无他物。张居正心中暗喜,这喝墨珠本来放在夹壁墙内,李豪侠将它转移了。只听李豪侠说道:“海大人,二楼也是夹壁墙,请下去看看!”海瑞点头,李豪侠引着众人下到二楼。只见李豪侠站到二楼门口,双肩一抱,“哗啦啦”,墙上挂的花鸟山水画全部卷起,“吱扭扭”夹壁墙闪开。海瑞与众人搜查一遍,也只是些盛宝物的空盒子、空箱子。

张居正更加欢喜,李豪侠说:“海大人请看一楼。”海瑞说:“且慢!你这二楼机关,安在何处?”李豪侠说:“按在脚下。”说着移动门槛,现出机关。海瑞一看,内中没有喝墨珠,于是跟随李豪侠又到了一楼。李豪侠将各种东西,从墙上摘下,放在桌上。从镖囊内取出一只响镖,“呜”的一声打了出去,钉在靠墙上檐檩,“吱扭扭”夹壁墙闪开,里边空空荡荡,并无一物。张居正呵呵一阵冷笑:“海大人,搜不出喝墨珠,速速与我上殿面君!”说罢,伸手抓住海瑞,就往外走。

欲知后事如何,且听下回分解。

第十四回 幼主金殿斩海瑞 太后法场护恩官

话说海瑞带领战将,在聚宝楼未搜出五彩喝墨珠,张居正心中暗喜,面上带气,连声冷笑,伸手拉住海瑞,要与他同上金殿,面见君王。海瑞暗想:此去金殿,凶多吉少。老夫一死,无甚要紧,只是扳不倒张居正,大明江山危矣!忽然想起传杰之话,奸相为了杀人灭口,毒死家人张有。若能抓住这个把柄,见了圣上,也可与他拼个鱼死网破。想到此处,厉声问道:“张居正,你把喝墨珠转移到哪儿去了?”张居正说:“我府从无此物,休再诬陷本相。”海瑞说:“速传张能来见!”人役去不多时,传来张能。他一见海瑞,猛然吃惊。这不是前日过府看相的那位相士吗?如若是他,可就坏了。他胆怯心颤,来到海瑞面前,说道:“参见海老大人!”海瑞问道:“你府家人张有,埋在何处?”张能说:“埋在西郊!”海瑞说:“喝墨珠被张相国转移到张有坟墓,快头前带路,老爷前去搜宝。”“这……”张能不摸底细,迟疑不决。张居正问:“你到张有坟墓,搜不出宝珠,该当如何?”海瑞说:“我到金殿领罪。”张居正说:“那好。”遂命张能头前带路。海瑞要张居正一同前往。

海瑞、张居正各乘八抬大轿,来到张有坟前。海瑞吩咐校卫军把坟扒开,揭去棺盖,上前一看,只见张有面色发青,七窍出血。唤来仵作进行验尸,仵作验后,说张有是饮下药酒,中毒身死。海瑞冷冷一笑,说道:“张相国,张有是你心腹之人,与你朝夕相处,知你所作所为,你杀人灭口,该当何罪?”张居正说道:“说我毒死张有,何人为证?休再诬陷老夫,快快随我上殿面君。”说罢,钻进轿内,命人役抬上金殿。海瑞吩咐人役把张有尸首埋好,带上校卫直奔午门。

且说张居正来到八宝金殿,万历早已卷帘退朝。他走到殿角,敲起景阳钟,擂响朝王鼓,金鼓齐鸣。京都文武百官,不知朝中出了什么事情,急忙奔往金殿。万历皇帝,正在西宫与娘娘饮酒取乐,听到景阳钟声,心中不悦。西宫娘娘说道:“万岁勿怒,臣妾在宫中另办酒席,恭候主公。”万历这才坐入车辇,太监和宫娥簇拥着出离西宫,来到金殿。下了车辇,落座之后,未等百官参驾,张居正跪在丹墀,口呼:“万岁我主,海瑞在我府未搜出喝墨宝珠,请万岁速将海瑞拿下治罪!”万历闻听张居正启奏,海瑞没有搜出宝珠,正要传海瑞上殿,张居正又奏道:“海瑞又以搜宝珠为名,扒我府坟茔,真是欺人太甚!请万岁为臣做主!”万历传旨:“海瑞上殿!”传旨官高呼:“万岁有旨,海瑞上殿!”这时,海瑞刚刚走到午朝门内,闻听宣召,连忙答应。来到丹墀,撩袍跪倒:“参见吾皇万岁。”万历问道:“你在相府搜到喝墨珠了吗?”海瑞道:“暂时没有搜到。”万历道:“既然没有搜到,就当上殿请罪,不该又以搜宝为名,扒掘张府坟墓。”“万岁我主,容臣启奏!”海瑞正要奏本,万历知道海瑞善于巧辩,不便纠缠,伸手拿起镇国龙玺,啪地一拍:“来人,取下海瑞的官衣官帽。”太监连忙上前,要解去海瑞的冠袍玉带。海瑞说道:“臣有本奏!”万历道:“死罪已定,勿需多言!”海瑞见万历不让奏本,心中不服,说道:“君有道,兼听则明;君无道,偏听则暗。万岁不辨忠奸,偏听偏信,江山危矣!”万历大怒:“胆敢骂朕是无道昏君,推出午门,斩、斩、斩!”御前太监,摘去海瑞乌纱,脱掉海瑞的红袍,挂上了忠义带。这忠义带是什么东西?书中交代:封建制度,凡王公大臣,要被处斩,不能五花大绑,在背后插个招子,只往脖子上挂条带子,这带子就叫忠义带。海瑞挂上忠义带,一转身,一跺脚,大步走出金殿。

金殿上百官看了,全都愣住。有的欲上殿保本,但见张居正站在殿角,再也不敢上前。

海瑞刚刚走进法场，朝斩桩上一坐，忽听有人高喊："刀下留人！"海瑞听喊声，像是阁老沈理。怕他进殿保本，不摸底细，万历不准，上殿也是枉然。故而对御林军说："快去拦住这位大人，就讲我不让他上殿保本，只等一死尽忠。"御林军走去一看，果然是沈阁老，说道："海老大人不让保本，只等一死尽忠。"沈理闻听这话，心中不解，立即赶到海瑞身边，问道："海大人，你为何不让保本？"海瑞说："圣上偏听偏信，不让我辩理，你去保本，怕是难以保下。说不定连你这三朝元老，也得陪我一死。"沈理又问："皇上怎样偏听偏信？"海瑞即把过府搜宝，坟墓验尸等情，细说一遍。沈理大怒，说道："好啊，我去与这个奸相辩理。"说罢，匆匆离开法场，前往金殿。刚刚来到午门，遇见监斩官陈文，领旨出朝，前往法场监斩。沈阁老拦住说道："陈大人，我要上殿保本，你须等候万岁二道圣旨。"陈文无奈，只得答应。沈阁老来到八宝金殿，撩袍跪倒，口呼："万岁我主，臣有本奏。"万历问道："沈老爱卿，有何本奏？"沈阁老奏道："臣不知海大人身犯何罪，推出午门斩首。"万历说："海瑞与张相国金殿打手击掌，搜出喝墨珠，张相国午门斩首；搜不出喝墨珠，他甘愿伏法。如今不仅未搜出喝墨珠，又扒张府坟墓，朕将他斩首，该也不该？"沈阁老说："我说海瑞斩不得！"万历问道："为何斩不得？"沈理说道："偌大相府，要想查出喝墨珠，恰似大海捞针。而今只搜了一个聚宝楼，尚未搜查整个相府。待把相府搜查一遍，搜查不出，再斩不迟。再者，海瑞扒掘的是张有坟墓，虽未搜出宝珠，经仵作验尸，张有因服药酒中毒致死，凶手尚未查出，更不能斩！恳求我主，明察秋毫，以服群臣。"沈阁老如此一讲，只说得万历无言答对。有心放回海瑞，又觉得他实在难缠。正在这时，张居正撩袍跪倒，口呼："万岁我主，海瑞诬陷为臣，全然不讲，单凭他辱骂我主无道，罪不在赦。"几句话又激怒了万历。他一拍镇国龙玺："驳回本章，不准讲情，下殿去吧！"沈阁老叩头施礼："我主息怒。臣有下情启奏！"万历说道："若再保本，与海瑞同罪。来人，将沈阁老搀下金殿。"沈理被搀出丹墀，心中暗想："这个昏王，不让说话，如何是好。"忽听传旨官高呼："万岁有旨，海瑞罪在斩首，谁再保本，一律问斩！"这一高喊，却给沈理喊出一条计来。他下了金阶,并不归班,来到午门,吩咐备轿回府。人役抬过八抬大轿,沈理坐在轿内,不放轿帘,让人抬起就走。人役抬轿进入大街,沈理不住地往街道两边望。来到一家杂货店门口,沈理吩咐落轿,让人役买来两大捆麻绳,带回府舍。走到一家木匠铺门口,他又吩咐落轿,让人买了一口白茬棺材。沈理回到阁老府,走进堂楼,老夫人起身迎接。沈理让她坐下,自己弯腰打躬,给老夫人施了一礼,口称:"夫人在上,受我一拜。"这一拜,拜得老夫人丈二和尚摸不着头脑。连忙还礼,说道:"阁老大人,这是为何?"沈理把海瑞搜宝不见,万历传旨出斩,自己上殿保本,万历不准等情,略述一遍。老夫人说:"如今皇帝昏庸,奸臣当道,忠良蒙冤受刑,咱们不如告老还乡。"沈理道:"咱们告老还乡可以讨得一条活命,只是海大人死得实在冤枉。"夫人道:"以老爷之见,该当如何?"沈理道:"我正要与夫人商量这件事。"夫人说道:"老爷之见,快快讲来。"沈理说道:"我要将全家老少,家郎院公,一百单八口,绑赴法场。然后抬棺椁上殿,给海大人保本。保下本来,与海大人同殿为臣,倘若保他不下,全家陪老海瑞一同尽忠。"老夫人一听,满脸是泪,说道:"老身一死,倒没有什么。只是老爷保国一生,临终落得这个下场,叫我……"未等老夫人把话说完,沈理说道:"夫人不必伤心,自古以来,忠臣不怕死,怕死不为忠。我今日舍命保本,且看昏王如何发落。"老夫人说道:"老爷决心已定,就依你吧。"沈理与夫人下了堂楼,来到客厅,命院公将全家人等,俱都唤至客厅。沈理又将保本之事,讲了一遍,最后说道:"愿意随我保本者,立即就绑。不愿意随我保本者,可以返回老家。"众人听了,觉得阁老年过古稀,一片忠心,甚受感动,齐声说道:"愿随老爷同赴法场。"沈理首先将老夫人绑了,接着又绑了一百单八口男女老少。觅人抬着一口白茬棺椁,走出府舍。此事惊动了一街两巷黎民百姓,诸子百家,问明情况以后,个个唉声叹气,纷纷说道:朝中大臣,能都像海瑞那样,为国为民,都像沈阁老这样,一片忠心,大明江山,万代不衰。大家都随之观看。沈理带着居家人等,来到午门,早已惊动陈文。陈文急忙跑上金殿,跪在金阶,把沈理全家上殿保本,百姓挤在朝门,启奏万历,万历闻之大惊。张居正连忙奏道:"万岁我主,沈理这是欺主公年幼,故意虚张声势,惊动百姓,扰乱朝纲。"万历说道:"陈爱卿,领朕圣旨，派御林军赶走百姓。"陈文刚下金殿，沈理安排全家老少，在午门外等候，自己手托乌纱，来到丹墀，双膝跪倒，说道："启奏我主，臣有本奏。"万历听信了张居正的谗言，早已生怒。一见沈理，龙目怒张，说道："沈爱卿，莫非你又给海大人保本来了？"沈理说道："为臣正是！"万历说道："朕已言明，谁再保本，一律问斩！"沈理说道："臣已将全家一百单八口，绑在午门以外，我主若不准本，甘愿一同伏法。"万历说道："大胆沈理，你欺孤王年幼，抗旨不遵。来人，将沈理居家，绑赴法场，斩首示众。"这么一来，张居正可欢喜坏了。心中暗想：我看哪个还敢上殿保本！监斩官陈文，命人把沈理居家，绑赴法场。此时惊动一人，谁？郡马韩良。他一看沈理保本不准，全家受刑，急忙跑进慈庆宫，去找仁圣太后。仁圣太后听了郡马禀报，大吃一惊，立即吩咐车辇伺候。仁圣太后，乘辇来到金殿。万历离开龙位，把仁圣太后迎坐在安乐椅上。万历问道："母后上殿，有何训教？"仁圣太后说道："海老爱卿，身犯何罪，推出斩首？"万历把斩海瑞缘由，向仁圣太后讲说一遍。仁圣太后说道："海爱卿是三朝元老，为大明江山，立下盖世功劳，你就将他赦免了吧！"万历一听，泛起为难。如果不听母后进谏，人家说我不孝，要是准了人情，早已有旨在先，百官问起，不好回答。张居正看穿了万历心思，连忙奏道："海瑞骂主公是无道昏君，若赦其罪，我主何以为君？"只说得万历面红耳赤。想了一时，万历从龙案后边站起身来，说道："请母后回宫养神，勿再过问国事。"

仁圣太后瞪了张居正一眼，说道："赦下海爱卿，我再回宫。"万历说道："海瑞欺君欺臣，难赦其罪，恭请母后谅儿不孝之罪！"仁圣太后一看这个人情讲不下来，吩咐宫娥："车辇伺候。"万历一见仁圣太后起驾走下金殿，连忙站起："送母后！"仁圣太后说道："哪个要你相送，我要去法场，与海爱卿陪斩！以谢忠魂！"说罢，上了车辇，直奔法场。万历皇上一看，愣在龙书案边。

欲知后事如何，且听下回分解。

第十五回　侠女营救义父　万历再赐红袍

却说仁圣皇太后乘车辇来到法场,名曰陪斩,实乃护住海瑞,不让行刑,又派人去请慈圣太后前来共同保本。那位问啦,这仁圣皇太后与慈圣皇太后一向不睦,为何派人请她前来?列位有所不知,由于张居正是万历的太傅,也就是皇帝的老师,万历对张居正言听计从,连仁圣皇太后的本也给批驳下来,无奈她才派人去请万历的生母慈圣皇太后。亲莫大于骨肉,仁圣皇太后认为谪母不如生母,若能由她和慈圣皇太后共同保本,海瑞的死罪或可赦免。哪知慈圣皇太后,在先帝隆庆时期,妒忌皇上偏爱仁圣太后,如今她又与张居正一个鼻孔出气,对仁圣太后的恭请托病不出。仁圣太后没有料想到,慈圣皇太后连这点面子也不给,甚为恼火。正在焦急,只听追魂大炮"咚"地响了一声,仁圣皇太后紧紧地护住法场,不让监斩官开刀问斩。再说海瑞被绑在法场,两眼微合,心中想道:"我海瑞与奸贼严嵩拼斗多年,九死一生,终于扳倒了严嵩。嘉靖末年,又因上疏直谏,触怒皇上,下狱待毙,幸而嘉靖驾崩之后,隆庆天子登基,才又下诏把我释放,官复原职。我海瑞一生做官,两袖清风。为国为民,忠心耿耿。年老致仕,还乡闲居,为了张居正弄权行私,独霸朝纲,我才二次进京,如今事未成先遭害。"他想到这里,又看了看胸前银须,不觉慨然自语道:"人活七十古来稀,我现在年已逾七十,在这古稀之年,我死不足惜,只是扳不倒张居正,朝阁上下,奸臣当道,污吏横行,捐功名,买官职,人才不能起用,白卷却能高中。如此下去,朝纲衰败,国困民穷。海瑞九泉之下,岂能瞑目?"他默默自语,叹息几声,不由得流下滴滴热泪……

正在这时,忽听得追魂大炮"咚——"地又响一声。你看那刀斧手个个持刀注目,准备三声炮响,立刻行刑。一位太监跑到仁圣太后面前:"启禀太后:慈圣太后请你进宫议事!"仁圣太后听了,怒容满面,说道:"是她请我?不去!"

慈圣太后此时为何派太监来请仁圣太后？原来仁圣太后保本不准，遂紧紧地护住法场不让行刑。张居正知道以后，十分着急。心想：仁圣太后不离开法场，实难斩杀海瑞。他就私进乾清宫去见慈圣太后，把仁圣皇太后护法场的事讲说一遍。慈圣太后说道："皇姐刚才派人请我共同保本，我推托有病，没有理睬于她。"张居正奏道："太后仅仅不予理睬可不是良法，如果仁圣皇太后不离法场，海瑞就无法斩首呀！"慈圣太后说道："如何是好？"张居正眼珠子骨碌一转，计上心来，向慈圣太后奏道："必须调虎离山！"慈圣太后一时没猜透，问道："怎么调虎离山？"张居正奏道："必须派人到法场，把她请回乾清宫。"慈圣太后道："她刚刚请我共同保本，我推病不出，这回我请她回宫，她能答应？"张居正复奏道："只要说前来商议如何赦免海瑞死罪，她必然会驱辇前来。"慈圣太后说道："张爱卿主意高明，就依了你。"随即传一道懿旨，派个太监，前来相请。仁圣太后因为刚才遭到拒绝。灰了脸面，这才发怒说道："不去！"

那太监上前一步，低声说道："慈圣太后说，请你商议如何赦免海瑞，万岁也在那里等候。"仁圣皇太后听说是商量赦免海瑞的事，随即转怒为喜，说道："好吧，我马上回宫。"遂吩咐左右："摆驾回宫！"

张居正这调虎离山之计，也真奏效。仁圣皇太后刚刚离开法场，走进宫门，只听追魂大炮"咚——"又响了第三声，仁圣皇太后猛然醒悟过来，说声："大事不好。"就命内侍催动车辇，掉头出宫，急忙奔向法场。暗暗埋怨自己中计，即使到了法场，海老爱卿早已人头落地。敢说这三声大炮一响，海瑞就被斩首了吗？要是斩了海瑞，这部书怎么往下说？那位说啦，明明是午时三刻一到，怎么能不斩海瑞？说书人只有一张嘴，按下仁圣皇太后不表，再说法场上第三声追魂炮一响，刀斧手举起大刀，走上前就去斩杀海瑞，只听"咣当"一声，手起刀落，可海瑞睁眼看看，那把刀没有落在自己脖子上，而是落在了地上，这是怎么一回事呢？原来法场外一人施展轻功，穿过人群，超越卫士，快步流星，飞奔海瑞身旁，用手指在刀斧手腰中一点，那刀斧手刚刚举起砍刀，忽觉半边身子发麻，膀臂酸软，刀从手中"咣当"一声落在地上。别说去斩海瑞，他本人也被这点穴法点的呆若木鸡，不能动弹。这时其他的刀斧手、御林军一拥而上,被来人七上八下,一路拳脚打倒了五六个,没打倒的也不敢再上,只得禀报给监斩官陈文。陈文闻报大怒,指使御林军一齐上前,捉拿来人。不料来人一个箭步,跨到陈文面前,伸手拧住陈文的耳朵,说道:“快快传令让他们退下,不然的话,我先用这青锋剑削下你的耳朵,给你留个记号。”陈文吓得头晕眼花,哆哆嗦嗦,忙令御林军:“快快退下,快快退下!”御林军见监斩官被捉,急忙后退几步。这时只听有人高喊:“何人法场撒野?难道不要命了?”众人抬头一看,是相国张居正来到法场。

却说张居正出了乾清宫,想着仁圣太后中了调虎离山之计,转回宫去,要抓紧时机,把海瑞杀掉,就急忙赶赴法场,一看有人正扭住监斩官陈文不放,他大喝一声,走上前去,凝目细看,不禁惊愕:原来劫法场的是一位姑娘,年方二十左右,穿着一身孝服。上前喝道:“何家女子,胆敢闯进法场,阻挠行刑!”这女子放下陈文,杏眼圆睁,怒视张居正,随即答道:“奸贼,屈斩我父,还不许女儿前来祭奠吗?”张居正一听说这姑娘是海瑞的女儿,心中十分诧异,想道:怪啦,海瑞只有一女儿名叫海凤英,年已四十有余,我曾派人秘密加害于她,怎奈查无下落,如今怎么又冒出了这个女儿?是海瑞的女儿也好,不是海瑞的女儿也好,我先斩了海瑞你再祭奠吧。随即说道:“你快些闪开,等斩了海瑞,再行祭奠!”姑娘说道:“千里遥远来到京都,我就是要与父亲见上一面,张居正,今个你要我见我也得见,不要我见我也得见。”说着一伸手指,点了张居正的笑腰穴,张居正站在那里咯咯发笑,御林军一见女子制住奸相,谁也不敢动弹。

这姑娘转身扑到海瑞身边,双膝跪下:“爹爹,女儿一步来迟,让爹爹受委屈了。”

海瑞睁眼一看,见一位全身挂孝的姑娘,口称爹爹,跪在面前,不觉一愣,心想:我哪有这么小的女儿,就是我收的那些螟蛉义女当中也没有这一位呀?海瑞正在迟疑不决,这姑娘开口禀道:“爹爹,你忘了吗?我是你的女儿周传杰呀!”

海瑞一听说来的这姑娘是周传杰,浑身上下仔细打量一番,又看看她脸庞,不错,看脸面像是周传杰,可周传杰是自己的义子,怎么会变成女儿了呢？噢！是了，他这是男扮女装，来闯法场的。随即说道：“孩儿起来！”周传杰站起身来，海瑞又急切地说道：“传杰孩儿，为父让你办的要事你办妥了没有？”

周传杰说道：“爹爹所需之物，孩儿已从洛阳取来！”海瑞说：“快让为父过目！”周传杰从腰中取出赵金贵的亲笔供词，让海瑞过目。海瑞看过大喜，说道：“有这个作证，就不怕张居正狡赖了。”传杰用手一指，说道：“爹爹你看，我点了奸相的笑腰穴，让他笑看女儿救你。”海瑞举目一看，张居正嘴里笑呵呵，眼泪往下落，眉毛皱成撮，浑身打哆嗦，笑不像笑，哭不像哭，丑态百出。咋的？周传杰恨透了张居正，点穴点的重，奸相不仅发笑，还筋骨酸疼，直掉眼泪。海瑞暗想：这个女儿有些随我，喜欢戏弄奸贼！再说陈文回到监斩棚内，暗想：午时已过，理当斩杀海瑞，这个女子护着法场，难以开刀。不斩海瑞，万岁怪罪，担当不起。只得硬着头皮传令：“午时已过，立斩海瑞！”周传杰手提青锋宝剑，怒目圆睁，护住海瑞，一手指着被点了穴的刀斧手：“哪个胆敢上前，他就是你的镜子。”吓得刀斧手人人不敢上前。就在这时，远处高声喊道：“太后懿旨，且慢行刑！”

陈文一看，仁圣太后的车辇又到法场，上前参拜。仁圣太后看见张居正站在那里似笑似哭，问陈文：“相国为何哭笑不止。”陈文说道：“被那女子点了穴道。”太后看见周传杰持剑护住海瑞，暗想：若不是此人，海老爱卿早就没命了。正要传来相问，忽听高呼：“万岁驾到！”仁圣太后一看，万历车辇的后边，还跟着慈圣太后的车辇。原来他们等不到仁圣太后，一齐赶来。陈文参见万岁，万历说道：“爱卿平身！”万历又面向仁圣太后说：“母后，这海瑞搜宝不见，诬陷大臣，若不斩首，于理不合呀！”陈文慌忙奏道：“海瑞罪当斩首，只是海瑞的女儿武艺高强，护着法场，不能行刑！”仁圣太后道：“海瑞的女儿，传来见我！”“太后有旨，海瑞的女儿进见！”

周传杰听说太后传她，忙向海瑞示意。海瑞说道：“圣驾面前，不可儿戏！”传杰先解了张居正的穴道，然后走上前去，双膝跪倒：“民女参见太后圣安！”仁圣太后道：“这是万岁，上前参拜。”

“民女参拜万岁，万万岁！”

万历道:“你是海瑞的女儿,私闯法场,可知罪吗?”

周传杰道:“万岁,无罪人刑场受戮,有罪人逍遥法外,忠奸不分,是非颠倒,民女保护爹爹,天经地义,何罪之有?”

万历道:“小女子胡言乱语,快快绑了!”

仁圣太后道:“慢着!姑娘,你说忠奸不分,是非颠倒,有罪人逍遥法外,无罪人刑场受戮。我来问你,这有罪人是谁,无罪人又是谁?”

周传杰道:“无罪人是我父海瑞,有罪人是奸贼张居正!”

张居正上前奏道:“海瑞的女儿胡搅蛮缠,诬陷老夫,请万岁做主!”

周传杰道:“启禀太后,爹爹临死之前,再奏上一本,请太后御览!”说着将赵金贵的供词递给仁圣太后。太后看过不觉大喜,说道:“皇儿,这是新科状元赵金贵的亲笔供词,承认他将喝墨珠献给张居正,才被点为状元。如此看来,海瑞非但无罪,反而有功!”仁圣太后将赵金贵的供词递给万历,万历看后说道:“母后你看这件事……”

太后道:“皇儿,速速传旨赦下海瑞。”

万历无奈,遂传旨给海瑞松绑,海瑞上前谢恩。万历又传旨赦免阁老沈理及其家眷一百单八口,松绑回府。海瑞复奏道:“张居正贪赃枉法,乞万岁予以治罪!”

张居正急忙跪下奏道:“启奏万岁,赵金贵说他向我进喝墨宝珠,海大人已搜过我府聚宝楼,并无此宝,可见赵金贵血口喷人,请万岁明鉴!”

万历面向慈圣太后说道:“张爱卿所奏有理,母后你看如何处置?”

慈圣太后说道:“皇儿,命人查清此案,再行发落。”

仁圣太后接着说:“命海大人继续查清此案也就是了。”

万历传旨:“海大人,朕限你三日之内,查清喝墨珠的下落,了结此案,速速准备去吧!”

说罢命太监速速取来红袍纱帽,赐予海瑞。海瑞叩头谢恩,两位太后与幼主万历回宫,张居正与陈文败兴回府。

海瑞与传杰一同回府,想着三日之内,要搜出喝墨珠,了结此案,时间紧迫,谈何容易!

欲知后事如何,且听下回分解。

第十六回 授锦囊传杰探宝 涉禁地豪侠对镖

话说海瑞与周传杰回到府中,海瑞端详一下传杰的装束,哈哈大笑道:“孩儿,你男扮女装,倒是真像,几乎连为父也认不出来了。”传杰哧哧笑道:“爹爹!你再仔细看看孩儿像男还是像女?”海瑞又仔细瞧了瞧传杰的行走坐站忽然发现她脖子上的“十二重楼”,居然没有喉咙疙瘩,惊异地问道:“莫非你真是个女孩儿?”传杰随即飘然下拜,叩头说道:“爹爹恕女儿欺瞒之罪!”海瑞忙搀起传杰说道:“起来,起来,爹不怪罪于你。我且问你,先前为什么女扮男装?这次闯法场为何又还了女儿装束?”传杰说道:“临下山之时,师父让我女扮男装,为的是路上行走方便。初次见到爹爹,女儿没有讲明此事;这次到了洛阳,得到赵金贵的亲笔招供之后,回到舅父家中,我就还了女儿装束,安排家人看护周府就急速进京,恰遇爹爹被绑赴法场,眼看要被斩首,孩儿就飞奔法场,援救爹爹!”海瑞说道:“若非女儿及时赶到,爹爹我早已不在阳世了。”传杰说道:“是爹爹洪福齐天,命不该死!”海瑞说:“爹爹我就是命大,数年以来,与严嵩斗,与张居正斗,狱也下过,法场也上过,‘生死’二字,爹爹早已置之度外。不过,近两次危难,还是多亏女儿你呀!孩子,你这身武艺,是何人所教?”传杰说道:“我师父是伏牛山三清观中的灵仙道长,投师十数年,学得一身功夫。前些日子,师父命我到五台山寻找师叔灵真道长的一个徒弟,名叫李金锁。我到了五台山,师叔说李金锁早已下山去了,他命我下山寻找,还说他随后也将下山。我走遍了各州府县,水陆码头,也没见到师兄李金锁的影子。在辽王府,打伤刺客孙豹,便投在爹爹府下。”海瑞听传杰提起孙豹,若有所思,他想到孙豹说不定与张居正有些瓜葛。他又看了看赵金贵写的亲笔招供,断定赵金贵向张居正献喝墨宝珠是千真万确的,张府管家张能又说宝珠藏在聚宝楼上,那么,为什么过府搜查,三层聚宝楼全都搜个遍,不见喝墨珠的踪影?他心中难解疑团,见女儿传杰也在思索着什么,忽然想到让传杰再去相府查探,便向女儿说道:“女儿,为了查明喝墨珠的珍藏地点,我想让你……”

周传杰没等海瑞说完,就接了上去,说道:“夜探聚宝楼是也不是?”海瑞哈哈一笑道:“你真聪明!”传杰说:“就请爹爹讲明使命!”

海瑞吩咐道:“今夜定更以后,你去相府聚宝楼探个明白:查清喝墨珠是否还藏在聚宝楼;查清聚宝楼看管之人的底细;查清聚宝楼还有什么暗设机关;还要查清相府中有没有孙豹这个人。这件事非同小可,要大胆、心细、机智、稳妥,切不可鲁莽行事!”传杰答应一声:“爹爹放心,女儿知道。”就急速进后堂做准备去了。

周传杰走后,海瑞右手托腮,伏案思忖:传杰女儿,思宝心切,若探明喝墨珠所在,定要动手取回。这喝墨珠是不能取回的,倘若取回,张居正不但赖账,反而还会诬陷我们……他想着想着,随手取过笔来,写了一个纸条,放在锦囊之中。天到定更时分,周传杰装束已毕。只见她一身紧身夜行衣,背后斜插一把青锋宝剑,肩下挎一个镖囊,装满了神镖。传杰进门,海瑞倒了一杯清茶,递给传杰。传杰说道:“女儿不渴!”海瑞指着茶杯说道:“女儿,你把这杯清茶喝下去,茶能清心明目,别忘了爹爹给你的使命是‘清查’!”传杰说道:“女儿记下了,此去夜探相府,主要是清查宝珠下落。”海瑞顺手把刚才写的锦囊交给传杰,安排她到了相府,见到宝珠,立即打开锦囊,按嘱咐行事,不可违拗。

传杰接过锦囊,拜辞海瑞,飞身出门,施展轻功,直奔相府而去。周传杰进了相府,穿墙过院,攀檐越脊,约有二更时分,来到聚宝楼前,正欲飞身上楼,耳听脚步声响,举目一看,从聚宝楼走出一个书童,传杰上前把书童擒住,问道:“你是谁?到这聚宝楼来做什么?”书童正想喊人,传杰低声说道:“你若喊叫,我要了你的小命。”书童吓得浑身发抖,结结巴巴地说:“我是相府的书童,相爷命我每天夜里到聚宝楼来给李爷送夜饭。”“什么李爷?他是何人?”“他……”,书童不敢明说,传杰把宝剑在书童脖子上一搁,书童觉得冰凉透心,其实传杰是把剑背向下,只是吓唬吓唬他。书童哪里分得清是刀背还是刀刃,只是求饶,照实说道:“李爷就是给相爷看管聚宝楼的,他名叫李豪侠,武功超群,他来相府,说是报相爷的救命之恩,别的事,小的就不知道了。”周传杰说:“那好,暂且先委屈你一时吧!”说着给书童点了哑穴,把他拖到一个僻静所在,又点了环跳穴,让他不能说话也不能走动,自己飞身上了聚宝楼。

周传杰攀着楼上斗拱,一个珍珠倒卷帘,伏在窗上,用手点破窗纸向楼内观看。这是楼的第三层,室内红烛高照,桌上摆满了玉器,在一张小桌旁边坐着一人,正在狼吞虎咽地吃着夜饭。这人吃完饭,站起身来,传杰这才看清,见他年约二十岁左右,五官端正,侠气轩昂,仔细打量,看到他脖颈之上挂了一只金锁,闪闪发亮,看到这里,她忽然心念一动:是他?……不!他为何来到这里?噢!书童刚才说他是来报相爷救命之恩的。那么,张居正怎么会救了他的命?她百思不解,又一想,天下豪杰,颈带金锁的也不一定就他一人,我还是小心察看才是。

李豪侠这时走向楼门,周传杰心想是发现了她,随即手摸青锋宝剑剑柄,准备应付。只见李豪侠站在门口用手按下门框,室内名人古字条幅忽然卷起,壁橱打开。李豪侠走进去,从一个宝盒中取出一物,把十层绫子一一拆去,露出一颗珠子,霞光万道,五彩夺目,传杰定睛一看,原来是五彩喝墨珠。

列位,这五彩喝墨珠就珍藏在聚宝楼壁橱之内,那么上次海瑞带人搜楼也打开了壁橱,为什么搜查不到?这是因为李豪侠在壁橱上安了机关,海瑞到三楼搜查,李豪侠一按机关,壁橱内的喝墨珠下降至二楼,海瑞到二楼搜查,李豪侠一按机关,喝墨珠又升至三楼,所以海瑞把一、二、三楼的壁橱全都搜遍,也不见喝墨珠的影子。这个秘密,连张居正都不知道,所以在海瑞打开壁橱时,奸相惊慌失措,寒脸失色。及至在壁橱没有搜出喝墨珠,他才猜定是李豪侠按了机关,暗中转移。自此对李豪侠更加信任,放心地让他看管这颗喝墨宝珠。

李豪侠手托喝墨宝珠,微笑着自言自语:“喝墨珠呀喝墨珠,你会自动上楼,还会自动下楼,那海瑞怎么能够搜得到你?以后我再设计一个机关,使你能自动入地,那时海瑞就是拆掉这座聚宝楼,也找不到你。”说过自鸣得意地玩弄这颗宝珠。

周传杰一看这颗五彩喝墨珠,心情万分激动。她想着这颗珠子,是自己的传家宝,不知为何被赵金贵进献给张居正换取个头名状元。她为了取到这颗宝珠,曾夜探相府,被张居正骗进地穴,险些丧命。义父为了搜查这颗喝墨珠,几乎法场殒身。如今皇上又限三日之内搜查到它,了结此案。现在她亲眼见到这颗宝珠,就在自己眼前,怎能不生急索之念呢?这时,只听"当"的一声响,李豪侠把宝珠放在桌子的瓷盘里,目不转睛地看看想想,想想看看,好像是又想起了一种珍藏宝珠的法子来。周传杰一见机会已到,再也按捺不住取回宝珠的欲望,想着自己不免发一只响镖,把树上鸟儿惊飞,将李豪侠引出楼外,自己趁势取宝珠,回府交给爹爹海瑞。她顺手伸进镖囊去摸响镖,不料却摸着了海瑞交给她的锦囊,这才忽然想起义父的叮嘱,啊!差点把事情办糟了。她立即打开锦囊,抽出纸签,映着窗户洞射出的烛光,只见上边写着五个大字:"探宝莫盗宝。"传杰心中忽然一亮,顿觉爹爹智高识广,想得周到。是呀!我若把这喝墨珠盗回海府,不当着张居正的面,他翻脸不认账,又有何用?于是她把锦囊纸签又装进了口袋,飞身下楼,想看看这座聚宝楼还有什么机关?在楼的北面,发现有一暗道,正窥视间,忽听耳后风声作响,"嗖!"一只快镖打将过来。传杰一伸左手,刚刚接住,"嗖!"第二只快镖又打了过来,传杰又用右手接住。说时迟,那时快,来人一连发了三只快镖,几乎同时打到,传杰眼明手快,左右两手各接一只,这第三只快镖可是不容易接了。这时,只见周传杰身子飘然歪斜。周传杰是不是被第三只镖打中了?没有!但她的身子为什么歪斜?这是因为第三只快镖必须用牙咬着接,她的身子歪斜是使了一个卧鱼式接镖法,将镖用牙紧紧咬住。来人认为这三只快镖神鬼难防,从未落空,便欲扑上前去。万没想到一只快镖迎面袭来,他急忙接过,那想第二只第三只又同时发到,来人不假思索,也是左手接过一只,右手接过一只,又使卧鱼式用牙咬着接过第三只镖,与周传杰接镖的身法姿势完全一样。这位打快镖的来人是谁?不是别人,他正是看守聚宝楼的那位李豪侠。

当李豪侠尽力思索藏匿喝墨珠的新法时,没有注意窗外有人。当周传杰飞身下楼,他看到窗外有人影闪动,随即跟踪下楼。由于周传杰轻功特快,李豪侠又藏珠出门，所以没有追得上。只是在周传杰察看暗道时，他才发现了她，就连发三只快镖，他万没想到，这手师父特意传授的快三镖，非但没有打中对方，反而被对方一一接住，奇怪的是又被立即回敬过来，手法之快，与自己没有两样。周传杰也想着来人所发的快三镖以及他接镖的手法，都是师父灵仙道长所授。常言说师传绝技，他若不是师门弟子，怎会与自己的技艺完全相同？她又联想起刚才见到他项上的那把金锁，如果他是我要寻找的人，那真是踏破铁鞋无觅处，得来全不费工夫了。

周传杰想到这里，觉得这楼下不是谈话之处，我不免将他引到聚宝楼房顶，询问一番。她施展一手“仙鹤腾空”，“呼”地一下直飞聚宝楼顶。

李豪侠接过快三镖，没有再出手发射暗器。他想着对方接他的快三镖是那么利索，回敬快三镖又是那么得心应手，若非师门弟子，怎会如此相同？正想上前问话，只见对方一个“仙鹤腾空”飞上聚宝楼顶。他更惊讶万分，这“仙鹤腾空”的姿势，也和师父传给他的姿势一样，于是，他也用“仙鹤腾空”的身法，跃上楼顶。传杰一眼看见，更怀疑他是那个人了。

聚宝楼顶，清风徐徐，月光如水，他们相互打量着对方，怔了半天，都一言不发。李豪侠这才看清楚来人却是位英俊女侠。

有人要问，在楼下对镖之时，李豪侠能没有看出周传杰是位女子吗？不是李豪侠的眼笨，分不清男女，而是因为周传杰到了聚宝楼就带上了黑色面纱，她能看清李豪侠的长相，李豪侠却看不清她的面目。周传杰飞身上楼，就是要会一会李豪侠，看他是不是她要寻找的那个人，就把面纱取下，月光下二人相距不远，李豪侠看到面前这位美貌女子武艺高强，月夜邂逅，有点不好意思。但又想到她夜闯聚宝楼，有前来盗宝的嫌疑，就开口问道：“请问侠女，你夜闯相府，莫非是前来聚宝楼盗宝的吗？”周传杰冷冷一笑，说道：“我若是盗宝，早就拿到手了。明人不做暗事，要是想借你的喝墨珠一用，也会向你打个招呼的。”李豪侠哈哈一笑，说道：“你好大的口气！既非盗宝，前来作甚？”传杰道：“寻人！”李豪侠道：“寻找何人？”周传杰漫不经心地说道：“李金锁！”李豪侠“啊”了一声，半天没有说出话来。

列位！这李豪侠原来的名字就叫李金锁，李豪侠这个名字，是来到相府以后,张居正及其下人对他的尊称。李金锁没把他的真实姓名流露,想着相府不是久留之地,等过些时日,报了张居正对他的救命之恩,就告辞离开。人们喊他李豪侠,他也就默默应允了。今晚周传杰突然喊起他的真名实姓,使他大吃一惊,默默想道:这女子,我与她萍水相逢,怎么喊起我的姓名来了?他反复揣测:是亲戚吗?他摇了摇头,没有这门亲戚;是师门姐妹?这有可能。因为师父灵真道长的师兄弟,遍及全国十三省,好多名山都有师叔伯,他们都教出不少弟子,但这一位女子,可从来没有见过。又一想,我在青春年少,她是妙龄女郎,天下同名同姓的甚多,就兴我叫李金锁,不许别人也叫李金锁?待我上前问个明白,再作道理!

李豪侠向前紧走两步,轻声问道:“姑娘!你说寻找李金锁,你认识李金锁吗?你家住哪里?在哪座名山学艺?师父是哪位高人?你与李金锁是有亲还是有故?你找李金锁有何要紧事情?”一连串的问话,使得周传杰不知从何处答起。她的樱桃小口张了几张,终于说出了一句答非所问的话来:“我问你是不是李金锁?”李豪杰听到这女子不但不回答问话,反而又反问一句,心中有点不耐烦,也回答了一句反问的话:“是又怎样?不是又怎样?”传杰又追问:“你到底是不是?”李豪侠说:“就算是吧!你是何人?”传杰没有立即回答,从镖囊中取出一只响镖,发向李豪侠,李豪侠随手接过,仔细审视一番,自言自语地说:“是我师父灵真道长的响镖?”他又问传杰:“是我师父灵真道长让你来找我的?”传杰咯咯一笑:“不错,我在伏牛山三清观学艺,临下山时,师父灵仙道长叫我到五台山去找师叔灵真道长,师叔赐我一只响镖,让我寻找李金锁师兄,师叔说他马上也要下山找你。”李金锁喜道:“这么说来你是师妹周传杰了?”传杰说:“是又怎样?不是又怎样?”李金锁说:“你到底是不是?”“就算是吧!”调皮的姑娘学着李金锁刚才的语调,使得李金锁对这个天真无邪的师妹有了好感,他缓缓说道:“师妹,咱们虽然同一个师爷,你在伏牛山,我在五台山,投师学艺,相距甚远,从未见面,你来至相府聚宝楼,怎么能猜得出我叫李金锁?”周传杰笑指李金锁的胸前说道:“你看你脖子上挂的是什么?”李金锁抚摸一下自己脖颈上的金锁,也不由得轻声笑道:“原来你是见物认人哪!师妹,你说我师父下山找我,有什么要紧事体?”周传杰道:

"怕你误入歧途,为虎作伥!"李金锁道:"我进相府是因为下山之后,害了一场大病,多亏张相爷收留,延医治愈。为了报答相爷救命之恩,才答应看守这座聚宝楼。师妹!你说实话,夜探相府是不是为这颗喝墨宝珠而来?"传杰一本正经地说:"师兄,不瞒你说,南直操江海瑞是我义父,夜探聚宝楼,正是为了这颗喝墨珠而来!"李金锁也脸色一沉,说道:"师妹,咱们虽是同门师兄妹,如今是各为其主,为了这颗喝墨珠,不要伤了和气,我劝你还是快快离开这是非之地吧!"周传杰也以攻为守,说道:"师兄,我劝你弃暗投明,一同去见海大人,就是你师父灵真道长见了你,也会让你投奔我义父的!"李金锁轻轻摇头:"我却不信!"

周传杰和李金锁正在聚宝楼顶叙话,只听楼下有人喊道:"李豪侠,你在聚宝楼顶和何人讲话?"李金锁心中大惊:"啊!这是张相爷的问话!""李豪侠,快快下楼,相爷有话问你!"这是张虎的声音。

欲知他如何回答张居正,且听下回分解。

第十七回 蒙面人智擒"神镖手" 赵白肚缉拿"新贵客"

却说周传杰和李金锁正在聚宝楼顶叙话,不料张居正突然来到了聚宝楼下,大出李金锁的意外。张居正问他和何人讲话,他一时对答不上,支吾了一句:"是我,是我……"张居正追问道:"是你和谁呀?"李金锁说:"是我和师……""是你师父?"李金锁急忙顺嘴说道:"对!对!是我师父!"张居正道:"快请下来,老夫我要拜会灵真大侠!"李金锁搪塞道:"相爷!我师父走了,他说改日再来拜见于你。"张居正闻听,略一思考,向张虎耳边咕哝了几句,张虎领命而去。李金锁飞身跳下,随张居正一同进聚宝楼叙话去了。

却说周传杰听见张居正在楼下问话,即飞身下楼,到僻静处找到相府的书童,解了他的哑穴和环跳穴,并嘱咐书童不要对任何人透露消息,不然,日后定要找他算账。书童看这女侠武功高超,说要他的小命不费吹灰之力,所以后来一直没敢把这件事禀报给张居正。

周传杰出离相府,正往前走,她耳聪眼明,忽听身后风声响动,见有一个黑影跟踪而来。周传杰心想:这跟踪的人会不会是李金锁?因为她听到李金锁说是同师父讲话,张居正有可能派李金锁请回师父。她又一转念,认为这不可能。因为李金锁身担看守聚宝楼的重任,张居正不会让他离开。况且李金锁明知不是师父,也不会前来追赶。那么,这个跟踪的黑影又是谁呢?

周传杰虽说暂时估摸不透,但她料定是张居正相府内一位有武功的人。周传杰几次想用响镖打他,但她又想道,万一要是师兄李金锁,那就不好了。最后她下决心把这个黑影引到海府,如若跟踪的人确是师兄李金锁,到了海府,再用好言好语劝导于他,使他回心转意,脱离相府,归顺义父,并能为搜查喝墨珠出一把力;假使跟踪之人不是李金锁,那就设法拿住,也可进一步探明相府珍藏宝珠的底细,对搜查喝墨珠也是有益的。周传杰走着想着,想着走着,一直向海府奔去。这个跟踪的人呢,周传杰紧走他紧走,周传杰慢行他慢行,他也不发暗器,只是尾追不放。

这跟踪周传杰的人,正是那个改名换姓的神镖手张虎,即那个孙豹。他学了一身武艺,投靠张居正门下,做一名鹰犬,曾多次受张居正的指派,屡干坏事。在辽王府书房镖打辽王致死的是他,在黄河渡口截杀海瑞的也是他,后到辽王府暗刺海瑞的又是他。这次他在聚宝楼下奉张居正之命,又来跟踪周传杰,他对周传杰是既不接近,也不发暗器,这是为什么?里边有个缘故:张居正命他跟踪,主要是察看来人向何处去,摸清他到相府聚宝楼的用意何在,同时他听李豪侠说是和他师父说话,知道他师父灵真道长武功卓绝,自己谅也不是他的对手,所以他只是追踪,不发暗器。

孙豹一路跟踪,见前边的人直奔海府方向,他心中暗想:怪不得相爷让我跟踪,这个李豪侠的师父原来是海瑞的人,那么这个李豪侠也说不定是海瑞安插在相府中的暗探。我们二人分工看守聚宝楼,我白天看,他夜间看,今夜他师父夜探聚宝楼,一定是商定计谋,内勾外连,帮助海瑞搜查喝墨珠。李豪侠呀李豪侠,我追到海府,探到你们师徒为海瑞效劳的铁证,回得府去,禀报给相爷,我让你吃不了兜着走!

孙豹一路想着,跟踪得更加急切。

那周传杰施展轻功,转眼来到海府。孙豹紧追不放,也施展轻功,追到了海府。周传杰跳上海府的书房,孙豹也追上海府的书房。

周传杰上次为救海瑞,曾把孙豹打伤,难道这次孙豹追踪周传杰就没有认出她来?这里作个交代:周传杰听到张居正在聚宝楼下说话,她就立即戴上了黑色面纱,所以孙豹一直没有认出她是周传杰,脑子里还想着定是李豪侠的师父灵真道长呢!

书房内,海瑞正在伏案沉思,烛光被风吹得摇摇晃晃,海洪在一旁给海瑞保驾。

周传杰迅速从书房房顶飞身而下,孙豹在书房顶上看个明白,他没有跟踪下房,这为什么?你别看孙豹不太聪明伶俐,笨人有个笨想法,他想着这个人一定进书房向海瑞禀报情况,那时既能看清这个人的真面目,也能偷听他向海瑞说的机密。所以周传杰刚一下房,孙豹便揭开书房顶上的屋瓦,向房内窥视。他见海瑞伏在案上,喜上眉梢。心想:我两次暗杀海瑞都没有得逞,这一回真是天赐良机,我从房洞内向下打你一个飞镖穿脑,好回相府请功。他左手按住房上洞口,右手伸进镖囊去摸飞镖,谁知飞镖还没取出,只觉手腕一凉,有人一把攥紧了他的右手腕,紧接着只听“咔嚓!”“哎哟!”两声。你道这人是谁?正是姑娘周传杰。刚才交代,周传杰不是进书房去了吗?这是她临机应变,她从书房顶落在院中,正欲进房,耳听房上有揭瓦响声,想着捉拿跟踪之人,时机已到,就没有进书房,一个“仙鹤腾空”,飞上房顶。房上孙豹,一来是集中精力想用飞镖刺杀海瑞,二来是周传杰的轻功特快,连落在孙豹身旁都没有一点响声,使孙豹丝毫没有发觉身边有人。孙豹伸手去摸飞镖,周传杰眼明手快,一把攥住了他的右手腕。那么“咔嚓!”“哎哟!”两声是怎么回事?“咔嚓”一声,是周传杰将孙豹的右手腕卸掉了,也就是他的腕骨错位。“哎哟!”一声,是孙豹疼痛难忍的叫声,他的右手立刻耷拉下来,飞镖没有取出。孙豹一个闪身,想用左手去拔单刀,又被周传杰左手抓住胳膊,右手按住肩头,“咔嚓”一声,把孙豹的左肩又卸脱了臼。

周传杰对孙豹使的是神功卸骨法。一个人的全身共有二百零六块骨骼，由肌肉和韧带连结着。骨与骨之间，如果脱臼错位，轻则不能动弹，重则可致残废。这一手甚是厉害，再好的高手，若是手脚不听使唤，等于废人。周传杰遂又点了孙豹的肋下穴，使他像死猪一样，扒在房顶上，动弹不得。

孙豹被周传杰生擒活捉，还硬不服气，大声嚷道："灵真道长，你乃当代大侠，不该暗使手法，偷袭晚辈。"他还真把周传杰当成灵真道长了！周传杰听了咯咯笑道："你这头蠢猪，难道你刺杀海大人不是暗箭偷袭而是明枪真刀吗？"一句话问得孙豹哑口无言。孙豹听声音是个女的，大声说道："你不是灵真道长，你是何人？"周传杰笑道："灵真道长是我师叔，你这蠢猪，连姑娘我的声音也辨别不出吗？"说着她扯下了黑纱，露出真颜面，站在孙豹面前的，是曾经打伤过他的那位武艺超群的姑娘。没想到他这个修炼数十年的武功之人，竟然屡次败在一个女子手下，而且这一次又败得如此之惨，真是羞愧难当。他有气无力地追问周传杰："你是李豪侠的什么人？"周传杰咯咯笑道："李豪侠？是给你们相爷看守聚宝楼的那位武侠吗？他呀，他不叫什么李豪侠，他是我的师兄李金锁。怎么样？你有本事回相府向张居正禀报去吧！"孙豹这时像个泄了气的皮球，低下了那个西瓜脑袋，不再说话。书房内海瑞听到了响声，欲向院内巡视，海洪一把拉住说："老爷不要出去！"说话间，他已跳出房门，站在天井院内，向书房顶上察看。周传杰在房上早已看见了院中的海洪，知他力大无穷，随即喊道："海洪哥哥，请你帮个忙！"海洪一听房上讲话的是周传杰，放下了心，高声叫道："传杰妹妹，你叫我帮你什么忙？只要是我能办到的，决不推辞！"传杰说："我逮回一头豹子，推下房去，你要张臂抱住。"海洪一听吓了一跳，心想你这个调皮的妹妹，玩笑得的也太大了，一头豹子怎能张臂去抱？随即说道："妹妹！一头豹子，你推下来，让它摔死算了，咱们正好吃顿豹子肉。"传杰咯咯笑道："海洪哥哥，这头豹子现在又变成一只老虎了，你要准备将他抱住！"海洪迷惑不解，豹子怎么又变成老虎了？豹子也好，老虎也罢，你推下房来，让它摔个粉身碎骨岂不省力？何必让我张臂去接？他催促地说道："好妹妹，豹子、老虎都是害人的家伙，快扔下来，摔死算了！"传杰道："那可不行，这是一只披着人皮的恶虎！"海洪心底一亮，啊！原来是一个人哪！

孙豹在房顶不由自主地“啊呀”一声，暗自想道：这一女子把我比成豹子、老虎，我原名孙豹，经相爷改名叫作张虎，难道她已把我认了出来？唉！反正已被擒拿，只有听天由命了。

海洪想了一下，又向周传杰说道：“妹妹，一只披着人皮的恶虎，何用去接，快扔下来吧！”这时海瑞早已站在门口，听个明白，走到院中，向传杰说道：“传杰孩儿，把这个人推放下来，要轻一点，他是个有用的人。”说着又命海洪双手去接。只听骨碌碌一阵声响，周传杰把孙豹从房顶上蹬了下来，海洪伸出双臂，紧紧抱住。海瑞早已进了书房，传杰从房顶飘然而下，飞身进房。海洪抱着孙豹，也进了书房。把他往地上一放，三人一看，不约而同地说道：“嗨！不错！就是他！”海瑞、传杰、海洪三人，一齐都认出了眼前的这人就是孙豹。

周传杰在房顶之上，借着月光和孙豹打了个照面，见这人西瓜脑袋，短钢胡须，像是在辽王府书房暗刺海瑞的那个孙豹，所以她故意说什么“豹子”“老虎”进行一通试探。当她听见孙豹“啊呀”一声之后，料定此人有八成就是镖杀辽王和暗刺义父的那个孙豹。书房中、烛光下，这才看清了他的真面目，正是凶手孙豹无疑。

海瑞让周传杰收缴了孙豹的兵器，解了他的肋下穴，又用神功卸骨法把卸脱的右手腕和左肩膀推拿复位。派人去请师爷前来录供，开始了对孙豹的夜审。

海瑞问道：“大胆狂徒，你是何人，前来行凶？”孙豹说道：“大丈夫生不改姓，死不更名，我乃神镖张虎。”海瑞哈哈大笑道：“生不改姓，死不更名？你现在没有死，可是连姓带名你都早改过了。你原名不叫张虎，你叫孙豹。”孙豹还想狡辩，海瑞取出一只飞镖，亮给孙豹观看，孙豹见是铸有“飞镖孙豹”四字，是自己用过的飞镖，西瓜脑袋立即又耷拉下来。海洪上前说道：“在黄河渡口加害我们的也是这个恶魔。”海瑞又拿出一只飞镖，亮给孙豹看，说道：“刺杀东辽王朱显的也是你，这铸了‘孙豹’二字的飞镖，就是你杀人的铁证。”孙豹再也无言对答。海瑞继续问道：“孙豹，你为何要改名张虎？”孙豹拧了拧两道凶眉说道：“这……这是相爷逼着我改的。他说，他说赏我一个丫鬟秋菊。”

海洪上前踢了他一脚:“色鬼!”海瑞上前阻拦,说道:“让他说清楚。孙豹,你要把你的杀人罪行,何人指使,前后经过全部供出。”

孙豹摇动了一下斑斑点点的靛青脸,在铁证面前,只得如实招供。他说:“张居正命我用飞镖暗杀东辽王,他说天大的事由他承担。接着又命我在黄河渡口截杀海大人,大人落水遇救。相爷又命我寻找于你,伺机暗害,又没有得逞。回府以后,相爷怕大人按镖上铸的孙豹名字查到了我,连累于他,就赐我姓张,改名张虎,并命我和李豪侠轮流看守聚宝楼。今夜女侠探楼,相爷误认为是李豪侠的师父灵真道长,就命我跟踪追查,及至海府。女侠下房,我揭瓦窥见海大人,就顿生歹意,想刺杀大人回相府请功,不料被女侠擒住,今日犯到海大人之手,任凭大人处置。”

海洪听着孙豹的招供,早已按捺不住胸中的怒火,操起八棱铜锤,劈头就打。海瑞大声说道:“海洪!不可动手,留着他大有用场!”海洪收起铜锤,心中愤愤不平,站在一旁。海瑞拿起记录的口供,让孙豹画了押,吩咐将孙豹扣押起来。

再说张居正陪同李金锁进了聚宝楼,分宾主坐下,张居正说道:“李豪侠,你看守聚宝楼有功,日后我要奏明圣上,加封于你。”李金锁说:“师父常教导于我,功名利禄,切莫轻取!”张居正道:“英雄既无意于官职,我给你娶一位如花似玉的夫人,赠你黄金白银,以享荣华。”李金锁道:“多谢相爷美意,师父曾说,婚姻大事,由他安排,在下实难从命!”张居正说:“灵真道长教徒有方,可敬可钦。你师父今夜前来,本相未能瞻仰尊面,甚感遗憾!”李金锁忙掩饰道:“师父临行仓促,让我转禀相爷,改日再来拜见。”张居正道:“灵真大侠若再来府,请你禀报给我,有件大事要请他协助!”李金锁问道:“什么大事?”张居正说:“周传玉题反诗辱骂本相,至今未缉拿归案,我有心请大侠追捕,你看如何?”李金锁道:“相爷,新科状元赵金贵巡视洛阳,让他缉拿岂不甚好?”张居正笑道:“这个我早有安排,他还没有回京交旨。逮不住周传玉,是老夫一块心病。”李金锁道:“师父再来相府,我一定转告相爷心意。”张居正说:“大侠来府,我再当面拜托!”说着他起身告辞,李金锁送走张居正,自去巡视聚宝楼。

话分两头，再说周传玉，这位落第才子现在他在哪里呢？前几回书中交代明白，他回到洛阳舅父家中，周传杰奉海瑞之命回洛阳找到了他，要他火速进京，并给他一个腰牌。有了这个腰牌，各州府县，诸路关卡，均可通行无阻。于是周传玉水路乘船，旱道骑驴，饥餐渴饮，晓行夜宿。这天好不容易来到了京郊，正欲进城，不幸巧遇赵金贵从洛阳巡视回京，手下人役一见周传玉，一面团团将他围住，一面禀报赵金贵。赵金贵立即传令："速将周传玉缉拿归案！"

欲知周传玉性命如何，且听下回分解。

第十八回　火焚书房才子遇难
身临险境道长现法

话说赵金贵在京郊大道上，巧遇周传玉进京，令校卫将他立即拿下。校卫得令把周传玉团团围住，但无一人敢向前捉拿，这是为何？原来，周传杰女扮男装，大闹了洛阳巡按府，活捉赵金贵，校卫们都知道她的厉害。他们把这个真周传玉误认为那个假周传玉了。所以大眼瞪小眼，你看看我，我看看你，没人敢进前一步。赵金贵看见这种情况，心中明白，此人武艺高强，无人抵挡，如何是好？如果把他放走，非但相爷那里无法交代，最可恨的是他在洛阳逼我写了向相爷进献宝珠的亲笔供词，如果递给海瑞，我的一切都将完蛋。想到这里，头上冒出豆大的汗珠。

正在这时，他见到一个校卫近前禀道："禀老爷，姑爷周传玉现在轿前，老爷是否迎他一同回府，再作道理？"赵金贵虽则脑子迟钝，但一听校卫"再作道理"的这番话，觉得也只有如此办理。于是他下得轿来，走向周传玉，拱手笑道："妹夫，你也进京来了？快快随为兄一同回府，舍妹在府中恭候你呢！"周传玉闻听一愣，他顿时想起这都是妹妹传杰女扮男装捣的鬼。心想：无论如何不能自投网罗。当下也不理睬赵金贵，竟自扬长而去。赵金贵见此光景,怕他去海瑞府中献纳他的亲笔供词,就火燎毛似的命令校卫:“你们还愣着干啥,快快恭请姑爷回府!”众校卫一听,遂一拥而上,拦回周传玉,前呼后拥,随同赵金贵的八抬大轿,向状元府而去。无奈周传玉是个文弱书生,无力反抗,只得听任摆布。

赵金贵把周传玉接进赵府,让到客厅,摆上酒宴,说道:“这是小妹从归德府来京,带的家乡名菜,今日给妹夫接风洗尘,表表心意。”周传玉听说赵家是归德府人,猛然想起一事,问道:“归德有位工部侍郎赵文香,可是状元宗祖?”赵金贵呵呵笑道:“那是先父,三年前下世去了。”

周传玉脸色突变,怒火烧心,气炸肝肺:“你……你……”赵金贵说:“你认得先父?”周传玉摇了摇头,站起身来,往外就走,赵金贵急忙上前拦住:“妹夫,你今后就在府内读书,享不尽的荣华富贵,吃不完的山珍海味。过些日子,选个黄道吉日,你与小妹完婚,也了却为兄一桩心事。”周传玉冷冷地说道:“这门亲事,是一厢情愿,你快放我出府。”赵金贵感到惊讶:“怎么?你这是怎么了?我妹妹进京之时,你们曾在月下邂逅相遇,其后又在我妹妹绣楼之上亲口许婚,在洛阳巡府你又立逼为兄允亲,怎么你现在变了卦了?”周传玉明知这些事大都是妹妹周传杰所为,又不好说穿讲明。暗想:咱们俩家仇深似海,怎能成亲?赵金贵越留,周传玉越气,只觉得心血上涌,头脑发蒙,四肢发麻,脚手发凉,“呕喽”一声,吐出一口鲜血,天旋地转,昏在客厅。

赵金贵先是一愣,看看周传玉,脸色苍白,拉拉衣裳,一动不动。不由得哈哈大笑,吩咐家人:“趁他昏迷,灌酒三杯!”家人上前,端酒的端酒,捧头的捧头,连灌周传玉三杯烧酒。吐血的人,怎能饮酒?周传玉三杯烧酒下肚,鲜血顺着嘴角,直往外流。赵金贵吩咐:“搜!”家人将周传玉浑身上下,里里外外,搜查一遍,只查到一个关卡放行的腰牌,不见那张供词。其实那张供词,早由周传杰交给海瑞,万历与仁圣太后全都看过,在周传玉身上怎能搜着?赵金贵闷闷不乐,很是失望。一气之下,命人把周传玉抬进书房,锁上房门,打算按照张居正“暗中处死”的密令,夜间加害于他。

赵金梅的丫鬟春红路过客厅,听说姑爷被邀进府,急忙上楼报与金梅:“恭喜小姐,贺喜小姐,姑爷来了。”金梅闻听作嗔道:“你慌里慌张,胡言乱语，看我拧你的嘴！”春红说道：“我买绒线回来，路过前厅，听说姑爷被大爷请进府来，正在客厅饮酒呢。”金梅道：“此话当真？”春红说：“一点不假。”金梅命春红再去前厅打探，自己心中七上八下，忐忑不安。暗想：我的这门亲事，哥哥是百般阻拦，对周公子横加迫害，对我也倍施压力，并坚持把我许配给张居正的儿子张茂修，如今他一反常态，把周公子请进府来设宴相款，却是为何？这时春红又跨进门来，急促说道：“小姐，姑爷满口吐血，被搀进书房歇息，我去到书房查看，书房门却落了锁，不知是何用意？”

赵金梅闻听，吓得魂飞九霄，心中明白，定是哥哥要加害周公子，我要前去书房设法搭救。又一转念：我这一闺门女子，抛头露面，羞羞答答，怎好前往？她正踌躇不前，丫鬟春红催促道：“小姐，你快去书房，察看姑爷去吧！”金梅突然想到了贴心的管家，果断地说道：“春红，你去找管家，就说今晚定更时分，我要去书房会见姑爷，叫他到时打开门锁，嘱咐他这件事暂不告诉你家大爷，快去快回。”春红领命飞快寻找管家去了。

这时管家正在前厅接受使命，赵金贵命他锁好书房门后，又命他准备柴草油料，打算三更以后，火焚书房，把周传玉烧个活不见人，死不见尸。赵金贵虽笨，他有个笨想法，周传玉一死，我的那一张亲笔供词，万一在他身上藏着没搜出来，也就烧成灰了。如果他丢在别处，也没有人再去取回交给海瑞。再者，周传玉一死，妹妹也就可以嫁给张相爷的儿子，今后我更能依靠相爷，步步高升。……管家刚把柴草油料准备好，碰巧丫鬟春红赶来向他讲明小姐之意，这可难坏了管家。若不让小姐会见姑爷，岂不得罪了小姐？若让小姐进书房，状元爷知道了那还了得？停了一会，他想了个两全其美的办法：在定更时分让小姐到书房会见姑爷，那时丫鬟春红定要暂时避开，待二更以后，小姐离开，放走公子，再点火焚房。这样既不得罪小姐，也不会引起赵金贵的疑心。主意已定，忙让丫鬟前去传话。

谯楼上鼓打一更，管家悄悄把书房门锁打开，丫鬟春红引赵金梅来到书房，只见门外堆满干柴，断定哥哥要火焚书房，烧死公子。急忙进屋，春红退出门外，转回绣楼。金梅一看，周传玉昏迷不醒，满脸血迹，蓝衫也被鲜血染红，十分痛心。连喊数声，公子不应。金梅转身取水，为传玉洗血，就在这片刻工夫,只听"扑哧"一声,一股清水从房顶射来,不偏不倚正射到传玉的脸上,周传玉激凌凌打个寒战,猛一张口,"叭喳!"一粒丸药掉进嘴里。金梅端水转回,一面给传玉洗脸,一面呼唤:"公子醒来,公子醒来!"周传玉服药之后,渐渐苏醒,睁眼看看,也不知自己身在何地。一位如花似玉的姑娘,正给自己洗血,忙问:"姑娘,你是何人?"赵金梅说:"公子,你怎么这样健忘,我是金梅,你就认不得了?"

周传玉仔细观看,果然是她,不觉眼眶一热,涌出两滴泪珠。但一想她是仇人之妹,脸色逐渐发白,一个转身向里:"谁叫你来管我?"金梅一愣,接着笑道:"我若不来救你,今晚你就没有命了。"传玉说:"就是死了,也比被你救活好受!"这话如同钢刀扎进金梅胸膛,眼泪如断线的珍珠,滴了下来:"公子,公子……"传玉看见金梅流泪,又觉心中惭愧,她是我的两次救命恩人,怎能如此对她?他长叹一声:"小姐,咱们本是冤家仇人,何必相见。"金梅暗想:我哥哥夺了他的状元,气愤难平,也是常理,但眼前时间紧迫,不容细劝,忙道:"公子,我哥哥马上要把你烧死在书房,快快随我逃走!"周传玉听了,先是一惊,接着内心十分激动:这么好的姑娘,天下少有,可惜生在赵府。我和她世代冤仇,难成婚配。有心将父辈之事,告诉于她,又怕她倍添伤情。贼府戒备森严,一个弱女,如果救我不出,反而将她连累,于心何忍?传玉马上说道:"姑娘不用救我,请回绣楼。"金梅哪里能依?忙道:"不让我救,我偏救你!"说着伸着玉腕,要扶公子起身。传玉躺在床上,不愿起来。他回忆往事,思绪万千。月下船上,听琴赋诗,情意绵绵,难分难舍。这么多情的姑娘,又站在自己的面前,我怎能如此固执!但他又想:全家抄斩,仇深似海,又怎能与她亲近?!赵金梅见周传玉沉思不语,从头上拔下一只金钗,说道:"这金钗是你在绣楼亲自交给我的定婚信物,我也赠你一块玉佩。咱们早已私订终身。我哥哥夺了你的状元,我也为此不平,先逃出去,自有出头之日。"周传玉这时又想着伸冤报仇,随口说道:"若有出头之日,杀了你们全家!"金梅"啊"了一声,"当啷"金钗落地。传玉说道:"小姐,你不救我了吧?!"金梅愣了半天,问道:"咱们究竟有何冤仇,你如此恨俺赵家?"周传玉唉了一声,像是自言自语:"冤仇何时了,爱恨知多少?小姐,伤心的事你还是不知为好!但有一件,我要讲明。”他让金梅拾起地上的金钗递在他手中,看了多时,方才说道:“小姐,这只金钗是我母亲留给妹妹的,她却作为定情信物交给了你。”说着将金钗放入怀中。“妹妹?”赵金梅不解地睁大了眼睛。周传玉继续说道:“是的,是我妹妹。绣楼许亲,赠送金钗,手接玉佩,都不是我,那是我妹妹周传杰。我们俩是一对孪生兄妹,面貌相似,她女扮男装,和我如同一人。”赵金梅听了有些不信,仔细端详一下公子的长相,又想起绣楼相会情景,才能分辨出他们兄妹的点滴差别:周传杰,性格开朗,武功高超,诙谐幽默;眼前的周传玉,满腹经纶,温文尔雅,忠厚老成。但光看长相,一时还很难分辨真假。她不由得惊奇地问道:“世上竟还有这等奇事,兄妹俩竟相像得使亲人难以分清。公子,咱们月下定情,前世有缘,妹妹代哥允婚,亦无不可。”周传玉摇了摇头,眼光充满着怒火,而泪水却滚出了眼角,爱恨交织心头,痛苦有谁能知?金梅看出了传玉难言的心情,说道:“公子,冤仇可解不可结。为了你,我劝母亲回心转意;为了你,我多次抗拒哥哥的威逼,几乎自缢身亡。公子,我和你在天愿作比翼鸟,在地愿为并蒂莲。哥哥今夜有意害你,我已打开花园后门,咱们一同逃走吧!”

赵金梅的话,情深意长,铁石之人也会动心!周传玉起身欲走,复又躺下,顾虑重重地说道:“若与小姐成亲,难对先父在天之灵。”金梅听了如惊雷击顶,父辈与他家的仇恨,实难解开,这婚姻大事,断难成就。但也不能见死不救呀!

“梆梆!”谯楼鼓打二更。金梅暗想:再不救他,哥哥马上火烧书房,忙道:“公子,就是今后成为路人,我也要救你,事不宜迟,快快随我逃走。”说着,随即去开房门,不料,房门从外边又被锁上了,这是谁锁上的?列位不知,刚才管家看到赵金贵前来察看动静,怕他见到小姐私进书房,就急忙将房门锁上,并把赵金贵支使到书房后边观看干柴去了。哪知书房中赵金梅一急,就喊了一声:“管家开门!”

赵金贵正好听着,急问管家:“书房中哪有女子声音?”管家吓得面如土色,应声答道:“这里边是小姐……”赵金贵忙问:“什么,你说什么?是小姐?”管家急忙接着说:“是小姐的丫鬟春红。”赵金贵埋怨管家,大声说道:“你怎么让春红进书房去了?”管家掩饰地说道:“是我没锁房门时,她给姑爷送茶进去的!”赵金贵说:“这么说来,你姑爷关进书房,你家小姐也知道了?不然怎么能让春红前来送茶?!”管家说:“小姐她,兴许,兴许知道!”赵金贵气愤地说:“兴许,兴许个屁,我到绣楼上看看去!”说完转身就走。管家如释重负,急速去开书房门锁,好让小姐出来,还没走到门口,只见赵金贵又转回来了。这个草包状元,你说他傻也不算傻,说他聪明他少个心眼,当他走到绣楼下面,抬头看楼上窗内有个人影,以为是妹妹金梅,他断定书房内的女子可能是丫环春红。当下没有上楼,匆匆忙忙赶了回来。赵金贵从老远就高声喊道:“管家在哪里?管家在哪里?!”管家忙去迎接:“老爷,我在这儿!”赵金贵问道:“东西都准备齐了吗?”管家说道:“柴草油料早已齐备。”赵金贵说:“天已二更,时间提前,马上点火。”管家回答道:“是,老爷!”管家光答应,就是不动手。赵金贵催促道:“怎么还不动手?”管家支吾说道:“没,没有火种,我就去取!”赵金贵说:“快,快!”管家应声而去。这时,从书房里忽然传出女子的声音:“赵金贵,你听着,我是你妹妹金梅,早将生死置之度外。你烧吧,你这个丧尽天良的草包状元!”赵金贵一听这话,以为是春红怕死假装妹妹声音,骗他开门,就说:“你这个死丫头,我多次有心于你,你就是不从,今天我要把你和周传玉一齐烧死,方解我心头之恨!”书房内又传出骂声:“你个丧尽天良的赵金贵!”赵金贵道:“你个丫头片子,不识好歹,临死之前,我让你骂个够。”说着,他用右手指向书房门口,正要往下讲说,只听“叭啦”一声,一块瓦片正打在赵金贵的右手指上,疼得他“哎哟”一声,向后院跑去,正遇管家取火种前来,赵金贵一把夺过管家手中火种,折回头来到书房,亲自点起了柴草。一霎时,火舌伸吐,烈焰冲天。丫鬟春红见书房着火,急奔下楼,呼喊着:“小姐,小姐!”赵金贵举目看见春红,惊奇地问道:“你,春红,绣楼上是你?!”春红说:“是我,怎么着!”赵金贵急切地问道:“那,小姐呢?”春红道:“小姐,小姐她在书房里边!”赵金贵捶胸跺足,大声哭叫:“妹妹,妹妹,你这一死,叫我如何向张相爷交代呀!”

欲知后事如何,且听下回分解。

第十九回 前仇释解才人婚配 金锁投簧英侠成双

却说赵金贵举火焚烧了书房。闻听房内是妹妹金梅,料她和传玉皆被烧死。想起妹妹烧死,自己无法向张相国交代,便捶胸顿足,后悔莫及！这且不表。你道传玉和金梅果被烧死不成？非也。早有人将他二位相救。救他们的人又是谁？就是李金锁的师父灵真道长。

灵真道长在五台山赐给周传杰一只响镖,让她下山寻找李金锁,随后他也下山来到京都。这一天在赵金贵的状元府门前,见到被簇拥进府的周传玉,就认定他是女装男扮的周传杰。天黑以后,他飞身进了赵府,前厅后院找了个遍,最后在书房中才算找到。他在书房顶上揭开屋瓦一看,公子昏迷不醒,姑娘急叫不应,转身出房端水,他就将随身带的宝瓶打开,一股百花仙露直射在公子脸上,接着又趁他打寒战张嘴之机,投给他一粒九九苏生还阳丹,使其渐渐醒来。金梅进屋给周公子洗血,他听到了二人的全部对话,才知道这公子不是周传杰改扮,而是她的哥哥周传玉。道长又见书房周围堆满柴草,心知主人不怀好意,在赵金贵大骂丫头片子时,他揭了一片房瓦,打中赵金贵的右手指,使他离开书房,他即飞身下房,打开后窗,将传玉、金梅从后窗救出,直奔后花园小角门。等到赵金贵回来火焚书房时,他们已经逃得远了。

三人逃出赵府,赵金梅和周传玉双双跪在灵真道长面前,感谢他的救命之恩。道长双手扶起,一同奔向海府。海府客厅内,明烛高照,灯火辉煌。海瑞听了周传杰探相府的禀报后,正在踱步思索,想找出收服李金锁的办法。苦无妙计,正好周传玉带领灵真道长和赵金梅进府,周传玉遂将他被赵金贵簇拥进府、书房加害、金梅探视、道长救援之事,从头到尾述说一遍。海瑞向灵真道长拱手说道:“道长仗义救人,高风亮节,实乃可敬！”道长向海瑞施礼答道:“海大人过奖了。贫道下山,是为寻找徒儿李金锁和周传杰的。在赵府门前,我把传玉误认作传杰,因此才到赵府救他们到这里。"海瑞大喜道:"你所寻找的两个人都有下落,你徒儿李金锁现在张居正相府看管聚宝楼,周传杰已是我的义女,现在府内,我马上让她前来拜见。"话犹未了,只见周传杰已进客厅,她一眼看到灵真道长,叫了一声:"师叔!"立即施礼下跪,道长把传杰搀了起来,拉到传玉跟前,看看传杰,再看看传玉,哈哈大笑道:"好呀!真像,你兄妹的长相,连贫道我这一双慧眼,也没有识别出来!"周传杰遂将她夜探聚宝楼、会见师兄李金锁的事述说一遍。灵真道长向海瑞说道:"海大人!事不宜迟,我连夜去到相府,寻找金锁,让他弃暗投明,归服大人。"话刚落音,身子已飞出门外,不见踪影。

周传杰手拉金梅,引见给海瑞。海瑞询问起赵金贵向张居正进献的喝墨珠,是不是赵家的祖传至宝,赵金梅向海瑞讲述了她的家世:"我家祖居河南归德府,爹爹名叫赵文香,曾跟随工部尚书太子少保赵文华当一名小官。后来与赵文华续上家谱,被赵文华认作族弟,于是提升为工部侍郎。母亲生我兄妹二人,哥哥名叫赵金贵,我名叫赵金梅。父亲下世后,哥哥不读诗书,终日游荡,功名无成,连举人都是用银子买来的。这次来京会试,他料想高中无望,就将家传喝墨宝珠进献给主考大人张居正,才换来个头名状元。"赵金梅说到这里,低下了头,好像她自己也做了什么亏心事似的。

海瑞听了赵金梅的家世叙述,定睛凝神,在思索着什么心事!周传杰和周传玉二人听了,目瞪口呆,义愤填膺。传杰从腰中掏出赵金梅送的定情信物玉佩,用力扔还给金梅,说了一声"你……",就气得说不下去了。赵金梅接过玉佩,一时莫名其妙,只是两手发颤,不知如何是好。这时海瑞从赵金梅手中接过玉佩,慈祥地说道:"传玉、传杰,不要过于悲愤,有话慢慢说!"传玉、传杰热泪盈眶,向海瑞详细诉说了他们家的悲惨过去。传玉、传杰兄妹二人,本不姓周,原姓贺,祖居河南信阳,父亲名叫贺成章,官拜户部尚书,母亲余氏。他兄妹二人本是孪生,传玉原名贺文魁,传杰原名贺银月。只因奸臣赵文华勾结奸贼严嵩,劾奏贺成章"诽谤"朝廷,将贺尚书夺职下狱,坐罪论死。当时,赵文香奉命查抄贺成章家产,火焚宅第,因而朝廷恩赐贺家的喝墨宝珠下落不明。贺文魁、贺银月自幼被救出虎口,到洛阳舅家居住,随舅姓周。传玉在舅家苦读诗书，才华出众，成为洛阳才子。传杰被伏牛山三清观灵仙道长收为弟子，习练武功。兄妹二人，一文一武，打算日后若有出头之日，誓报父仇。现在看到抄灭自己家产，掠取喝墨珠的奸臣赵文香的女儿赵金梅就在自己眼前，怎不使他们兄妹恨满胸膛？

赵金梅听了周传玉、周传杰兄妹的家史，才知道在赵府书房传玉为何气愤，更晓眼前他们兄妹为何怒形于色。她想起两家世代冤仇，如何了结？不由得悲痛难忍，“哇”的一声嚎啕痛哭起来。她叫了声：“我的命好苦呀！”就向外飞奔。

海瑞一把将她拉住，问道：“金梅！你要到哪里去？”金梅悲痛欲绝，说道：“海大人！我还不如在府中书房被烧死了干净！”海瑞劝道：“金梅！千万不要这样！”又转向传玉、传杰：“你们都听我说！”海瑞语重心长地道：“旧事重提，实感痛心。先帝隆庆时期，贺成章冤案已被昭雪，当时钦命老夫到信阳查询，贺家家败人亡，无人接旨，又查后代下落，杳无踪迹。老夫无奈，回京缴旨，奏明皇上，将昭雪圣旨，存在吏部文档。今见忠良子女长大成人，一文一武，国之栋梁，贺尚书有灵，也当欣慰！”传玉、传杰今日才知父亲冤案早被昭雪，只是自幼离家一无所知，经海瑞说明真相，一块石头落地，但对赵文香抄家仇恨，仍耿耿于怀。

海瑞看了看手中的玉佩，亲切地望着传玉、传杰和金梅，继续说道：“你们贺赵两家，父辈在朝，一忠一奸，成为世仇。但他们都早已过世了。后辈子孙，只要都是忠贞正直，为国为民，理应冰释前嫌，相互尊重。何况赵金梅与其兄截然不同，金贵用宝珠捐功名，她鄙视、反对；传杰夜探赵府，她诉以机密；传玉昏迷书房，她舍命相救。她是出污泥而不染，经霜雪而不凋，是一朵玉肌冰洁、傲寒风骨的好金梅。”

说到这里，海瑞再次开导周传玉：“传玉，你二人舟船月下，听琴赋诗，你能忘记吗？金梅几次相救，你能忘记吗？如今你们志同道合，君子不记隔世之仇。金梅不愧是鸡窝里飞出的金凤凰，传玉！我看这件玉佩，你还是收下了吧！”

周传玉经海瑞一番开导，心底豁然开朗，他想着过去的一切皆不是金梅的过错,面前的金梅,哪像是奸贼的女儿?她分明是一位善良的小姐,面前的金梅,哪像是仇人的后代?她分明是心心相印的情侣;面前的金梅,哪像是草包的妹妹?她分明是聪颖过人的才女。想到这里,他伸出双手,去接海瑞递过来的那件玉佩,不料就在这一瞬间,这件玉佩竟被周传杰夺了过去。这时,海瑞、金梅、传玉三人同时感到惊讶,是周传杰对哥哥和金梅的婚事还没有想通吗?不是!周传杰听到义父的劝说,早已同情金梅的遭遇了,那么她这时为何要夺过玉佩呢?她想起这件定情信物,是她在赵府绣楼冒充哥哥代为收下的,不是赵金梅亲手交给哥哥的,如今应该交还金梅,让她亲手交给哥哥才对。赵金梅转念一想,知道了传杰妹妹的用意,随用双手接过玉佩,上前两步,把玉佩送向周传玉手中。传玉也取出金钗,递给金梅,金梅接过插入发间,二人相对一笑。海瑞看到眼前的情景,欣喜非常,传令摆酒庆贺。酒宴未齐,门官禀报,灵真道长携徒儿李金锁进府拜见。海瑞即命传玉、金梅后堂更衣。命传杰引路,迎接他们师徒。刚出客厅,灵真道长和李金锁已经进院。海瑞把他们让至客厅,传杰拜过师叔,金锁、道长拜过海爷,分宾主坐下。海爷道:“道长此去相府,来回只有两个时辰,如此轻功神速,当世少有!”灵真道长说道:“搜查喝墨珠,事在燃眉,贫道召徒儿前来,以便商量个万全之策。”李金锁急忙说道:“师父!徒儿还是那个意思,赵金贵进宝珠,买功名,相爷受贿,徒儿理应为海爷出力查出宝珠;只因我身得重病,多亏张相国医治,才得复原,故而我要报这相救之恩。搜查宝珠之事,我不忍下手,请师父体谅徒儿心情。”灵真道长说道:“为人在世,要分清真与假,善与恶,美与丑,好与坏,忠与奸,正与邪。海大人三朝元老,一代忠良,伸张正义,为民除害,张居正欺主年幼,专权误国,贪赃受贿,出卖功名。徒儿,莫再固执己见,速速改弦易辙。”海瑞接着说道:“张居正替你医病,他是看你有一身武艺能为他出力报效。飞鸟尽,良弓藏,狡兔死,走狗烹,这个道理你还不明白吗?张居正有一贴身家人名唤张有,一生忠于奸相,只因为张有知道了喝墨珠的下落,张居正就用麒麟九转醉仙壶中的药酒毒死了他。当你一旦对他无用时,惨遭毒手,也在所难免,请三思而行!”

李金锁听了师父和海瑞的一番言语,略有悔改之意。灵真道长进而说道:“徒儿,十几年来,我教你武功,教你做人,盼望你能做一个正人君子,不误入歧途,我也算对得起你冤死的父亲李景龙了。”

海瑞一听李景龙这个名字，忽然想起当年和严嵩拼斗时，李景龙的冤案,是他亲自查结的。于是他向李金锁说道:“李景龙是你的父亲?他是天下第一才子,他死得太惨了呀!”说到这里,他走出客厅,到书房取出一个条幅,复又来到客厅,把条幅打开,指向李金锁:“你来看!”李金锁、灵真道长、周传杰一齐注视着条幅。只见上面写道:“文官爱财,武官怕死,则国无宁日。”下边落款是“李景龙”三个大字。李金锁接过条幅,瞪大了眼睛,看着条幅上闪光的字体,说道:“这是爹爹的亲笔?”海瑞点了点头,金锁热泪滚滚,滴湿了衣襟。海瑞又滔滔不绝地讲出了李景龙含冤的经过。原来李金锁的父亲李景龙,是当时天下有名的才子,诗词歌赋,文誉神州,他为人正直,胸有大志。大比之年,开科会试,论试卷,他是当然的头名状元。因无钱进献给主考官严嵩,结果名落孙山。李景龙不服,就写了这张条幅,贴在考场门上。严嵩老贼一怒之下,将他打进水牢,活活逼死。这张条幅是李金锁的母亲喊冤告状时呈献给海瑞的,后来海瑞扳倒严嵩,残害李景龙也是奸相的一大罪状。

李金锁一边听着海瑞的述说,一边手拿条幅,贴在胸口,早已泣不成声。

海瑞又继续说道:“金锁!你是否想到,当年奸相严嵩横行霸道,卖功名,卖官职,贪赃枉法,扼杀才子;如今朝中又出了第二个严嵩,他就是张居正。他收取了赵金贵的喝墨宝珠,就把这个草包点为头名状元,其他科甲,也全都是用金钱捐赠,庸才高中,坏人当道,大明江山怎能长治久安?金锁!你再想想,你替奸相看管喝墨珠,掩盖事实真相,究竟是对谁有利?对谁有害?”

李金锁惭愧地走到师父面前,双膝跪倒:“师父!徒儿我错了!”灵真道长扶起徒儿,手摸他项上带的金锁,无限感慨,说道:“徒儿,你知道项上这把金锁的来历吗?”李金锁摇了摇头,灵真道长接下去说道:“这把金锁是你死去父母的遗物,上铸一对鸳鸯,也是订婚的信物。二十年前,你父李景龙和贺成章尚书是同窗好友,金兰兄弟。当时你母和尚书夫人同时身怀有孕,他俩就指腹为媒,打了这把鸳鸯金锁为证。这把金锁是金锁银钥匙,日后生男名金锁,生女孩取名银月。这件事我和你师伯灵仙道长都曾亲临祝贺。后来你们俩家都遭到严嵩、赵文华贼子陷害,我到你家探望,你母亲将这把金锁挂在你的项上,把你交给我带回山中习武,以便长大成人,替父报仇!”

灵真道长讲了鸳鸯金锁、指腹为媒的事,金锁却蒙在鼓里。这时有一人脸上飞起红云,心中怦怦乱跳,又羞又喜,这是何人?就是姑娘周传杰。周传杰心中暗想:“我师父让我下山到五台山找师叔灵真道长和李金锁,他还赐给我一个荷包,交代我找到李金锁后再交给师叔,如今师叔、金锁全在这里,我何不把荷包取出?”想到这里,她取出荷包,交给灵真道长:“这是我师父交给我的,让我交给师叔!”灵真道长接过荷包问道:“传杰,你原名叫贺银月对吗?”传杰低头答道:“是的!”灵真道长哈哈一笑说道:“这就对了!”

灵真道长随即把荷包打开,从里边取出一把银钥匙和一个铜片,又把铜片交给海瑞,自己用银钥匙去开李金锁项上的金锁,钥匙立即投簧,“哗啦”一声,金锁被打开了。这边海瑞念出铜片上铸的八个大字:“金锁投簧,结成鸳鸯!”全厅气氛,热烈欢快,悲伤怨气,一扫而光。金锁欣慰地埋怨师父道:“师父!这件事你为何不早说?”海瑞接过问话道:“金锁,你父冤案虽平,但贺尚书的昭雪,你师父并不知道,仍然认为传杰是犯官之女,你师父和师伯为你们保守机密,是天经地义的。传杰、金锁,快谢师父!”李金锁和周传杰双双跪在灵真道长面前,叩头下拜。灵真道长向李金锁说:“海大人是传杰义父,还不上前拜过?”传杰跪在海瑞面前:“爹爹万福!”金锁跪在海瑞面前,他的嘴张了几张,传杰拉了拉他的衣襟小声说:“叫呀!”金锁腼腆地叫道:“爹爹金安!”海瑞哈哈大笑,把他们双双搀起,然后说道:“好!都是一家人了。”又对灵真道长说道:“道长!万岁限我三日之内,搜出喝墨珠,了结此案。如今已过两日,如何搜查宝珠,还请道长赐教!”不等灵真道长回话,李金锁就抢先说道:“张居正的聚宝楼由我看管,钥匙在我手里,明日中午爹爹过府搜查,我当场献出来也就是了!”周传杰附和着说道:“好主意!爹爹,就这么办吧!”海瑞转向灵真道长问道:“道长,你看呢?”灵真道长想了想说道:“这宝珠,是否还在聚宝楼上?”海瑞哈哈大笑道:“道长说得对。现在聚宝楼上的珠子肯定是颗假珠子!”

李金锁和周传杰都觉得稀奇,特别是李金锁,夜饭后他还拿出来玩赏一番,怎么会是假的?正在迷惑不解,只听海瑞说道:“你们想想看,传杰夜探聚宝楼,张居正前往楼下询问,派遣孙豹追踪传杰,也未回府,金锁又离开聚宝楼多时,能不引起张居正的怀疑,把宝珠换成假的吗?”李金锁道:“这可难办了。喝墨珠那么小,张居正存放在哪里,都不易被搜查出来。”传杰也焦急地说:“是呀!这该怎么办?”

海瑞想了一想,斩钉截铁地说:“这颗喝墨珠,必须让张居正自己拿出来!”

“让张居正自己拿出来?”金锁和传杰同时瞪大了眼睛,“张居正怎么能自己拿出来?”

海瑞走向灵真道长,耳语几句,必须如此这般。灵真道长仰天大笑:“哈哈哈!妙计!妙计!”

欲知海瑞用何妙计,能使张居正自动把喝墨珠拿出来?且听下回分解。

第二十回 获赃证扳倒张相国 重科选齐颂海青天

话说海瑞向灵真道长耳语几句,灵真道长仰天大笑:“哈哈哈!妙计!妙计!”海瑞当场取出一件东西,交给灵真道长。道长要带领李金锁去相府,海瑞又嘱咐他回到相府,要如何如何行事,灵真道长与李金锁领命去了。海瑞又命周传杰与灵真道长师徒联络,自己在灯下修起本章。

李金锁和灵真道长回到相府,进了聚宝楼,胡乱写了一张墨迹,用喝墨珠去喝,结果连一点墨迹也没有喝掉。灵真道长说:“据说这喝墨珠在午时阳光下喝墨最干净,能喝成一张白纸,还不留皱褶。这就怪了,即使是在夜间也不能一点墨迹都喝不掉呀!这宝珠分明是颗假的,真珠被张居正换过是无疑了。”李金锁说:“义父海大人真是能掐会算,韬略过人。”灵真道长说:“张居正取走宝珠,说明他已不信任于你,咱们要叫他重新信得过,才能趁机完成海大人所交的重大使命。"李金锁说:"师父说的是。"二人遂筹划对策。

鼓打五更,金鸡报晓,天已明亮。张居正起床梳洗,早膳已毕,刚进客厅,下边禀报:"新科状元赵金贵拜府。"张居正听说赵金贵来到,怒不可遏,说道:"速速传他进见!"

赵金贵高高兴兴,进了客厅,双膝跪倒:"晚生拜见恩师!"张居正"哼"了一声。赵金贵说:"晚生奉了恩师之命,将周传玉烧死书房,特来禀告。"张居正气得咬牙切齿"叭叭叭"没头没脸,打了赵金贵三巴掌:"蠢材,你办的好事!""我,我按照恩师的吩咐,烧,烧死周传玉的呀!""扑通!"张居正又踩赵金贵一脚,"我问你,你写的向我进献宝珠的供词,交给谁了?!"赵金贵吃了一惊,暗想:他,他怎么知道了。张居正喝道:"你交给谁了?"赵金贵说:"交,交给周传玉了。他已被我烧死,那个供词也烧成灰啦!"张居正道:"胡说,海瑞被绑法场,就要开刀问斩,有一女子闯进法场,来救海瑞,献上你的亲笔供词,万岁这才赦免海瑞死罪,限他三日之内,查清喝墨珠下落,了结此案。你不要再编谎言,欺骗本相了。"赵金贵听说供词已交给海瑞,胆战心惊,向上爬跪半步,哀求道:"恩师,这是晚生罪过,那周传玉用匕首对着我的咽喉,逼得我不得不写。如今万历既命海瑞三日内搜出宝珠,只要三日一过,他搜不到宝珠,我可以说那张供词是被逼的假供,翻脸不认账,那海瑞也就无能为力了。"张居正想了想,说:"也只有如此下策。到时你要咬紧牙关,说成被逼假供。"赵金贵连连叩头:"那是,那是。"张居正用脚一踢:"快滚起来!"赵金贵从地上爬起,战栗栗地站在一旁。

张居正半天才缓过一口气,对赵金贵说:"我想选择吉日,让我儿与你妹妹成亲,你看如何?"赵金贵听了这话,好像劈头浇了一桶冷水,结结巴巴地说道:"恩师,我妹,妹妹也被烧死了。""怎么,你妹妹也被烧死了?""是,是烧死了。""你,你……"张居正一屁股坐在太师椅上,气得半天说不出话来。

赵金贵挨了一顿斥责,自觉坐着没趣,就起身告辞。张居正狠狠地瞪了他一眼,心烦意乱地摆了摆手,赵金贵一块石头落地,像一条夹着尾巴的狗,溜出相府,奔回家去。张居正在客厅闭目沉思:海鬼头呀海鬼头,这一回你有天大的本事,再高的智谋,也搜不出这颗喝墨宝珠了。昨晚我把宝珠从聚宝楼上取下来，由我一人收藏，神不知鬼不晓，你上哪儿搜去？到了半夜子时，三日期限已过，明日上朝，老夫奏上一本，管叫你海瑞死于非命。他想到这里，怒气顿消，又会心地笑了起来。连从厅外进来两人都没察觉。

进来的二位，原是看管聚宝楼的李金锁和近日刚到的灵真道长。

师徒二人进了客厅，向张居正拱手施礼，张居正睁眼一看，见是李豪侠，遂起身迎接，并指着灵真道长问道："这位是……"

李金锁引见道："这是我的师父灵真道长！"张居正谦让地说："不知大师来到，有失远迎，请大师海涵。"灵真道长说："夜闯相府，未经禀报，请相爷恕罪。"张居正说："好说好说。"三人分宾主坐定，张居正问道："豪侠夜晚何处去了？"李金锁早有提防，说道："有一歹徒，黑纱蒙面，前来盗宝，我与他厮杀一阵。那人逃走，我追至海府，歹徒失踪，后遇师父，同回相府。"张居正那夜曾被黑纱蒙面人拿住，险些丧命，李金锁这么一说，他就信以为真。转问灵真道长："大师光临敝府，有何见教？"灵真道长拱手说道："徒儿受相爷救命之恩，贫道特来拜谢。"李金锁接着说道："师父还为相爷盗来机密文件，帮助相爷洗清宝珠一案。"张居正问："什么机密文件？"灵真道长说："相爷，你现在最需要的是什么？"张居正想了想："最需要的是宝珠不能让海瑞搜去，这件事，无须道长费心。"灵真道长说："除了喝墨珠外，就没有其他的急需物件了吗？"张居正说："那就是赵金贵的亲笔供词，现在海瑞手中，不过这张供词是逼出来的假供，不足为凭。"灵真道长说："即便是逼出来的假供，那可是赵金贵亲笔写成，如果海瑞把这张供词和赵金贵的试卷对证，笔迹不同，这不就露馅了吗！"张居正这才猛然醒悟，心想：是呀！状元试卷的笔迹是周传玉的，我把周传玉和赵金贵的试卷交换过来，只用喝墨珠改了两个人名，原文并没有改写，这是个天大的漏洞。想到这里，遂对灵真道长说道："灵真大师，你为本相盗来的机密物件，难道就是赵金贵的亲笔供词吗？"灵真道长答道："赵金贵的亲笔供词，太后和万岁都御览过了，盗来也没有用。只要赵状元一口咬定是被逼的假供，也就不足为凭了。只是署名赵金贵的那张试卷，若不把原文改成赵金贵的亲笔，恐怕就后患无穷了。"

张居正起身走到灵真道长面前，压低嗓音说道："大师……"

灵真道长从腰中掏出那个机密物件，走向张居正，说道："相爷，你来看！"张居正接过这机密物件，注目观看，大喜道："试卷！"转向灵真道长："大师，你这是从哪里得来的？"李金锁接上说道："这张试卷，是师父从海府中盗来，进献给相爷的。"张居正喜出望外："这就好了。"灵真道长说："这试卷，我已让徒儿抄下一份，相爷今日午时在客厅朝阳之处，用喝墨珠喝净试卷文章，再传来赵金贵照徒儿抄的一份亲笔写上，这张试卷就是赵状元的真迹了。今晚定更以后，我再把这张试卷送回海瑞文档之中，明晨三日已过，万岁早朝，海瑞既拿不出喝墨珠，查试卷又无破绽，此案相爷稳操胜券，海瑞即可正法。相爷，你看此计妙是不妙？"

张居正哈哈大笑，说道："妙，妙！灵真道长真乃本相知己，事成之后，我要奏明圣上，大大加封于你。如此，依计行事。"李金锁上前说道："天到午时，师父在廊下巡视，我伺候相爷用喝墨珠喝净试卷墨迹。"张居正连连点头。灵真道长说："贫道初来京都，先到大街看看，午时准回。"张居正将他送出客厅。

灵真道长和李金锁出了相府，穿街越巷，拐弯抹角，从后门进入海府，回禀详情，海瑞心中大喜，作好搜宝准备。这天中午，万里无云，阳光灿烂，张居正相府客厅内，金碧辉煌，案净几明，相府门卫，新加三道，相府院内，戒备森严。李金锁陪着灵真道长从聚宝楼下来，走进相府客厅，李金锁故意将喝墨珠呈给张居正，张居正说："昨晚你去撵盗宝歹徒，我唯恐再有坏人盗宝，已将宝珠换了下来。"

说着取出真喝墨珠来，师徒二人齐夸张居正高明。天到午时，一缕阳光射向书案，灵真道长去到走廊下巡视，李金锁在客厅内伺候，张居正将状元的试卷铺在书案之上，又从怀中取出五彩喝墨宝珠，顿时大厅之内，霞光闪砾，五彩缤纷，李金锁双手按捺试卷顶端，张居正用左手扶卷，右手操珠，珠过字无，不留痕迹。这张试卷刚刚喝去两行文字，门官前来禀报："启禀相爷，沈阁老、韩郡马过府拜见！"张居正闻听此言，慌忙停止操作喝墨珠，又听管家进来禀报："仁圣皇太后和慈圣皇太后驾到。"张居正急忙把试卷塞到李金锁手中，说声："快快藏起！"这时门官又飞奔禀报："万岁驾到！"张居正此时更为惊慌，头晕眼黑，手足无措，忙将喝墨珠装进朝靴之内，一颠一跛地走出客厅，前往府门迎驾去了。

说时迟，那时快，阁老沈理、郡马韩良、两宫太后和万历幼主都先后进了相府大门，正往客厅而来。张居正急忙跪倒，口呼："接驾来迟，望乞恕罪。"万历幼主说道："张爱卿请起，前面引路，客厅会话。"张居正将万历幼主、两宫太后、阁老沈理、郡马韩良迎进客厅，又复跪下请罪。万历道："爱卿平身，恕你无罪。"张居正叩头谢恩已毕，万历幼主看看左右，正色问道："怎么海爱卿没有来，他奏本请朕来相府御览试宝，自己怎么没来？"两宫太后和沈理、韩良也都奇怪，都说海大人相请，前来相府观看试宝，怎么自己没来。张居正忽然想起这原来是海鬼头捣的鬼，遂即假装镇静，向万历奏道："相府无宝可试，海瑞欺骗万岁，诱哄太后，罪该万死！"此时灵真道长已走进客厅，与李金锁一同上前参驾。张居正手指他们师徒说道："这是灵真道长和他的徒弟李豪侠，可以作证，相府内根本没什么宝珠，更是无宝可试。"只见灵真道长进前两步，取下道冠，脱下道袍，众人不约而同地齐声喊道："海瑞，他是海瑞！"

这时海洪、周传玉、周传杰拥着海瑞的八抬大轿已进了相府，海瑞换上官衣官帽，向万岁太后请了罪，仁圣皇太后说道："为结要案，化装私访是常有的事，恕你无罪！"

张居正一看灵真道长是海瑞乔装改扮，随即问声："灵真道长呢？"李金锁说："师父已回五台山去了。"张居正知道他们早已串通一气，只吓得魂飞魄散，但他仍想做最后挣扎，妄图将喝墨珠转藏别处，随即奏道："万岁，臣衣冠不整，容臣后堂更衣！"海瑞哈哈大笑，说道："相国华冠锦袍，何言衣冠不整？我看只是他的靴子有些陈旧，你可当场脱下，去旧换新。"张居正说："那好，我到后堂去换。"说着就要走开，海瑞上前一把拉住，紧跑几步，张居正靴内的喝墨珠将脚垫得疼痛难忍，坐于地上。海瑞顺手脱下张居正的朝靴，倒出喝墨宝珠，向万岁奏道："万岁，这就是新科状元赵金贵献给张居正的喝墨宝珠，请万岁太后御览试宝！"李金锁取来文房四宝，写下两行文字，海瑞将喝墨珠往上边一放，把墨迹喝得干干净净。万岁与两宫太后齐说："好宝，好宝！"李金锁又把周传玉的试卷取出呈给万岁，仁圣太后让周传玉对了笔迹。

这时李金锁又猛然想起师父灵真道长临别时留下一只锦囊,取出交给海瑞。海瑞展开一看,上写“欲寻醉仙壶,暖阁东壁橱”。海瑞立即奏明万岁,带人到相府暖阁搜出麒麟九转醉仙壶,递给万历,奏道:“这是张居正特制的麒麟九转醉仙壶,内安机关,若向左摇三摇,斟出的是美酒,清香扑鼻。若向右晃三晃,斟出的是毒酒。相府家人张有,因知宝珠底细,被张居正用这把酒壶,杀人灭口,中毒而死。”万历看过醉仙壶,又交给两宫太后传看,忽有相府门官前来禀报:“新科状元赵金贵来到相府门前。”仁圣太后传旨道:“来得正好,传他进见!”赵金贵进了客厅,猛然吃惊,本来他是奉张居正之命来誊写试卷的,没料到万岁、太后、海瑞等人都在这里。他不敢退出,只得硬着头皮进来,跪拜万岁、太后。万历看见赵金贵的丑态,气愤地传旨:“站过一旁,候旨发落!”赵金贵浑身发抖,呆立一旁。海瑞又将举子们的血状递上,奏道:“这是落第举子们用血写的冤状,状告张居正伙同吏部尚书陈文,贪财取士的条条罪行,除赵金贵向张居正进献宝珠外,其他录取榜眼、探花、翰林、进士,均进献大量黄金白银,请万岁御览。”万历看过,交给内侍。海瑞随又向海洪一摆手,海洪带上歹徒孙豹,海瑞复又进奏道:“这个罪犯孙豹,曾奉张居正之命,暗杀东辽王,三次谋刺为臣,现有孙豹的飞镖为证。”说着将两只镖呈给万历,万历复又审问孙豹,孙豹一一供认不讳。至此这件要案,终于真相大白。仁圣皇太后开口说道:“皇儿,案情了结,你要赏罚分明。”

海瑞、沈理、韩良一齐上前奏道:“张居正卖功名,卖官爵,贪赃受贿,暗杀皇叔,践踏先王法制,谋杀治世栋梁,罪大恶极,望陛下从重治罪。”

不等万历开口,慈圣皇太后急忙劝阻道:“皇儿,科举一案,相国实有罪过,姑念他系先帝托孤老臣,皇上的太傅,可将功折罪,从轻发落了吧!”

万历幼主看看张居正罪证确凿,海刚峰义正词严,仁圣皇太后的肃穆神态,使他不得不秉公论断,但又看看慈圣皇太后的不同表情,又不得不稍徇私情,他再三斟酌,欣然传旨:“奉天承运,皇帝诏曰,张居正贪赃受贿,出卖功名,掩盖罪行,指令杀人,本应斩首。姑念其托孤老臣,将功折罪,革去内阁首辅之职,下狱坐牨。赵金贵贿赂大臣,骗取功名,革去状元,交刑部治罪。吏部尚书陈文,助纣为虐,削职为民。歹徒孙豹,行凶杀人,斩首示众。海瑞官升三级,御赐红袍,穿着终身。皇叔东辽王金鼎玉葬。郡马韩良升任吏部尚书。钦点周传玉为新科状元。喝墨珠物归原主,其余科选功名,一律废除,钦命海瑞为主考官,择日开科,选贤任能,扶保社稷,钦此!"海瑞、韩良、周传玉山呼万岁,叩头谢恩!锦衣卫将张居正、赵金贵、孙豹押出上刑,皇上、太后摆驾回宫,诸臣回府,各执其事。

正是:自古朝臣分忠奸,赃官贪财忠爱贤,量才取士除弊政,不负精心一寸丹。

(与苏继坡、张献章合作。载1986年9月安徽文艺出版社出版的《大众书场》第4期,获评阜阳地区文联创作奖。)

太史笔

(新编历史剧)

前言

公元前548年(鲁襄公二十五年),齐大夫崔杼弑庄公。

太史书曰:“崔杼弑其君。”崔子杀之。其弟嗣书,而死者二人。其弟又书,乃舍之。南史氏闻太史尽死,执简以往。闻既书矣,乃还。(见《左传》“崔庆之乱”)

史官尊重史实,忠于职守,甚至杀身殉书法,被誉为良史,传颂至今。

人物表

季　梁——齐国太史。

伯　章——齐国太史,季梁长兄。

太史母——季梁母亲。

冉　姑——季梁妻。

申　盈——季梁女儿。

南史氏——致仕史官,季梁岳父。

齐庄公——齐国君主。

齐景公——庄公异母兄弟,齐国君主。

晏　婴——齐国大夫。

太　医——齐国太医。

崔　杼——齐国右相。

贾　竖——庄公近侍,后为大夫。

高　止——齐国大夫。

国　夏——齐国大夫。

卢蒲嫳——齐国大夫

崔　成——崔杼之子。

崔　疆——崔杼之子。

太史府老家院。

内侍、卫士、甲士、宫女等。

第一场

时　间　春秋乙亥年夏。

地　点　齐国相府。

〔幕启:崔杼上。

崔　杼　(念)列国纷争,

图霸称雄。

欲霸朝堂须残忍,

想据权柄必制君,

杀内戮庄公立新主,

朝野上下我为尊。

想我崔杼,为专权秉政,伪装病重,设计诓诱庄公过府探病,借机将其杀害,不知昏君来是不来,真令人焦虑也!

(唱)崔杼我与贾竖密谋计量,

除庄公方能够独霸朝纲，
待贾竖进府来音信报上。
〔贾竖上。

贸　竖　参见相国!
（唱）齐庄公中相国妙计锦囊。

崔　杼　怎么,昏君他真的来了?

贾　竖　真的来了!

崔　杼　喔呀!哈哈哈哈!

贾　竖　相国且勿大意,大夫晏婴也伴驾来了。

崔　杼　（一惊）这……不妨!你先让晏婴前庭静候,说我在病房恭候圣驾!

贾　竖　是!（下）

崔　杼　崔成、崔疆来见!
〔崔成、崔疆上。

成、疆　参见相父!

崔　杼　儿啦!速速两厢埋伏,按计行事。

成、疆　遵命!（分下）
〔贾竖引齐庄公带伯章及太医上。

齐庄公　（唱）惊闻奏相国病沉重,
传来太医察病情,
太史伯章快传禀。

伯　章　主公驾到,速速迎驾!（无人应声）

齐庄公　（唱）为何不见人出迎?
〔崔成、崔疆执弓剑拦,齐庄公大惊。

齐庄公　啊!尔等前来作甚?

成、疆　奉相父之命,前来提拿昏君!

齐庄公　大胆,我乃一国君主,岂容尔等犯上。

贾　竖　相国手谕,命你受死!

齐庄公　相国手谕,我却不信!（夺过手谕念）“昏君无道,格杀勿论,崔杼。”

我命休矣！

〔庄公左右察看，两厢甲士上，崔疆以箭射之，庄中箭欲倒，太医急扶，乘机取下手谕，藏于袖内。伯章下，崔杼上前一剑刺死庄公。晏婴上。

晏　婴　（急呼）主公哪，主公哪里？……

崔　杼　（急拦）主公他嘛？……唉！身患疟疾，暴病而亡了！

晏　婴　（惊呆）啊！？（扑向庄公尸体）主公啊！（下）

贾　竖　晏婴手扶庄公尸体，枕股痛哭，不如杀之，免得他出府之后，诽谤相国。

崔　杼　不可。此人负有贤名，杀他恐失人心！

贾　竖　这……

崔　杼　（思计）传来太史，速将此事写入国史，晏婴他岂能奈我何！

贾　竖　带太史伯章！

〔成、疆领伯章上。

崔　杼　（奸笑）太史公，适才主公骤患疟疾，暴病身亡，干系重大，本相命你速将此事记入国史，晓谕天下！

〔贾竖递竹简给伯章。

伯　章　什么？主公骤患疟疾暴病身亡？

崔　杼　正是！

伯　章　呀——呸！你身为宰辅，不思忠君报国，竟敢在光天化日之下，谋逆弑君，真是罪不容诛！（怒逼崔杼）你说，主公疟疾身亡，一无太医诊断，二无医案查证，岂不是谎言惑众、自欺欺人吗！

崔　杼　你，你，你是信口胡言！

伯　章　你谋逆弑君，我亲眼目睹，书写国史，岂能编造？

〔伯章执简写史，写毕，掷向崔杼。

崔　杼　（念史简）“夏五月乙亥，崔杼弑其君光。”（折断史简）哇！大胆伯章，伪造国史，诬陷本相，真乃死有余辜！（欲抽剑杀伯章，贾竖急拦，上前劝说）

贾　竖　太史公!

　　　　(唱)太史不可太任性,

　　　　识时务者为英雄,

　　　　鸡蛋怎和石磙碰,

　　　　雏鸡岂能斗老鹰?

伯　章　(唱)崔杼弑君我见证,

　　　　岂能容他掩真情,

　　　　史官记史秉公正,

　　　　混淆视听实难从。

贾　竖　太史若顺水推舟,书为暴病而亡,相爷定会重用于你。

伯　章　伯章不是助纣为虐之流,更非贪图富贵之辈。

贾　竖　再不顺从,霎时就要人头落地!

伯　章　人头落地,伯章也决不颠倒黑白、篡改史实。

崔　杼　如此狂妄! 杀!

　　　　〔甲士押伯章下杀之,太医惊呆。

崔　杼　(向太医)太医!

太　医　啊! 相,相国!

崔　杼　主公骤患疟疾,暴病身亡,本相命你速立医案,晓谕国人!

太　医　这……

崔　杼　这是事实,谁敢违拗!(拔剑)

成、疆　(拧住太医,以刀剑逼之)说,立案不立?

太　医　(颤抖地)我! ……立案就是!

崔　杼　嗯! 立好医案,本相有赏!(挥手令其下)

成、疆　走!

太　医　唉!

　　　　〔成、疆押太医下。

贾　竖　相国,杀了伯章,这写史之事……

崔　杼　按照法制,由伯章之弟承袭!

贾　竖　相国,太史之弟个个性情刚正,你杀其兄长,恐其弟更难听从相爷之命!

贾　杼　杀其兄长,正是为了使其望而生畏,以儆效尤,我却不信他兄弟都不怕死!

贾　竖　是!

崔　杼　贾大夫!

贾　竖　在!

崔　杼　传我口谕,命伯章二弟仲康承袭太史之职,明日卯时前往史馆书史,不得有误!

贾　竖　是!(齐下)

——幕急落。

第二场

时　间　前场数十日后。

地　点　通向齐国都城的路上。

〔幕启:烈日炎炎,热气袭人。传来骏马嘶鸣声。

季　梁　(内唱)听传言大兄长他把职殉,(趟马上)

(唱)听传言大兄长他把职殉,
不知道这信息是假是真。
加鞭催马往前奔,
马蹄如飞扬征尘。
日夜兼程赶路紧,
烈日炎炎不停身。
心急切只嫌马儿跑得慢,
恨不得插双翅飞进家门。

(马嘶鸣)

唤青骢你且把饥肠再忍,

事急迫难顾你汗水淋淋。

〔圆场,与老家院相遇。

老家院　四公子!(下马)

季　梁　老院公,哪里前去?

老家院　奉太夫人、少夫人之命,前来与四公子传信。

季　梁　(下马)何事,快讲?

老家院　四公子呀!相国崔杼弑君,命大公子书为疟疾而亡,大公子不从,那崔杼老儿将他斩首之后,又命二公子承袭太史,二公子效法兄长,据实直书,又被崔杼老儿乱棍打死!

季　梁　三哥叔端呢?

老家院　三公子他……(不忍叙说,递上叔端书写被崔杼折断的竹简)

季　梁　(接断简念)“夏五月乙亥崔杼弑其君光。”三哥他怎么样了?讲!

老家院　三公子他承袭太史之后,秉承二位兄长遗志,严斥崔杼老儿,弑君罔上,篡权乱政,妄改国史,掩盖罪行,草菅人命,律法难容。那崔杼老儿被骂得折断竹简,又发兽性,拔了三公子的舌头,割断三公子的喉咙,五牛分尸,含恨丧生!

季　梁　我的好兄长啊!(手捧断简)

(唱)为写史三位兄长俱丧命,

不由我肝胆碎裂恨难平。

兄长啊!

你三人虽死犹生风骨硬,

忠职守无愧史门好传统。

季梁我纵死效法兄长样,

你们的未竟之业我继承。

哪怕是五牛分尸将我等,

我也要据实直书扬家风。

回首牵过青骢马。

〔季梁欲扶鞍上马，家院急忙拦挡。

老家院　四公子哪里去？

季　梁　（唱）理后事书国史告慰亡灵！

老家院　太夫人命你就在外婆家暂住，不要回府。

季　梁　却是为何？

老家院　三位公子被害，必然命你承袭太史，太夫人怕你再遭杀戮，一门香烟无人接续！少夫人不日即来陪你，免你悬念。

季　梁　（毅然地）不，快快上马，随我一同回府！

老家院　回府如同飞蛾投火，万万不可！

季　梁　我意已决，休再劝阻！

老家院　（抓住缰绳）太夫人嘱托老奴，拼死也要将你拦住。

季　梁　你放开！

老家院　老奴死也不放！

季　梁　你……

老家院　四公子啊！（跪劝）

（唱）老奴我十五岁进你家门，

算起来到如今五十整春。

老太史待我胜似亲兄弟，

你弟兄待我如同一家人。

劝公子你暂忍满腔悲恨，

且莫学飞蛾投火自焚身。

纵然你打马从我身上过，

我为报知遇恩死也甘心。

季　梁　（唱）一番话说得我热泪难忍，

赤诚心肺腑言感人至深。

（扶起院公）

老院公休怪我不遵母训，

家遭难我不归怎样做人。

我若不归,这后事何人料理?

老家院　自有太夫人料理。

季　梁　太夫人连伤三子,肝肠寸断,怎能料理后事?

老家院　有少夫人相助。

季　梁　我家出此大事,我若不归,上,怎对列祖列宗,下,怎对死去的三位兄长?

老家院　这……

季　梁　快快随我回府去吧!

〔季梁乘马下。

老家院　四公子!四公子!

〔乘马追下。

——幕闭。

第三场

时　间　紧接前场。

地　点　太史府客厅暂设灵堂。

〔幕启。内声:“四公子回府!”冉姑扶母亲急上。

太史母　(惊异地)这个奴才,他怎么回来了?

〔季梁急上。

季　梁　(跪拜)母亲!

太史母　你,你,你见到老家院没有?

季　梁　儿见到了!

太史母　你为何还要回府?

季　梁　儿回府料理后事,完成兄长未竟之业!

太史母　(怒极)你,你,你这不孝的奴才!

(唱)娘只盼儿能够逃脱厄运,

为咱家续香烟留一条根。

谁知道天高地阔你不走,

你竟敢违母命自把死寻。

叫儿媳快收拾衣物穿戴。

冉　姑　遵命!(下)

太史母　(接唱)再不走娘定责不孝之人。

〔老家院上。

老家院　启禀老夫人,崔相国到!

太史母　呀!不好!儿啊快快隐蔽!

季　梁　母亲……

太史母　(推季梁)你与我快快退下!

〔季梁无奈下。

太史母　(对家院)说我有请!

老家院　是!(下)

〔崔杼带贾竖及甲士上。

崔　杼　老夫人!

太史母　家奠亡儿,恕不出迎!请!

崔　杼　请!

〔众入内。

太史母　请坐!

崔　杼　请坐!

太史母　相国与贾大夫光临敝舍,有何见教?

崔　杼　老夫人,先王骤患痁疾,暴病身亡,有太医诊断,医案证明,贵府三位公子,听信传言,坚持诬我弑君,本相迫不得已,忍痛将三位公子治罪,还望老夫人见谅!

太史母　相国就为此事而来吗?

崔　杼　一为告慰老夫人,二为传谕季梁承袭太史!

太史母　他不在家中。

崔　杼　哪里去了?

太史母　出外云游去了。

崔　杼　何时出门?

太史母　半月有余。

崔　杼　现在哪里?

太史母　云游山川,无有定址。

贾　竖　儿子在外,岂有母亲不知身在何处之理?

崔　杼　老夫人,今日本相亲来你府传谕季梁,还是唤他回来为好。

太史母　下落不明,如何唤回?

崔　杼　(冷笑)哼哼哼!老夫人你可不要执迷不悟哇?

太史母　就是杀了老身,也无法唤儿子回来!

〔冉姑拎衣包扯申盈上。见有外人急忙退回,被贾竖发现。

贾　竖　门外何人?

崔　杼　抓来见我!

〔甲士下,带冉姑、申盈上,母惊。

崔　杼　这是何人?

太史母　老身四儿媳冉姑。儿啦,这是崔相国、贾大夫,上前参见!

冉　姑　参见崔相国、贾大夫!

〔冉姑神色紧张,崔、贾生疑。

崔　杼　少夫人,哪里前去?

冉　姑　我……

太史母　(见状急忙代答)欲回娘家探望其父!

崔　杼　噢!(与贾竖示意)

冉　姑　我家爹爹年迈,身体不爽,我想归宁探望,特来告别婆母,不知相国驾到,多有冒犯!

贾　竖　包袱之中带的何物?

冉　姑　(忙将包袱搂在怀中)随身衣物!

贾　竖　请少夫人打开一看。

冉　姑　这……

太史母　贾大夫这是何意?

贾　竖　看看是何衣物!

太史母　我儿媳的衣物,大夫看不得!

贾　竖　(示意甲士)看看何妨!

冉　姑　这……(急护,被甲士抢去,递给贾)

申　盈　(怕)娘!

〔母、冉惊,贾翻看,喜,呈给崔杼看。

贾　竖　老夫人,少夫人回娘家探望父病,为何带有男子衣服?

冉　姑　这……

贾　竖　定是季梁藏在岳父家中,相国就该……

崔　杼　老夫人,还是将四公子唤回的好!

太史母　相国如果见疑,命贾大夫前去抓来就是了。

崔　杼　(气恼地)老夫人!

(唱)说什么不知季梁在何处,
你儿媳分明前去送衣物,
你且莫故作镇静不醒悟,
要当心将你满门尽斩除。

太史母　(唱)你既知我儿在何处,
何必再命我传呼,
你大权在握有刀斧,
任凭相国释与诛。

申　盈　(怕)娘!

〔贾竖听申盈唤娘,计上心来。与崔杼背场。

贾　竖　相国,小人有个主意,能使季梁回来!

崔　杼　讲!

贾　竖　将这女孩带走,不怕她婆媳不把季梁找回!

崔　杼　就依你之见!

贾　竖　(阴险地)老夫人,少夫人去送衣物,带着孩子多有不便,交给我带走吧!

太史母　带我孙女是何道理?

申　盈　娘!我怕!(扑向冉姑怀中)

贾　竖　不要怕,四公子一到家就给你送回来。来,带走!

申　盈　娘!奶奶!

冉　姑　(紧紧护着申盈)孩子!

〔甲士从冉姑怀中夺走申盈。

申　盈　娘,奶奶,我不去,我不离开娘,我不离开奶奶!

太史母　放开我的孙女!

冉　姑　放开我的孩子!

贾　竖　带走!

〔甲士抓起申盈欲下,季梁出现。

季　梁　放下我的孩子!

〔母、冉惊。

申　盈　爹爹!(扑向季梁)

季　梁　申盈!(抱住女儿)

贾　竖　嘿嘿!你到底回来啦!

崔　杼　回来得好!

季　梁　回来又当怎样?

崔　杼　遵照先王法度,本相命你承袭太史!

季　梁　为国书史,责无旁贷!

崔　杼　你家三位兄长之事,你可知晓?

季　梁　欲加之罪,何患无辞。

崔　杼　太史公,你可知前车之覆,后车之鉴!

季　梁　崔相国,你应知掩耳盗铃,欲盖弥彰!

崔　杼　如此说来,这承袭太史之事?

季　梁　承袭史官,自当尽职。

崔　杼　好! 本相命你明日卯时,史馆写史,不得违误!

太史母　季梁你……

冉　姑　夫君你……

季　梁　送相国!

崔　杼　免! 回府!

〔崔杼、贾竖、甲士出门。

贾　竖　相爷,依小人之见,将太史府团团围住,以防季梁逃走!

崔　杼　蠢材! 他若逃走,我就杀他满门,再定他个擅离职守之罪,本相不就可另立史官了吗?

贾　竖　相国高见! 相国高见!(同下)

太史母　儿呀,事不宜迟,快快逃走了吧!

季　梁　母亲,此时孩儿越发的不能走了。

太史母　却是为何?

季　梁　我若逃走,岂不连累母亲身遭大祸?

太史母　你,你好糊涂啊!

(唱)事急迫只有这一夜时辰,
你夫妻快逃遁去当庶民,
山乡僻野把姓名隐,
清清白白去做人,
莫把家事挂心上,
为娘已是快死的人,
任他杀来任他斩,
任他抄家灭满门,
三年五载事过去,
莫忘给娘添添坟,
只要宗嗣继下去,

你就是娘的好儿孙。

季　梁　这……呀!

(唱)一番话说的我心烦意乱,

过往事一件件浮现眼前。

为了俺弟兄四人成长大,

老母亲吃苦受累多少年。

春花开她怕俺贪玩意懒,

夏日炎她怕俺中暑晕眩,

秋风凉她怕俺不知冷暖,

冬飞雪她怕俺受风着寒。

娘为俺弟兄四人身康健,

医病疾倍操劳彻夜难眠。

眼看着亲生儿子个个死,

几十年心血消尽化尘烟。

眼前景凄惨惨谁不悲怨,

眼前情恨绵绵谁不心酸,

哪一个儿女不是娘的身上肉,

哪一个儿女不把娘的心头牵。

怎忍心辜负慈母疼儿愿,

怎忍心再为老娘悲伤添。

思前想后左难右难难坏我,

为什么据实直书这样难!

太史母　儿啊!你到底走是不走?

季　梁　这……

冉　姑　母亲,待儿媳劝他定然听从母命!

申　盈　奶奶你累啦,我扶你休息去吧!

太史母　好孩子,换我来!(同下)

——幕闭。

第四场

时　间　前场当天晚上。

地　点　太史府书房。

〔幕启:起二更。季梁心潮起伏,在书房踱步沉思。冉姑上。

冉　姑　(唱)家遭横祸庭院冷,
星光惨淡月不明,
进书房我把夫君劝,
应怜念慈母疼儿情。
夫君你究竟如何打算?

季　梁　为夫再三考虑,还是去承袭史官的好!

冉　姑　夫君啊!
(唱)景公主尚午幼难理朝政,
崔杼他掌大权独断专行,
夫君你不畏死又有何用?
手无权不能把邪正变更。
莫辜负慈母恩德重,
莫忘却夫妻恩爱情。
常言道留得青山春常在,
咱等待十年河西转河东。

季　梁　夫人哪!
(唱)非是我辜负慈母恩德重,
我怎能忘却夫妻恩爱情。

冉　姑　(唱)切莫忘花烛之夜生诗兴,

季　梁　(唱)咱二人吟诗联句到三更。

冉　姑　(唱)切莫忘夫妻月下双照影,

季　梁　(唱)咱二人并肩赏月百花丛。

冉　姑　(唱)当初你面如圆月五官正,

季　梁　(唱)当初你眉似柳叶面桃红。

冉　姑　(唱)如今你脸色暗淡眉上锁,

季　梁　(唱)可怜你面如黄蜡乌云蒙。

冉　姑　(唱)莫让俺孤女寡母心悲痛,

季　梁　(唱)怎忍你面对孤坟放悲声。

〔二人互为拭泪,起三更。

冉　姑　夫君,你我带上女儿连夜逃走了吧!

季　梁　逃往哪里?

冉　姑　天涯海角,夫君愿到哪里,妾身就随到哪里。

季　梁　三位兄长未伸之冤、未竟之业……

冉　姑　三位兄长九泉有知,定能体谅夫君苦衷。留得青山春常在,正为兄业有人承。

季　梁　如此说来,这史不用写了?

冉　姑　我来问你,你是怎样的写法?

季　梁　自然和三位兄长一样。

冉　姑　你有何凭证?

季　梁　兄长亲笔断简。

冉　姑　兄长已死,崔杼有医案作证,谁人知晓是非真情?

季　梁　秉笔直书,史家门风,我笃信三位兄长忠于职守,医案是真是假,尚难相信。

冉　姑　崔杼凭医案为证将夫君杀害了呢?

季　梁　即使身死,亦为天地留正气,虽死无憾!

冉　姑　束手待毙,决非良策。

季　梁　(沉思不语)这……

冉　姑　常言道严霜枯草,春来自青啊!

季　梁　夫人言之有理。

冉　姑　待为妻前去收拾行装，远避他乡。

〔季梁默许，冉姑急下。音乐起，季梁左右徘徊踌躇不定。忽然看见桌上的断简，双手捧起，强烈音乐响起。

季　梁　（自语地）大哥他刀压脖颈宁死不说谎！二哥他刀压脖颈，不低强项！三哥他刀压脖颈，迎刃而上！季梁我，我，我岂能远去他乡！（转身又见桌上的太史笔，握笔持简，倍加激动）

（唱）三兄长为写史不怕刎颈，

人世间留正气铁骨铮铮。

我若是为宗嗣贪生逃命，

太史笔将落在贼党手中，

到那时谎言遮他杀君罪，

忠奸是非更难明。

这太史的职守、史家的门风，

我怎能、我怎能啊、天涯逃生！

〔申盈端莲子汤上。

申　盈　爹爹，奶奶叫我给你送莲子汤来了，你快喝吧！

季　梁　爹爹不饿，你吃了吧！

申　盈　不，奶奶说，叫你吃了快带我走，你再不走，崔相爷把你杀了，我就成了无依无靠的孤儿啦！

季　梁　我的娇儿！

申　盈　爹爹！（扑向季梁怀中，父女痛哭）

〔冉姑手提包裹、心情急切地上。

冉　姑　看在女儿份上，咱们快些走吧！

季　梁　夫人，你可曾想到，我若出走，崔杼命其同党继任太史，伪造史实，为之奈何？

冉　姑　事到如今，也就顾不得那么多了。

季　梁　（思索摇头）不，不能走啊！

冉　姑　既然如此，夫君请上受我母女一拜！

季　梁　拜从何来?

冉　姑　你我夫妻一场,不能为你收尸装殓,向你赎罪来了!

〔冉姑拉申盈跪拜,季梁急扶。

季　梁　都是我季梁无能,连累你母女不幸……

申　盈　爹爹你带我走、带我走……

冉　姑　夫君你走是不走?

季　梁　(痛苦地摇摇头)我,不能走!

冉　姑　那好! 我走!(拉申盈下)

申　盈　爹爹!

季　梁　夫人,女儿!

〔季梁追至门口,凄然泪下,既难舍夫妻父女之情,又为不能安慰妻女而羞愧。起四更。太史母内声:"好恼啊!"太史母气得浑身颤抖,踉跄而上。

季　梁　母亲!

太史母　你,你,你这无情的奴才!

(唱)你无情无义不顾老小,

老娘妻女你全抛。

季　梁　(唱)非是孩儿不听劝告,

史官尽职有信条。

太史母　(唱)娘劈了你的破竹简,

季　梁　(唱)儿重新制作不动摇。

太史母　(唱)娘把你竹笔全折断,

季　梁　(唱)孩儿再制新狼毫。

太史母　(唱)娘斩断你的右食指,

季　梁　(唱)儿用左手把笔操。

太史母　(唱)娘将你十指全砍掉,

季　梁　(唱)你怎能忍心举剑刀。

太史母　你,你,你气煞为娘了!

(唱)季梁儿在书房你思前想后，
可知娘逼儿走是何原由？
你大哥为写史刑场斩首，
你二哥为写史乱棍打死、血肉横流，
你三哥为写史与贼争斗，
只落得五马分尸拔舌割喉。
你大嫂与家父同奔荆楚，
你二嫂悬梁自尽尸挺东楼，
你三嫂到相府怒骂崔杼，
落一个油鼎丧身尸骨难收。
你兄嫂接二连三遭毒手，
儿呀儿！
娘怎能再让儿把火坑投！

季　梁　(唱)正因为兄长死国史才无谬，
儿才要效法兄长名垂千秋。

太史母　(唱)恼上来举利剑斩儿双手，

季　梁　母亲！你真的舍得断儿十指吗？(伸出双手)

太史母　这个……
(唱)季梁儿问的我珠泪双流，
儿十指连着娘的心头肉，
断儿指如同娘自把心揪。

季　梁　(唱)纵然是娘斩断儿的双手，
儿也要牙咬着太史笔，
写国史、揭崔杼、让青史、无谬误，
做一个良史直笔不把骂名留。

太史母　(唱)季梁儿不听话性情执拗，
娘为儿儿早把亲娘抛丢，
眼睁睁看着儿死我心难受，

倒不如娘自刎死在儿前头!

〔母执剑欲自刎,季梁忙夺宝剑跪求。

季　梁　母亲息怒,母亲息怒!

太史母　你是要娘,还是写史?

季　梁　我……

太史母　你要为娘,就快出走,你要写史,为娘就先死!

季　梁　母亲……

太史母　你说,你讲啊!

季　梁　母亲,这……

太史母　休要迟疑,待为娘与你准备盘费,亲自送儿上路!

〔太史母下。起五更。

季　梁　(大惊)呀!

(唱)听谯楼报时辰传来五更,

一声声都好似箭穿心胸。

冉姑她携女去百呼不应,

老母亲逼出走一刻不容。

我若是执意写史违母命,

老母亲她必然痛不欲生。

我再说这国史我,我不去写,

不能啊,不能!

想起崔杼恨难平。

国耻家耻未昭雪,

君冤臣冤未澄清。

朝野上下笑骂我,

九泉下无颜去见三位长兄。

要写要写我定要写,(欲行又止)

无凭证据事直书贼决不容!(紧张思考)有了!

晏大夫伴驾相府探病,

先王的死因他定知情，
请他赐教指路径，
写史之事力争成功。
〔老家院上。

老家院　禀太史公，晏大夫求见！

季　梁　来得好，快快有请！

老家院　是！（下）

〔晏婴上，季梁迎。

季　梁　晏大夫！

晏　婴　太史公！

季　梁　请！

晏　婴　请！（二人进内）

季　梁　请坐！

晏　婴　谢坐！

季　梁　我正欲登门求教，大夫光临，望乞赐教！

晏　婴　这有太医由鲁国捎来帛书一封，你一看便知！（取出帛书递给季梁）

季　梁　（念）崔杼弑庄公，我手握铁证，
被逼写医案，昼夜心不宁，
等待时机到，揭他露原形。
好！好！但不知太医有何铁证？

晏　婴　太史公！
（唱）崔杼掌权柄，
景公是他迎，
新君年幼小，
无知受他蒙。
对崔杼言听计从十分器重，
恐咱们言而无证他不听，
我想去鲁国见太后，

访一访太医有何证据。

季　梁　好！为揭崔杼暴行,我想不能再到史馆写史。

晏　婴　是呀!

(唱)这一次莫在史馆写国史,

要当着满朝文武据理争。

待来日新君登基行大典,

咱当着新君群臣黑白分清。

季　梁　(唱)季梁我也是这样想,

晏大夫请你速去见主公。

晏　婴　(唱)你在家中将我等,

进宫去求主公把日期变更。

季　梁　如此甚好,多谢晏大夫。

晏　婴　嗯！待我进宫面见主公!

季　梁　请!

晏　婴　太史公留步!（下）

季　梁　待我禀告母亲知道!（下）

——幕落。

第五场

时　间　紧接前场。

地　点　齐国都城郊外。

〔幕启:远处传来金鸡啼鸣声,冉姑拉申盈与南史氏左右齐上。

冉　姑　(唱)太史府遭厄难急奔故园,

南史氏　(唱)念贤婿思亲生彻夜难眠,

冉　姑　(唱)天黎明赶路紧心疼气喘,

南史氏　(唱)见冉姑携甥女来至面前。

冉　姑　(痛心地)爹爹呀!

申　盈　外公!

南史氏　我儿不要啼哭。晏大夫言讲,你家三位兄长直书史实,临危不惧,大义凛然,虽死犹生,令人可亲可敬。怎奈为父年迈多病,力不从心,未能过府吊唁,我儿不要见怪。

冉　姑　爹爹可曾知道,崔相国又命季梁史馆写史。

南史氏　太史,太史,书写国史,是他本职!

冉　姑　爹爹呀!

(唱)世道变妖孳生以邪压正,
崔杼贼废律条独断专行。
不隐恶不虚美难做太史令,
虽粉身也难把邪恶变更,
季梁他性倔强执迷不醒。
孩儿我百般劝说他不听从,
无奈何回故园我把爹爹请,

南史氏　请我做甚?

冉　姑　(唱)劝季梁出险境死里逃生。

南史氏　临阵脱逃,万人嘲笑,擅离职守,史家耻辱,亏你说得出口!

冉　姑　爹爹呀!女儿也知此举欠妥,可季梁他……

南史氏　他怎么样?

冉　姑　他还要如实写史,岂不是走的死路一条吗?

南史氏　不,是阳关大道!

冉　姑　死路一条。

南史氏　阳关大道!你气煞为父了!

申　盈　外公!外公!(母女急扶南)

冉　姑　女儿出言不慎,冒犯爹爹,还望爹爹原谅。只是……

南史氏　只是什么?

冉　姑　只是爹爹这样怂恿季梁，今后也只有俺这孤儿寡母和白发苍苍的老父，相依为命了……

申　盈　母亲……（扑向冉痛哭）

南史氏　女儿我来问你，（指天）这是什么？

冉　姑　爹爹，那是苍天！

南史氏　那不是苍天是大地！

冉　姑　爹爹，你气糊涂啦！

南史氏　（从地上拔下一棵野草）冉姑，这是什么？

冉　姑　那是野草。

南史氏　不是野草是树木。

冉　姑　爹爹，你气迷了？

南史氏　你是何人？

冉　姑　我是女儿！

南史氏　你不是女儿是男儿！

冉　姑　爹爹！

南史氏　我不是爹爹是妖魔。

申　盈　（害怕）母亲……

冉　姑　爹爹，你疯了，这都是孩儿的不是，你就责怪孩儿吧……（跪）

南史氏　冉姑呀！（扶起冉）

（唱）并非我天地草木都不分，

是有人混淆是非乱人伦。

似这样人妖颠倒谁能容忍，

儿呀儿，难道你是个糊涂人？

冉　姑　我……

南史氏　（唱）叫声冉姑你来看，（举起竹简）

冉　姑　竹简！爹，你带他何用？

南史氏　你看上边写的什么？

冉　姑　（接念）“夏五月乙亥崔杼弑其君光。南史氏记”。（惊呆）啊！爹爹你……

南史氏　儿啦！

(接唱)儿莫忘为父也是太史门，

虽然我告老归林下，

太史之职伴终身。

一旦季梁遭残害，

为父仍是写史人！

冉　姑　爹爹呀！

(唱)你为正国史肝胆相照，

女儿我本应深感自豪。

可叹母早亡，

全凭爹操劳，

未报养育恩，

儿心似火烧。

怎料到，怎料到，

爹又书简去上朝。

你白发苍苍面带笑，

横眉冷眼对屠刀，

爹爹义举将儿教，

冉姑我心惭愧满脸发烧。

南史氏　女儿啊！

(唱)冉姑休要再多虑，

莫为骨肉情伤悲。

一时强弱在于力，

千古胜负在于理。

人生自古谁无死，

只求为国不为己。

为父之志儿要继，

莫忘你是太史妻。

风吹云动星不动,

水涨船高岸不移。

七尺素帛交给你,

你要为正名而死不皱眉。

〔南史氏交素帛给冉,冉接帛又撕一半交申盈,冉跪父前,申跪母前,各将素帛勒在头上,

冉　姑　(唱)爹爹的话儿似银针,

拨开眼内乌翳云。

谆谆教导引为训,

一片丹心送亲人!

南史氏　(理直气壮地)女儿随我来!

冉　姑　遵命!(冉携申随父急下)

——幕落。

第六场

时　间　紧接前场。

地　点　齐国宫中。

〔二幕外,崔杼上。

崔　杼　(唱)昨夜晚三更后连做噩梦,

胆战惊难成眠坐到天明。

正烦闷忽接到幼主召请,

进宫去见主公细问详情。

〔二幕启。景公正坐,晏婴旁坐,崔一愣,立即有恃无恐的进见。

崔　杼　参见主公!

景　公　相国免礼！

崔　杼　谢主公！

晏　婴　参见相国！

崔　杼　免！

晏　婴　谢相国！

崔　杼　主公连夜召见为臣，有何大事相商？

景　公　登基大典，刻不容缓，晏大夫占卜，后日吉庆，孤意后日卯时举行仪式，钦命太史朝堂书写国史，不知相国意下如何？

崔　杼　这……

晏　婴　先王晏驾，新君登基，两件大事，理应一并写入国史。

景　公　晏大夫之见甚合孤意，两件大事，理应一并写入国史。

崔　杼　这个……啊，主公，朝堂写史，事关重大，请主公三思！

晏　婴　主公，先王律条，理应遵从。

景　公　是呀，先王律条，理应遵从，后日登基大典，朝堂写史，勿再争辩！

崔　杼　呀！

(唱)朝堂写史圣意定，

必是晏婴暗怂恿。

他若当场作见证，

我欲盖史实万不能。

这……有了！主公！

大典之后祭太庙，

应迎太后早回宫，

速派人前往鲁国迎太后。

景　公　相国之言，甚为有理，但不知派何人能当此任？

崔　杼　(接唱)烦劳晏大夫去恭迎。

景　公　晏大夫，你看……

晏　婴　哈哈哈！还是崔相国想得周到。主公，恭迎太后，臣愿星夜前往。

景　公　如此甚好！崔相国、晏大夫各自回府准备去吧！

崔　杼　臣遵旨!

〔景公下。

崔　杼　(旁念)知情人不在,太史无凭证。

晏　婴　(旁念)狡兔有三窟,难逃猎人弓。

崔　杼　晏大夫,你又要辛苦了!

晏　婴　崔相国,你也不会轻松啊!

崔、晏　(同笑)啊!哈哈哈!请!(分下)

——幕落。

第七场

时　间　前场两日后。

地　点　齐国朝堂。

〔幕启,高止、国夏、卢蒲嫳、贾竖同上。

众朝臣　(念)旭日东升,

金鼓齐鸣,

三六九朝堂庆幸,

矢志忠,扶保景公。

高　止　诸位大人请了!

众朝臣　高大夫请了!

高　止　新君登基,你我站班侍候!

〔众卫士、众宫女、崔杼、内侍引景公上,拜坐。

众朝臣　新君即位,万民之福,臣参拜大王千岁!千千岁!

景　公　众卿平身!

众朝臣　谢主公!

崔　杼　主公今日登基,理应论功分封,欢庆升平!

景　公　相国所言极是,听孤王加封!

（唱）崔杼迎君功劳重,

封为相国掌朝政。

兄王晏驾孤年幼,

众卿扶保皆尽忠。

文官个个增封地,

武将晋级添甲兵。

愿众卿为国勤朝政,

才能国泰民安宁。

众朝臣　谢主洪恩!

景　公　今日孤王登基,朝堂书写国史,速宣太史令季梁上殿!

内　侍　主公有旨,太史令季梁上殿!

〔季梁上。

季　梁　（唱）遵旨意应宣召沉着冷静,

朝堂上书国史成竹在胸。

季梁我上殿来大礼参拜,

愿新君理国事果断英明。

景　公　太史平身!

季　梁　谢主公!

崔　杼　太史公,先王晏驾,新君即位,朝堂写史,你要谨慎从事。

季　梁　今日写史,定使主公高兴,相国如意,举国上下,皆大欢喜!

崔　杼　好!笔墨伺候。

〔内侍置笔墨竹简于桌上,季执笔。

季　梁　（唱）太史笔,重千斤。

秉笔人,要坚贞。

一丝不苟为己任,

直笔记事不辱史门。

〔季梁将写好的史简交内侍呈上。

景　公　(接看)写得好,写得好!(交给崔)

崔　杼　写得好! 哈哈哈!(交给贾)

贾　竖　(念)"夏五月乙亥崔杼立齐君杵白。"相国立新君,太史书明文,写得好!

高、国　写得好! 太史公真乃齐国良史也!

景　公　(唱)太史令直书实录堪称赞,

崔　杼　(唱)歌功颂德我喜欢,

高、国　(唱)朝堂写史把功建,

贾、卢　(唱)顺从相国能升官。

崔　杼　太史秉公书简,可谓神笔太史!

景　公　相国,可封季梁为神笔太史吗!

崔　杼　应封为神笔太史!

景　公　太史季梁听封!

季　梁　主公!(跪受)

景　公　(唱)太史季梁肝胆照,

直书史实功劳高,

品加三级修祖庙,

孤封你神笔太史在当朝。

季　梁　谢主洪恩!

景　公　太史公! 兄王晏驾乃国之大事,理应载入史册。

崔　杼　太史公! 你,你要"如实"写来!(示意季梁)

季　梁　遵命!

(唱)太史笔,重千斤。

秉笔人,要坚贞。

不畏强权不溺职,

书法信条要遵循。

〔书毕,将史简交内侍呈景公,景公看后惊异。

崔　杼　主公! 又是一个写得好吗?

景　公　相国,你看这是为何?

崔　杼　(接史简,低声念)“夏五月乙亥崔杼弑其君光。”

(强压怒火)太史公,你是怎么写的?

季　梁　主公高兴,相国满意呀!

崔　杼　不!(将史简折断)你与我重写!(众朝臣面面相觑。季重写后,欲交内侍,崔迫不及待地夺过,看后暴发地)大胆!(向景公)主公,先王骤患疟疾,暴病身亡,举国上下,人人皆知,太史季梁竟敢歪曲事实,诬陷本相,理应推出斩首。

季　梁　慢!今日朝堂写史,上有我主大王,下有文武百官,相国草菅人命,未免有些欺上压下了吧?

(唱)太史职权天子定,

王命昭昭耳目中。

神笔太史主公封,

岂容相国动斩刑。

崔　杼　太史公,你道我弑杀先王,有何凭证?

贾　竖　对呀,先王晏驾之时,你可曾在场?

季　梁　不曾在场!

贾　竖　你可曾目睹?

季　梁　未曾目睹!

贾　竖　既未在场,又未目睹,你怎知先王不是暴发疟疾而死?

景　公　是呀,你怎知兄王不是发疟疾而亡?

季　梁　贾大夫,先王晏驾之时,你可曾在场?

贾　竖　我亲临现场!

季　梁　你可曾目睹?

贾　竖　我亲眼目睹!

季　梁　那你为何视而不见、听而不闻,笃听相国编造谎言?

贾　竖　嘿嘿!他倒盘问起我来啦。太史公,我乃先王近侍,终日不离左右,先王病危之时,我还亲奉汤药哩!

季　梁　无耻！我来问你,既然不是崔杼弑君,为何先王尸横崔府血流满地？既是疟疾而死,为何毒箭中股,腰被剑伤？你既亲临现场,为何谎言遮盖欺骗新君？今日同着满朝文武,你与我从实讲来！

贾　竖　这个……

崔　杼　(向卢)卢大夫,汝系先王老臣,你可曾见过庄公的剑伤吗？

卢蒲嫳　未曾看见！

崔　杼　(向国夏)国夏大夫,你乃忠厚老成之人,可曾见过庄公的血腰吗？

国　夏　我,这……

崔　杼　嗯？

国　夏　我,未曾见过！

崔　杼　(向高止)高止大夫,你一向主持公道,可曾见过血染黄袍？

高　止　我未进相府,故而一无所见！

崔　杼　主公,如此看来,季梁之言,既无人证,又无物证,先王暴病身亡,本相倒有医案为证。(呈医案)

景　公　(念医案)“庄公骤患疟疾,暴病身亡。”

崔　杼　这你还有何话讲？

季　梁　主公,先王晏驾之时,既有太医在场,何不传来一问？

景　公　相国,可速传太医上殿！

崔　杼　医案乃太医所写,无须再来作证。季梁实属狡辩,就该处斩。

景　公　慢来！(向季)太史公,记载国史,关系重大,如有谬误,贻害后世,兄王被弑,无有凭据,疟疾而亡,有医案作证,卿勿固执己见,快快重写！

季　梁　呀！

(唱)崔相国弄权术主公受蒙,

逼季梁改史实唯命是从。

这七寸竹笔实有千斤重,

太史官握手中锐似青锋。

它既能描龙绘凤升平颂,

它也能画妖书怪露狰狞。
它既能伸正义除奸灭佞，
它亦能书伪言助长邪风。
明是非哪怕他刀压脖颈，
修青史殉书法决不逢迎。
史书简折不尽我再次写定，（疾书史简）
为社稷死得其所浩气凌空。

崔 杼 （夺过史简念）“夏五月乙亥崔杼弑其君光。”（呈给景公）禀主公，季梁目无大王，藐视圣命，理应伏法，斩首示众！

景 公 大胆季梁，竟敢诬陷相国，藐视王命！午时三刻，斩首示众！

季 梁 （大笑）哈哈哈……

〔卫士推季梁下。

崔 杼 主公，太史季梁，即将伏法，世袭史官，无人继承，可命贾大夫就任太史，继续书写国史！

景 公 这……使得吗？

崔 杼 使得的！

景 公 贾竖听封！

贾 竖 遵命！

〔南史氏内唱民谣：“崔杼弑君兮人皆知……”

景 公 殿外何人作歌，带来见我！

〔卫士带南史氏上。

南史氏 致仕史官南史氏参见大王千岁！

景 公 老太史，为何殿外作歌？

南史氏 一为朝贺新君登基，二为写史之事，因进不得朝堂，是以门外作歌。所写史简，请主公御阅！（呈史简）

景 公 （念）“夏五月乙亥，崔杼弑其君光。”南史氏，你告老还乡，怎知兄王死情？

南史氏　现有民谣一首,大王请看!(呈上)

景　公　(看民谣,幕后歌声)

“崔杼弑君兮人皆知,

欲盖弥彰兮嗟莫及。

太史记史兮忠于事,

万民称颂兮良史笔。”

崔　杼　启奏主公,他乃季梁岳父,有意编造民谣,欺骗主公,诬陷本相,大王明鉴!

景　公　你老糊涂了,将他轰下去!

南史氏　(念)谎言骗幼君,

难瞒天下人。

多少霸道者,

玩火自焚身。(下)

崔　杼　午时已到,速将季梁斩首!

〔晏婴内呼:“刀下留人!”晏婴急上。

晏　婴　(唱)午门外绑季梁未出所料,

晏平仲被差遣星夜还朝。

上殿来拜新君心如火燎,

问主公太史令律犯哪条?

景　公　晏大夫是你不知,太史季梁借写史之机,诬陷相国,违抗王命,故而问斩!(交史简给晏)

晏　婴　(看简大笑)哈哈哈……

景　公　晏大夫为何发笑?

晏　婴　依臣看来,写得对,写得好,太史公非但无罪,理应嘉奖。

崔　杼　晏大夫,莫非你要袒护季梁不成?

晏　婴　(不理崔,向景公)主公,臣奉大王旨意,恭迎太后,因太后贵体有恙,另择吉日起程,臣飞马星夜赶回,现有太后亲笔书简,请主公御览!(呈书简)

景　公　（接看）“先王晏驾，事关重大，慎重记载史实，严防弄虚作假。”晏大夫，兄王暴发疟疾而死，莫非有假不成？

晏　婴　崔杼弑君，我亲临现场，目睹先王遇害惨状！

（唱）俺晏婴也曾相府到，

视箭伤，看血腰，

枕肱股，悲嚎啕，

我才是一本清账知根梢。

崔　杼　（唱）你伶牙俐齿胡乱道，

信口开河律不饶。

晏　婴　（唱）你弑君之罪难脱掉，

崔　杼　（唱）有医案作证休混淆。

景　公　是呀！先王暴发疟疾而亡，有医案作证，晏大夫一看便知。（交给晏）

晏　婴　（看医案）主公，太医被逼写此医案，不足为证。

景　公　相国，晏大夫说医案是被逼而写，不足为证。

崔　杼　此乃太医手迹，铁证如山，岂容狡辩！

景　公　是呀！晏大夫，兄王病死，有太医亲笔医案作证，你就不必再强辩了吧！

晏　婴　主公，为了澄清医案真伪，可传太医上殿辩明。

崔　杼　太医外出，不知去向！

晏　婴　太医现在朝廊候旨！

景　公　宣他上殿！

内　侍　大王有旨，太医上殿！（太医上）

太　医　（唱）太医做事心有愧，

上朝面君明是非。

太医 拜见大王千岁！

景　公　免礼平身！我来问你，这医案可是你亲手书写？

太　医　是我亲笔书写！

崔　杼　既是你亲笔书写，就是一张铁证！

太　医　不,这是我的罪过呀!

景　公　你有何罪过?

太　医　大王!

(唱)崔杼弑君掩罪行,

刀压颈逼我写张假医证。

为写史太史兄弟接连丧命,

良心现我定要真相申明。

唯恐怕崔杼贼杀我灭口,

才连夜逃到鲁国进王宫,

见太后我把这实情告禀,

太后她才命我回朝来,

见主公,当着百官把事实澄清。

崔　杼　此人出尔反尔尔,信口雌黄,不可相信。尔等诬我弑君,还有何证据?

景　公　是呀!还有何证据?

太　医　(大声)要证据吗?

晏　婴　(大声)有,有,有!

崔　杼　证人是谁?你说?

贾　竖　你讲?

晏　婴　(环绕一周,指崔)是你!(指贾)还有你!

崔　杼　荒唐!

贾　竖　可笑!

景　公　晏大夫!这是何意?

晏　婴　(掏出崔杼弑杀庄公的手谕)这是崔杼弑杀先王的亲笔手谕,主公请看!(呈上)

〔崔杼、贾竖惊慌失措,众朝臣惊异。

晏　婴　(唱)水落石头现,

一手难遮天。

相国手谕鲜血染,

崔杼弑君铁证如山。

景　公　(念手谕)“昏君无道,格杀勿论,崔杼。”

崔　杼　(对贾竖)该死的奴才,本相手谕怎会落在他人之手?

贾　竖　这……

景　公　崔杼,这你还有何话讲?

崔　杼　这……主公,贾竖因犯律条,庄公责其百鞭,故而怀恨在心,立誓谋杀先王,我悔不该听信小人谗言。

景　公　大胆贾竖,恩将仇报,谋杀兄王,推出斩首!

贾　竖　主公饶命,相国血口喷人,嫁祸于我……

〔卫士推贾竖下,杀之。

景　公　传我旨意,给太史季梁松绑上殿!

内　侍　主公有旨,太史公松绑上殿!(季梁上)

季　梁　参见主公!

景　公　太史令无罪平身!

晏　婴　主公!崔杼弑先王、改国史、违民意、杀史官,专权乱政,欺骗主公,该当何罪?

众朝臣　请主公按律治罪!

景　公　啊!崔相国听信小人谗言,误杀先王,情有可原,不予治罪!

众朝臣　主公……

季　梁　臣启主公,崔杼杀我三位兄长,难道也是听信谗言,误杀不成?

晏　婴　主公,崔杼捏造谎言,混淆视听,欺上压下,一意孤行,若不治罪,后患无穷!

众朝臣　是呀!恳求主公按律治罪!

景　公　据卿所奏,崔杼实有罪过!

晏　婴　实有罪过,就该斩首!

景　公　不过,念他忠于社稷,迎来孤王即位,立下汗马功劳,故而饶恕死罪。

众朝臣　主公!……

景　公　撤去崔杼相国之职,众卿勿再多言!

众朝臣　主公圣明!

崔　杼　咳!……(气昏倒)

内　侍　禀主公,崔杼昏厥!

景　公　抬下殿去!

〔卫士抬崔杼下。

景　公　太史令!

季　梁　卑职在!

景　公　神笔太史,记史有功。你三位兄长,忠于史实,忠于职守,封为良史,流芳百世!

季　梁　臣谢恩!

景　公　摆驾回宫!

〔众下。季梁、晏婴下殿。二幕闭。太史母、南史氏,穿着孝服的冉姑、申盈迎上。

季　梁　母亲!岳父!夫人!

太史母　季梁我儿!

南史氏　贤婿!

冉　姑　夫君!

申　盈　爹爹!

〔合家悲欢交集。

(幕后合唱)千秋功过世人评,

良史直笔传万冬。

——幕落　剧终

(与钟铭勋、徐建华、苏继坡合作。载《江淮文艺》1980年第8期。1983年阜阳地区曲剧团参加安徽阜阳戏剧节,获剧本创作一等奖。1984年10月,全剧录像,由省戏剧家协会推荐,参加在福建省召开的闽、浙、皖、赣四省剧协戏剧创作座谈会,著名戏剧理论家马少波、张庚等领导均给予高度评价。)

魏野畴与枣树

（散文）

我爱枣树，胜过苍翠的松柏；我爱枣树，胜过艳丽的桃李；我爱枣树，胜过钻天的白杨。

小时候，身为医生的远房大伯就曾对我说："干枣能润心肺，止咳嗽，补五脏，治虚损，除肠胃癖气。"隔壁二叔是位木工，他也讲过："枣树木质坚硬，纹理细致，可以造船舶，制木梳，做工具，刻印章。"我上小学的时候，老师还曾经讲授过一篇课文《秋夜》。这篇散文是鲁迅先生的作品，开头写道："在我的后园，可以看见墙外有两株树，一株是枣树，还有一株也是枣树。"当时读起来，只觉得好玩，所以很快就背得烂熟，其实并不太理解其中的真实含义。后来重读这篇散文，才逐渐了解到鲁迅描写的枣树，是借树抒情，是对当时抗击黑暗、追求光明的英勇战士热情的赞颂。所有这些，对我热爱枣树，都有一定的影响，然而使我永生难忘的，还是阜阳王官集"四九暴动"陈列室院内的一棵大枣树。这棵年逾半百的"老寿星"，是在 1928 年 4 月 9 日，党领导的安徽省第一次武装斗争起义前夕，由当时的中共皖北特委书记魏野畴等同志亲手栽植的。

我第一次见到这棵枣树，是在 1963 年阜阳"四九暴动"陈列室建成之后。那时，我怀着对革命先烈的敬仰心情，到王官集参观访问。因为这里曾是当时中共皖北特委和皖北苏维埃政府所在地，也是"四九暴动"指挥部旧址。跨进陈列室院落的大门，迎面就碰上这棵大枣树。我兴奋极了，围着枣树转了几个圈，向上审视了许久。它的躯干向南倾斜着，初夏的南风，刮得树叶沙沙作响，满树的青枣压弯了嫩枝，像一把缀着千万颗翡翠的葱绿大伞，遮罩着九间陈列室前面的庭院。这棵树本身,就是一件珍贵的革命文物啊!

起初,我曾对这棵大枣树产生过许多疑虑:魏野畴和当时中共皖北特委的同志为什么亲手栽植枣树呢?是由于枣花的清香扑鼻吗?那么桃李芬芳香更浓,他们为什么不植栽桃李?是由于枣子殷红颜色象征着革命吗?那么五月榴花红似火,他们又为什么不压扦石榴树呢?经过向当年参加暴动的赤卫队员刘占元了解,才知道在暴动前夕栽植枣树,有它更深刻的含义:枣树,正是“早树”的谐音,是及早树立起工农革命大旗的意思。由此可知,这棵枣树寄托着先烈的宏愿,是革命的象征,也是“四九暴动”的历史见证。

枣树,在革命风暴中诞生;枣树,在革命洪流中生长。它的身上,曾经高挂过“抗粮、抗租、抗捐、抗税、抗差、抗债”的“六抗”标语牌,它的脚下,曾设置过发放钱粮的供给站。它曾为“四九暴动”的春雷滚动而欣喜若狂,也曾为暴动的信号火被大雨浇灭而焦急万分(注);它曾为在王官集草坪上开会成立皖北苏维埃政府而鞠躬致敬,也曾为革命战士的壮烈就义而悲愤哀悼;它展开全身的针刺,怒目冷对凶恶的敌人。几十年,岁月流逝,它默默地期待着,终于在 1948 年迎来了解放的曙光。在社会主义建设的年代里,它经受着风风雨雨的洗礼,而顽强地开花、结果……

1949 年元月,我再一次去看望我所怀念的大树。枣树见了我,却招手点头,像是久别遇故知一样。我正要走上前去,恰巧有位老人端着一碗米饭走来,奇怪得很,米饭不是老人自己食用,而是用来“喂养”枣树的。他在树的躯干上粘糊了许多米饭,我询问老人这是何意?他微微带笑地说:“今天是农历腊月初八,你知道吗?”说罢,老人慢腾腾地走了。我凝视着老人的背影,忽然想起“腊八米饭糊在枣树上,枣子果密枝叶旺”的传说来。这不是老人迷信,这是老人希望枣树长寿,希望它结出丰硕的果实。啊!多么可爱的老人,即使在那样严寒的日子里,他的胸膛里依然装着共和国的春天!

近两年,阜阳“四九”暴动陈列室再次充实内容,修整一新。老枣树也焕发了青春,在它的旁边新挂了一块木牌,上面铭刻着魏野畴等同志当年栽培枣树的革命事迹。枣树,我多次瞻仰过的心爱的枣树啊,看到您,我就禁不住心潮澎湃,不由得浮想联翩:前人栽树,后人乘凉,魏野畴同志虽说在领导暴动后不幸牺牲了，可他亲手栽植的枣树，至今还不断地给人们结着累累果实。啊！缅怀革命先烈,我们这一代人在向“四化”进军中又应给后人留下一些什么呢?!

注:1928 年 4 月 9 日夜,魏野畴等同志领导的武装暴动是以焚烧阜阳城贡院街伪军司令部的厨房为信号。不巧火刚燃着,大雨倾盆,信号火被淋灭,起义士兵和农民赤卫队联系中断,致使暴动失败。

(载《清颍》1982 年第 4 期)

难忘党报培育情

(征文)

1953年6月，我从界首市文化馆调到阜阳专区中心文化馆任辅导股长兼宣传股长。1954年,我带一个工作组,在中共阜阳地委农业合作化的重点阜阳县河东乡建立农村文化网试点。7月,阜阳地区连降暴雨,百年罕见。中共安徽省委书记曾希圣提出:“人在堤在。”我们都睡在颍河大堤上日夜防守。汛期,中央派三架飞机空投防汛物资和慰问传单。我当时即兴创作了快板书《看见银燕喜在心》。这是我的处女作,发表于1954年8月1日《阜阳报》三版。当时全专区平均降雨量达700毫米以上,阜阳三里湾水位30.82米,在防汛的同时,生产救灾的中心任务,就是排涝补种。其间,我又写了一篇快板书《让船》,由河东乡业余剧团、俱乐部宣传。第二篇作品在1954年8月7日《阜阳报》三版发表之后,《阜阳报》的《内部通讯》还刊发了赞扬《让船》的评论文章。在《阜阳报》的鼓励下,我走上了从事业余文艺创作的道路。

在二十世纪五六十年代,我在《阜阳报》陆续发表了各种形式的文艺作品数十篇,其中有相声《光荣人家》、相声《新“百家姓”》、小戏曲《青春献给第一线》、散文《船地之说》、文艺评论《毛泽东军事思想的胜利——〈上海战歌〉观后感》、评严凤英演出的《女驸马》、《艺苑又一花——亳县曲艺队相声组演出观后》等。令我最受感动、终生难忘的是1962年5月23日。这天,《阜阳日报》三版推出了《毛泽东思想引导着我们前进——纪念毛主席“在延安文艺座谈会上的讲话”发表二十周年》专栏,其中发表了我的文章《我写历史剧〈卧薪尝胆〉的体会》。

还有一件情系《阜阳日报》的往事,我至今记忆犹新。1958年秋季《人民日报》编辑部向时任中共阜阳地委副书记王丰桂约写阜阳王人诗画的文章，时任《阜阳日报》总编辑的杨梓贤奉命约我代笔撰稿，题目是《阜阳王人诗画之乡》。我写出初稿，交由杨梓贤总编修改后，在《人民日报》全文发表。

今年我实足年龄92周岁，在漫长的创作生涯中，省级获奖作品有：相声《家庭晚会》、大型梆剧《鸿雁高飞》（合作）、相声《居安思危》、快板书《陈毅拜师》、新编大型历史剧《太史笔》（合作，获安徽省阜阳戏剧节剧本创作一等奖）。地级获奖作品有：小戏曲《枣林月影》（合作）、长篇评书《小红袍》（合作）等。曾主编编辑《阜阳文艺宣传材料》《满园春》《火箭》《阜阳文艺》等文艺报刊。是阜阳地区第一批中国曲艺家协会会员，1987年被评为副研究馆员。1990年离休后，我仍从事文史写作。著有《颍州墨林》，编写《阜阳文化史》书法绘画史部分。主编《名达翰墨——阜阳近百年书画家精品评介》，主编《颍州历代书法选》，为审批阜阳市为中国书法城起到关键作用。

光阴荏苒，回顾60余年的创作历程，承蒙《阜阳日报》对我的培育之情。今逢《阜阳日报》70周年华诞，往事难忘，特作此文，以表心意！

（载2019年3月23日《阜阳日报》“情系《阜阳日报》征文”专栏）

艺苑又一花

——亳县曲艺队相声组演出观后

杨金贵同志表演的单口相声《借火》,是较出色的节目之一。他把一个不怕鬼的故事,述说得淋漓尽致。一开场他就带着像,面部表情就惹人发笑垫话部分就抓住了听众。

"垫话"是相声的开场白,这个开场白说得好,说他自幼儿胆小,因他母亲常讲有鬼吓唬他,使他养成怕鬼的习惯。在这里,演员一忽儿学小孩说话,一忽儿学老奶奶腔调,生活气息非常浓厚。说到男子头上有三把"真火"时,他说脑袋上能出火,可真有好处哇,你抽烟就甭买火柴了,在脑袋上一点就行了,比如:喂!二哥,你抽烟这儿点(指头)着了,能有这事吗?台词和表演融合在一起,真是风趣横生。接着又学胆小的人走路和胆大的人走路的形态,也学得逼肖逼真,这一段是"《借火》的"瓢把儿"("瓢把儿"就是开头,简称叫"头"),下边很自然的转入"正话"。从杨大胆看死尸、喝酒,说到在死尸手里插香火这是"铺平垫稳"部分,是为展开冲突创造条件。这时杨金贵同志的表演是层次分明步步紧凑。说到行路人借死尸手里的火抽烟时是既生动又形象:"借光,我使使你的火儿(学对火动作,然后抬头),你抽我这个……"这时表演者老是不作声,只用惊讶的神情"啊"了一声,这就展开了冲突。相声行话里叫"系扣儿"。杨金贵同志的表演把个这"扣儿"系得好;叫人心情紧张,欲笑而又不敢大笑。接着表演借火的人害了怕,"跑都跑不动了,腿都沉了"。学他"噔噔噔往前走",看尸的认为死尸走了,紧紧赶,借火的人越害怕,看尸的人越追赶。这一段叫"解扣儿"是给最后"抖包袱"作前提。演员从语言到形体动作,使两个不同心理的人物形象,在舞台上栩栩如生。及至最后看尸的人抓住借火的人认为是死尸要向树上挂，但忽而又看到树上还有个死尸时，表演者头一歪，眼一斜，惊奇而带有幽默地说了一句:“噢！这儿还有一个呐。”突然把包袱里的东西抖搂出来，结束了冲突，使人捧腹大笑。

《正确与歪曲》是较优秀的节目。演捧哏的演员杨宝璋同志表演得含蓄、精炼、自然。他的反应非常准确，有分寸，特别是吐字清楚，句句入耳。他和逗哏演员的配合是无懈可击。演捧哏的相声老艺人鲍治安同志有很好的艺术修养，他的演出，严肃认真，老练娴熟。

在《学评戏》这个节目中，逗哏演员李巧玲同志学唱了京戏、越剧、豫剧等名演员的唱腔，虽没有音乐伴奏，倒也优美动听。这种唱与戏剧中的唱不同，学唱中逗笑，耐人寻味。最后学唱评戏名演员刘翠霞唱的《梁山伯与祝英台》中的“楼台会”一段，那种悲哀的哭诉很能激动人心，然而在哭声中使人得到的不是悲痛，而是可笑，妙就妙在这里。看了这次相声大会的演出感到尤其亲切，学习了很多东西。最后预祝亳县曲艺说唱队相声组同志们在相声这个艺苑里开出更灿烂、更美丽的花朵。

（载 1961 年 5 月 30 日《阜阳日报》）

毛泽东军事思想的胜利

——《上海战歌》观后感

安徽省话剧团演出的《上海战歌》是一出激动人心的好戏，它集中反映了毛泽东军事思想的重大胜利，反映了中国人民解放军解放大上海战役的光辉史实。上海，是一个人口众多、工厂林立，具有现代化建设的工业基地，敌人妄想负隅顽抗做垂死挣扎，所以上海之战的特点是：瓷器店里捉老鼠，既要捉住老鼠，又不许碰坏东西，那就是说在上海要打一个军政全胜仗。话剧《上海战歌》通过上海地下党和工人阶级的密切配合，我军指战员的英勇善战，特别是取得敌人兵力火器配置图这一中心事件，使上海完整无损地归到人民手中，具体体现了“既要解放上海，又要保全上海”这一伟大的主题思想。

剧本写得好，演出也是相当成功的。在导演方面有其独到之处，全剧自始至终十分紧凑，扣人心弦，由于灯光、布景及音响效果等方面的配合得当，场场给人以如实的感觉，尤其是有些演员精湛的艺术表演，使人看过留下极其深刻的印象，扮演夏南娟（化名许静）的李琦同志准确地刻画了一位党的地下工作者的生动形象。她对党忠诚，机智勇敢，不畏一切艰难困苦，善于应付各种复杂的场面。当她见到老贺同志后，迫不及待地要求党交给她任务。她接受任务是那样的果断，完成任务的信心又是那样的坚决，遇有情况而又是那样能够随机应变。她和老贺正在研究如何搞到敌人的兵力火器配置图，伪警察来要捐款，她立刻由一个淳朴的姑娘变为一个高傲的敌军官，把伪警察支吾走了，使观众吐了一口气。当她冒着生命危险搞敌人的兵力火器配置图，接下去是个紧张复杂的场面，她机警而又稳重，表演得恰如其分。当她回家发现文件没有送出去，一颗忠于党、忠于革命的心使她英勇果断地决定亲自去完成任务，以及后来向郁高参要汽车和见到舅舅罗营长、叶师长时的表情，却使我们看到了一个形象高大的忠于革命事业的无产阶级战士的典型。总之，李琦同志的表演特点，是有分寸，有层次，有起伏，既有节奏感，又有浓厚的生活气息，在不同场合下表现了不同性格。她表演敌人时不使人厌恶，既不失敌参谋长女秘书的身份，又使人感到她本质的可爱，如果演员没有内心的酝酿，不进入角色，是演不出这样感人的效果来的。

饰演贺秉予的王童春同志，把一个党的地下工作领导者的形象，演得活灵活现，智慧、沉着、老练、幽默、乐观，集中地表现在他的身上，他的一言一语，一举一动，都很真切动人。如他向叶师长介绍上海的情况时，把一叠伪金圆券花花一甩，高高一举，这时台下鸦雀无声，都在听他的台词。他这一个动作他把道具用活了。不像有的演员，道具不为剧情服务，或者只许自己或演员看见而不让观众看见。他的智慧和沉着还表现在敌司令部跟南娟接头的那一场戏，他们两个谈着工作，耳朵听着情况，眼睛看着环境，手里交接着纸烟、茶水，这一切都是同时进行的，这一瞬间的表演，是那么的巧妙、精彩、深刻，真是一针见血、入木三分。

其他如饰演娟母的刘虹君同志，也能出色地完成角色任务，敌军股长的阴险狡猾的嘴脸，也被李树钧刻画得较为深刻。

总之，《上海战歌》的演出，是非常激动人心的，街头巷尾都在谈论，它给阜阳观众上了一堂生动的革命历史课。

（载 1961 年 11 月 3 日《阜阳日报》）

淮词一曲谱新风

——赞淮词坐唱《凡人小事》

翟国忠等同志在继承传统淮词的基础上，勇于探索，大胆革新，创作并演出了反映现实生活的新淮词坐唱《凡人小事》，荣获安徽省十二市职工业余文艺会演优秀创作奖与优秀演出奖，省曲艺新曲（书）目比赛创作、演出双优奖，全国曲艺新曲（书）目比赛创作三等奖，音乐设计、表演、伴奏鼓励奖，并在《演唱》《曲艺》等刊物发表，深受读者及听众的好评。

传统淮词是旧社会文人墨客在饭后茶余消遣娱乐的坐唱艺术，它以轻拉慢唱为主要特点，节奏甚为缓慢。随着社会的发展、时代的前进，与劳动、生活节奏的加快，人们的心理节奏也随着加快，群众在审美观念上也要求各种门类的艺术都加快自己的节奏。淮词当然不能例外，这就要在继承传统的基础上有所突破，有所革新。翟国忠同志在保持淮词特色的前提下，在情节上突破了注重起承转合的固定格式，扬弃了诗曰、引子、自报家门、冗长交代等陈旧手法，着重通过行动塑造人物，表达主题。在音乐上，刘士法同志改革了古老的旋律、单调的音响以及过多地使用慢板和拖腔等陈规旧范，着重通过行动塑造人物，表达主题。在保持淮词特有的风格前提下，大胆地吸收时代音调，注入新的旋律，在保持以字设腔，以情带声的同时，吸收现代歌曲的某些唱法，尽量加快淮词艺术的节奏，使听众享受到既有淮词风味又有时代音响的艺术美。

淮词是在清代八旗子弟兴起的《子方书》影响下形成的，文词典雅绮丽，难唱难懂，与当今时代极不合拍。作者在创作中，扬其长避其短，保持了淮词曲牌格式和语言的文学性，对现实生活中的语言，进行提炼加工，写出看则悦目,听则易懂,唱则上口,言简意赅,雅俗共赏,新颖别致的唱词。如:“淮河弯弯清波流,两岸排排全丝柳。桃花朵朵映水面,春风剪剪送行舟。”不仅富有文采,也易唱易懂,更将一幅秀丽的淮河画卷,展现在观众面前。接着作者运用曲艺唱词中“金钩句”“循环句”“拟声句”“翘口句”“楼上楼”等表现手法,感染读者和听众。

《凡人小事》不仅在文学创作和音乐设计两方面取得可喜的成就,在表演和导演方面也有所出新,值得庆贺。

(与苏继坡合作。载1987年5月17日安徽《文化周报》)

群芳争艳　绚丽多姿

——阜阳地区曲艺大奖赛述评

1987年11月17日阜阳地区举办了首次曲艺大奖赛。参赛的11个县、市代表队,共演出各种形式的曲艺节目46个。经大会评奖委员会评定:创作一等奖四个,表演一等奖四个;创作二等奖十二个,表演二等奖十个;创作三等奖十五个,表演三等奖十八个。加强横向联系,繁荣曲艺艺术事业,这种形式的大奖赛,在我区来说还是第一次。从整体看,这次大奖赛是成功的。堪称群芳争艳,绚丽多姿。文艺作品应当反映时代的精神风貌,歌颂四化建设的劳动者和改革者,歌颂各条战线的英雄人物。这次曲艺大奖赛演出的大部分节目,是歌颂税务、供电、保险和储蓄方面的英雄人物或是表彰先进事迹的。但也有一些节目是注重刻画人物性格,反映人的精神面貌、心理活动与思想感情的。凡是这样的作品,都显得有血有肉,生动感人。王秉才、阎振华同志创作的评书《夜漏》,获得创作一等奖,它突出地刻画了党的十一届三中全会以后,一位劳动致富的老农形象。农民陈老三"笨头呆脑,三榔头砸不出个屁来",在农业改革、市场开放的新形势下,胸藏"锦囊妙计"施展绝招,养鳖卖鳖,成了万元户。他在发展养殖业方面虽能取得很大成绩,但陈旧的思想观念却不能革除。有钱不敢存银行,"怕露富,怕外借,更怕割尾巴"。可是他偏偏有个"夜漏"的毛病,"白天像个闷头驴,夜晚变成话八千"。只要一睡着,呓语梦话,专道自己的机密。别人听得一清二楚,他自己却洋洋得意,半点不知。第一次卖鳖,收入三四百元。他住旅社,怕被盗,睡觉时把钱放在枕头底下,由于"夜漏",被小偷摸跑了。以后卖鳖回到家,把钱放在箱子里、柜子里、床底下破罐里,由于"夜漏",都被他那个不正经的儿子"狗子"得知底细,给他取走了。这个“人老八辈子也没挣过这么多票子”的老实人,事实教育了他,终于幡然悔悟,把钱存入银行。在这改革开放,将自然经济半自然经济逐步发展为商品经济的新时代,塑造一位走致富之路的老农陈老三的形象,实有他的典型意义。

随着时代的前进和物质生活的提高,人民艺术欣赏情趣也逐渐发生变化。近几年,相声比其他曲艺更受听众欢迎。这次大奖赛,共演出七个相声节目,张静波同志创作的《夺杯》,备受好评,获得创作一等奖。相声是笑的艺术,是语言的艺术,它通过幽默讽刺、引入发笑来刻画人物,体现主题思想。相声的笑料,又是通过“包袱”来表现的。《夺杯》的主题是表达参加保险的好处,这类作品比较难写。作者通过比对联、比对诗、比对绕口令,巧妙地组成一系列可笑的“包袱”,并运用这些“包袱”的系,解,丢,再系,再解,再丢,使情节不断地发展变化,直至最后“胡连开车到湖南”这节绕口令的大段贯口,经过三番四抖,丢个“包袱底”,完成了《夺杯》的主题任务。

在社会主义四化建设事业飞速发展的环境下,生活里充满着众多美好的新事物,英雄人物层出不穷。作者满腔热情地去歌颂他们,表现他们,是自己义不容辞的职责。刘浩同志创作的快板书《寒夜排障》,获创作和表演两个一等奖。

这个作品是根据生活中的真实事件经过艺术加工写成的。作品的开头写道:“八六年十二月三十日晚上六点钟,扯天捞地刮起了风,只刮得天昏地又暗,只刮得日月星辰无光明。文峰塔刮得乱摇晃,魁星楼刮得左右倾,只刮得家家关门又闭户,只刮得一街两巷冷清清。这大风越刮越来劲,恨不得一下子掀翻阜阳城。”“光刮风还不算,紧接着鹅毛大雪飘空中,风伴雨,雨伴风,雨加雪,雪加风,风风雨雨,雨雨雪雪,搅在一起结冰凌。冰雕的柳,冰雕的松,冰雕的楼台冰雕的城,就好比哈尔滨城里观冰灯。风雨冰雪成了害,造成的损失可不轻。”这个头开得好,它不仅交代了时间、地点,表现了典型环境,同时把风雨冰雪造成的灾害现场描写得惟妙推肖,为“梅花傲冰雪,天寒情愈浓”的英雄电工们的出场作了铺垫。接着停电、断线、倒杆的种种险情,描绘了电工英雄们冒雪抢修,老大娘夜送姜汤的动人情景。尤其值得一提的是，作者不但把英雄的事迹写得生动具体，而且还写出了电工们在勇斗风雪时的乐观主义精神。“感谢老天巧配合，帮助我们大练兵，练思想，练作风，练业务，练本领。我建议，给老天记个特等功。”这是何等的气魄，这是对英雄们的内心世界深刻描述，也是深化主题的神来之笔。

曲艺艺术在继承传统的基础上，必须坚定地走改革创新的道路。只有这样，它才能适应时代的要求和人民群众的需要，曲艺艺术也才能焕发青春。这次曲艺大奖赛的创作作品中，有一些段子从内容到形式，从表现手法到语言锤炼，都进行了改革的探索和尝试。胡永书、张献章同志写的快书《小数点》获创作一等奖，塑造了“个小智广点子鲜”的税收干部刘望远。作者不是写这个税收干部的一般事迹，而是进一步写他“到茨河湾里去种田”，传授种烟叶的经验，去“培植新税源”，使作品在思想性和艺术性方面，都达到一个新的高度。饶培福同志创作的坠子《金银情》（获创作二等奖），写张银仙和金大泉夫妻俩对储蓄认识的矛盾纠葛，在一家人分成两家过时，中间穿插着一个小女儿莲莲，十分风趣感人。茆文斗同志创作的琴书《特别征税员》（获创作二等奖），运用浪漫主义的手法，描写猪八戒经商，孙悟空收税，塑造了一个按法收税，拒腐蚀永不沾的“特别征税员”的艺术形象，别致新颖，引人入胜。

参加大奖赛的作者队伍中，既有文艺创作中的老将，又有初登文坛的新兵，有些曲艺表演者也提起笔来，自编自演。据统计参加大奖赛的四十六个节目中，就有九个节目是演员自编自演或者与其他同志合作的。阜阳行署电业局的裴少华、秦辉、严超、邱金礼、王向辉和阜阳县保险公司的经理连志平等同志，他们怀着社会主义建设者的自豪感和精神文明建设的责任感，自己动手创作了《安全与恋爱》《雪中送电》和《登记》三篇相声作品，参加演出。通过文艺形式热情歌颂自己所从事的事业，抒发对四化建设的情怀，也给曲艺创作队伍注入了新鲜血液。

这次大奖赛对我区曲艺演员队伍也是一次较大的检阅。表演一等奖获得者、青年琴书演员孟影同志，不仅唱腔甜润柔和，优美动听，而且善于运用语言化妆，表现不同的人物性格和艺术形象，加之一双传神的眼睛，表达出真挚充沛的感情，富有艺术魅力，赢得了群众的好评。评书演员、表演一等奖获得者王淑梅同志，她演出的评书《夜漏》，吐字清晰、表情生动，在表演万元户农民陈老三两次“夜漏”的情节时，都运用“拨口”的手法，使之丝丝入扣，增强起伏，使故事发展时有跌宕，同时还能够运用找“牵头”，把每个细节的纵横关系交代清楚，细致地揭示了陈老三的精神面貌和心理活动，使作品产生更大的社会效果。大鼓书《先行官》的表演者吕学良同志(表演二等奖获得者)，在继承大鼓书的传统唱腔基础上，去掉了陈旧的老绵羊唱腔，代之以新的高昂激越、纯朴清新的声腔，唱腔圆润，说白清楚、稳重音韵和谐，优美动听。他从京韵大鼓、西河大鼓以及地方小调的部分曲调，吸收融化、丰富充实了淮北大鼓，使其有所改革、有所创新、有所发展。年愈八旬的渔鼓老艺人徐治邦同志，演出的渔鼓《投保之后》获得表演一等奖。他年老气壮，演出严肃认真，一丝不苟，技巧高超，博得了观众的满场喝彩。快板书《寒夜排障》的表演者杨建军同志(表演一等奖获得者)，大鼓书《电打小能孩》的表演者张志云同志(表演三等奖获得者)，快书《洞房之夜》的编演者王进先同志(获创作二等奖、表演二等奖)也各有其表演艺术特点，很好地完成了曲日的主题任务。在演出的台风、化妆、服装、配器等方面，不少节目都有所革新。如三弦书《女电工》的演出（获表演二等奖）表演精彩、适度，有新意，舞台效果给人以愉悦的新颖感。参加这次大奖赛的节目基本上都是好的或比较好的，但也存在着某些不足之处，最主要的是很多节目还停留在一般的文艺宣传材料的水平上，在艺术结构、锤炼语言，特别是刻画人物方面，注意不够，因而缺乏艺术感染力。这就需要我们深入生活，提高艺术修养，努力创作出更加丰富多彩的曲艺节目，培养出更多的曲艺新秀，为建设社会主义精神文明作出更大的贡献。

（与苏继坡合作。载《清颍》1988 年第 1 期）

评书大家刘兰芳在阜阳演出《岳飞传》

1985年1月29日，刘兰芳在阜阳演出长篇评书《岳飞传》，真个是街谈巷议，盛况空前。

刘兰芳，原名刘书琴，女，满族，辽宁省宁阳市人，1944年1月11日出生。中国文联副主席、中国曲艺家协会主席，著名评书表演艺术家。少年时代就读于辽阳市第一完全小学、辽阳市第四中学。1959年考入鞍山市曲艺团，曾向赵玉峰、霍树棠等著名演员学艺。1962年开始登台说书，1973年到鞍山市歌舞团曲艺队工作，这段时间在鞍山市电台播讲了《海岛女民兵》等六部新书。1978年调回鞍山市曲艺团，演唱东北大鼓《刑场婚礼》，获辽宁曲艺汇演优秀表演奖。1979年9月编写(合作)播讲了长篇评书《岳飞传》，不久，全国63家电台相继播放，轰动全国，波及海外。1980年获辽宁省人民政府文艺嘉奖。《岳飞传》一书由春风文艺出版社出版，发行100多万册。评书《岳飞大战金兀术》获1981年文化部举办的全国曲艺优秀节目观摩演出表演一等奖和创作一等奖。以后又整理改编了《杨家将》《三打乌龙镇》《白牡丹行动》《小将岳云》《赵匡胤演义》《包公巧断螃蟹三》《刘金定大战南唐》，共300多万字，均已出版。《岳飞传》和《杨家将》选段被灌制成唱片发行。

刘兰芳来阜阳演出《岳飞传》，使阜阳人民有幸目睹这位评书大家的风范。演出场所是阜阳人民剧场。当时中共阜阳地委宣传部副部长钟音特别指示阜阳地区文联、曲协组织长期从事曲艺创作的同志，来阜阳观摩学习。参加会议的有苏继坡、王兴华、翟国忠、徐企平、张献章、刘士法、王冶炉等。阜阳地区曲协理事长钟铭勋具体负责，并安排与会者坐在人民剧场的前两排，便于观摩学习。观摩小组还听取了安徽省群众艺术馆专程来阜阳的同志对刘兰芳生平事迹和有关《岳飞传》演出盛况的介绍。

演出结束后，由于刘兰芳另有演出任务，连座谈会都没有来得及开，随鞍山市曲艺团离开了阜阳。

之后，刘兰芳的《岳飞传》在阜阳广播电台高音喇叭常年播放，影响极大。张献章、苏继坡和王兴华不约而同专门买收音机收听，同时购买了《说岳全传》和《说岳通俗演义》等书籍对照学习。1986年春节期间，张献章从太和专程来阜阳，找到王兴华和苏继坡，提出合作编写长篇评书的事，当时三人一拍即合，由王兴华到省文联严成志处找来歌颂海瑞的故事《小红袍》作为素材，三人共同研究，写出提纲，拟定回目标题，分回写出初稿。1986年春，安徽省曲艺家协会通知作者到合肥进行修改，历时近两个月，反复加工修改，长达二十一万字、共分20回的长篇传统评书《小红袍》定稿，由安徽文艺出版社出版的《大众书场》第4期出版发行，1987年被阜阳地区文联评为创作奖。这是向刘兰芳学习评书技巧的成果。

（载2019年3月18日《颍州晚报》）

王老今年九十三

——跋《王兴华作品精选集》

梁如云

这本《王兴华作品精选集》收集了王兴华老先生的精品作品。王老不老，今年九十三岁，身板硬朗，精神矍铄。他是我接触到最早的阜阳文艺界的名人，年长于我，却和我性情融洽。我们相处甚深，成了无话不谈的忘年交。他是一位备受尊重的老人，也是我经常挂念的亲人。虽然几十年没见过面了，但他儒雅的风度，谦和的举止，诚信憨厚的音容笑貌，总是浮现在我眼前。

当年我调动到阜阳县文化局，认识王老时，还是个大学刚毕业的毛头小伙子，王老已经在那里工作二十多年了，在文化界、戏剧界都有一定的威望，特别是在曲艺界，更是赫赫有名。许多优秀的作品在报刊上发表，好评如潮。许多作品在舞台上演出，深受群众欢迎。

当年我和王老住在文化馆家属院同一排平房里，是门挨着门的邻居。常来常往，接触频繁。远亲不如近邻，两家人和睦相处。王老给人的第一印象是和蔼可亲的谦谦君子，待人实诚，谈吐不凡，相当有学问。资格老，名气大，我们都称他为老师，这不是客套，确实从他的道德素质、文化修养、艺术成就诸多方面都堪为人师表。那时候我和许多业余的城乡文学青年一样，经常登门向他求教。几十年过去了，他依然是我敬仰的楷模。

1927 年出生的王兴华老先生，是咱太和县人。1949 年，这位风华正茂的小青年从华东大学皖北分校本科毕业，分配到界首第一完全小学。在校时他就是文艺宣传的骨干，展现出戏剧方面的才能。他导演过的《白毛女》，演出在界首市轰动一时。

以后他调到文化部门,一直工作到离休。王老始终忙碌在文化系统,曾任界首市文化馆、阜阳专区中心文化馆宣传股长,阜阳县文化馆副馆长、名誉馆长,1987年被评为副研究馆员。他是中国曲艺家协会会员,安徽省剧协、民研会会员。他曾任阜阳地区作协、民研会常务理事,阜阳县作协理事长,历任阜阳县第六届、七届、八届政协委员。

他长期从事群众文化工作,可谓是全才。不仅要辅导城乡业余作者,组织各种活动,编辑、主编过《火箭》《满园春》等五种文艺报刊,还自己动手创作。上世纪五六十年代他年轻有为,创作了许多优秀的文艺作品,在全省文化界也颇有名气。

王老多年来从事戏剧创作。1956年,他创作的小戏《通知单到来之后》在《安徽青年报》发表。1958年,他创作大型戏剧《烽火颍州》,由阜阳县曲剧团演出。他参与创作的大型现代梆剧《鸿雁高飞》,大型历史剧《太史笔》参加省市调演获奖。

曲艺是王老的老本行。王老是曲艺界的高手,发表各种曲艺作品百余篇,数量多,质量好,许多作品在省、市获奖。作品有相声《家庭晚会》《居安思危》,快板书《陈毅拜师》,长篇评书《小红袍》等,在当年广为流传,并且在阜阳文化史上留下来重要的一页。其传略见载《中国文艺家传集》《中国当代艺术界名人录》和《中国曲艺界人名大辞典》等。

离休以后的王老,潜心从事地方历代书画研究,他搜集整理了大量珍贵的书画史料,先后编著了《颍州墨林》和《翰墨丛谈》等多部力作,主编《名达翰墨——阜阳近百年书画家精品评介》《颍州历代书法选》等。这些著作汇集了阜阳近百年来76位书画家200多幅精品,把阜阳书画史由近百年上溯到2500年前,填补了中国书画史上缺失阜阳名家的空白,为阜阳市获评"中国书法城"立下了汗马功劳,为阜阳地方文化做出了不可磨灭的重大贡献。

近来他在老友阜阳市历史文化研究会李兴武会长的鼓励支持下,又把他几十年来创作的作品选编成集,这本雅俗共赏的《王兴华作品精选集》将为中华民族的传统文化增光添彩。

纵观王老的一生,在文艺创作方面能有突出的成就,也和他的老伴荣素珍密不可分。荣老今年 87 岁,他们 1953 年 4 月结婚,婚龄已超过钻石婚。荣老是一位典型的贤妻良母,她数十年来,除做好本职工作(会计师),还包揽了全部家务,这是难能可贵的。我的夫人冯玉兰,耳濡目染,也向她学习。我在文艺创作上,也多亏贤内助的支持,才能集中精力,专心致志。所以我们两家人相处,亲如一家,胜似一家。

是为跋。

(跋文作者系原安徽省作家协会副主席)

后　记

我自1954年发表处女作《看见银燕喜在心》,60余年来,发表了大量的曲艺、戏剧、散文、民间文学、报告文学、文艺评论,如全部编印,可以出上、中、下三册。由于年老体弱多病,力不从心。承蒙阜阳市历史文化研究会李兴武会长建议、协助,出一本以曲艺为主的精选本,共计收入16篇作品。

承蒙中国曲艺家协会姜昆主席为本书作序,原安徽省作家协会副主席梁如云作跋,黄山书社领导、编辑同志为本书出版尽心竭力,知己好友肖汉泽协助校对,安徽福喜印务有限公司做了大量的工作,特此一并表示衷心的感谢!

本书不当之处,尚祈读者赐教。

王兴华

2020年7月